—————— 阅读之前 没有真相

午夜文库

苔丝·格里森
Tess Gerritsen (1953—)

美籍华裔女作家，母亲是中国移民，父亲是华裔海鲜厨师。苔丝·格里森在加利福尼亚州圣地亚哥长大，自幼梦想创作出自己的《神探南茜》故事。一九七五年，她毕业于斯坦福大学人类学专业，一九七九年，取得加州大学旧金山分校医学博士学位，并开始在夏威夷檀香山担任内科医生。

产假期间，她向《檀香山》杂志的小说比赛投稿了一篇短篇小说，获得一等奖及五百美元奖金。之后，因酷爱写作，并且为了照顾两个幼儿，她辞去医生职务专注于创作，于一九八六年出版了第一本浪漫惊悚小说《半夜铃声》(*Call After Midnight*)。

一九九五年，苔丝·格里森出版了第一本医疗惊悚小说《宰割》，刚上市就迅速跃居《纽约时报》畅销书排行榜前列。之后，她又接连出版了三部医疗惊悚小说《急诊医生》《生命线》《太空异客》，成为畅销榜的常客。

二〇〇一年，她的第一本犯罪惊悚小说《外科医生》甫一面世便获得瑞塔文学奖。自此，波士顿警察局凶案组女警简·里佐利作为配角首度登场，在随后的十二本小说里，她作为核心人物，与女法医莫拉·艾尔斯搭档冒险，共同探案。本系列的第五部小说《消失》入围爱伦·坡奖,并获得尼洛·沃尔夫奖年度最佳侦探小说。从此,苔丝·格里森被《出版人周刊》誉为"医学悬疑女王","里佐利与艾尔斯系列"为她的代表作,后被改编为美剧《妙女神探》,已制作七季,时间跨度长达七年,受到许多观众的喜爱。

苔丝对女性心理刻画入微,擅长营造紧张氛围,故事情节曲折离奇,对人性的把握精准深邃。她的作品已在四十个国家和地区出版,全球销量突破三千万册。

苔丝·格里森主要作品年表

"妙女神探"系列（Rizzoli & Isles series）
2001 The Surgeon《外科医生》
2002 The Apprentice《学徒》
2003 The Sinner《罪人》
2004 Body Double《替身》
2005 Vanish《消失》
2006 The Mephisto Club《梅菲斯特俱乐部》
2008 The Keepsake《祭念品》
2010 Ice Cold《寒冰之地》
2011 The Silent Girl《沉默的女孩》
2012 Last To Die《最后的幸存者》
2014 Die Again《再死一次》
2017 I Know A Secret《我知道一个秘密》
2022 Listen to Me《听我说话》

医疗惊悚系列
1996 Harvest《宰割》
1997 Life Support《急诊医生》
1998 Bloodstream《生命线》
1999 Gravity《太空异客》
2007 The Bone Garden《人骨花园》

学徒
The Apprentice

[美] 苔丝·格里森 著
王冉 译

新 星 出 版 社　NEW STAR PRESS

献给特丽娜和迈克

序言

就在今天，我目睹了一个男人的死亡。

事情发生得很突然，那人就死在我眼前，直到现在，我还在回味这戏剧性的一幕。可见生命中的惊喜往往出人意料。在我们冗长且枯燥的生命里，难得有这样的惊喜降临，所以我们要学会细细品味这种美好，感恩这种天赐的机缘。况且与其他人相比，我的生活尤为乏味，时间过得也更为缓慢。铁窗之内的人都没有名字，我们不过是一个个编号，是你是我或者是他，大家都一样。名字没什么不同，天赋没什么不同，不同的只有我们过去犯下的罪。所有人都穿着一样的衣服，吃着一样的饭菜，读着同一辆监狱手推车里送过来的旧书。日复一日，毫无新意。然而，总会有些激动人心的意外发生，提醒着你，人生无常。

无常就发生在今天，八月二日。这一天又热又晒，是我喜欢的天气。别的囚犯都汗流浃背地晃来晃去，像一群无精打采的牲口，只有我站在活动场的中央，像一只蜥蜴一样昂着头，享受着温热的日光。因为闭着双眼，所以我并没有看到那把刀是怎样插进去的，也没有看见挨刀子的人跟跄着后退，然后倒在地上。但我听到了一阵喧嚷，于是睁开了眼睛。

就在院子的一角，那个男人躺在地上，流着血。所有人都退到了一边，脸上戴着一张张冷漠的面具，仿佛他们什么都没看到,什么都不知道。

只有我,走向了那个倒地的男人。

有那么一会儿,我只是站在他身边,居高临下地看着他。那时他的眼睛还睁着,还能感知到我,对他而言,我应该只是刺眼的天空下一个逆光的黑色剪影。他很年轻,长着一头浅金色的头发,胡子稀疏,和汗毛差不了多少。他张着的嘴里冒出粉色的血沫。红色的血迹浸染了衣襟,在他的前胸蔓延开来。

我在他的身侧跪坐下,撕开他衬衫的衣领,露出胸腔左侧的伤口。刀刃穿过肋骨的缝隙,干净利落地刺了进去,显然已经刺穿了肺部,而且很有可能划破了心包膜。这已然是致命伤,而他也明白这一点。他试着和我说些什么,嘴唇动了动,却发不出任何声音。他挣扎着聚焦逐渐涣散的瞳仁,似乎是想让我俯下身,告诉我几句临终的忏悔。可惜,对于他的遗言,我一丁点儿兴趣也没有。

相反,我的注意力都集中在他的伤口上,集中在那些血液上。

我太熟悉这些鲜红的血液了。我知道它的构成元素。我曾接触过不计其数的装有血液的试管,欣赏过那些不同深浅的红色。我曾在离心机中将其旋转成填充细胞和稻草色血清组成的双色柱。我知道它温润的光泽,丝绸般的质地。我曾亲眼看见它从刚切开的皮肤里绽放出花朵,涓涓流淌。

男人胸前不断涌出的血液犹如神圣泉眼里涌出的圣水。我用手掌压住他的伤口,让温热的液体浸湿我的皮肤,血液包裹住我的手,像一只猩红的手套。濒死的男人以为我是在救他,眼里闪过一丝感激。在这短暂的一生里,他很可能没有接受过什么善意,不然的话该有多讽刺啊,他竟以为我是个慈悲为怀的善人。

身后响起杂乱的脚步声,接着是凶悍的命令:"退后!所有人退后!"

不知是谁抓住我的衬衣,将我提了起来。我顺势退后,离开了那个就快死掉的男人。随着我们被推搡到院子的角落,地上尘土飞扬,空气里充斥着喊叫和咒骂声。杀人的凶器——那把刀,被扔在地上。警卫们叫喊着想知道发生了什么,但人们什么都没看到,什么都不知道。

这里的人,向来如此。

混乱的院子里,我与其他囚犯稍微拉开了一些距离,他们本来也不愿意靠近我。我举起那只手,男人的血液还在往下滴。我深吸了一口气,鼻尖弥漫着浓郁的金属味。只凭味道我就能判断出,这是年轻的血液,来自一具年轻的肉体。

其他的囚犯瞪大了眼睛看着我,而后又退得远了些。他们知道我与他们不同,他们一直能感知到。即便穷凶极恶如他们,对我也是忌惮的,因为他们知道我是什么样的人。我细细看过每个人的脸,想从他们中间找到我的兄弟,我的同类。然而我并没有找到,至少在这里没有,即使在这群野兽般的异类之间也没有。

但他是存在的。我知道世界上一定还有和我一样的人,我并不孤独。

就在某个地方,我的同类。他在等着我。

1

　　成群的苍蝇萦绕不去。破碎的尸块在南波士顿的路面上经过了四个小时的高温炙烤，散发出刺鼻的气味，对这些食腐的生物来说无疑是按响了餐铃，路面上空挤满了嗡嗡挥翅的苍蝇。虽然破碎的残骸上都盖了帆布，但路面上还有很多残存的血肉暴露在空气中，成了这些食腐蝇虫的盛宴。灰质残渣和其他一些无法辨认的人体碎渣散落在以街道为中心半径三十英尺[①]左右的区域。一块头骨碎片落在了街边二楼的花箱里，还有几团组织粘在了停靠在路边的汽车上。

　　简·里佐利的承受力一直很强，从不会轻易感到恶心，但此时她也不得不停下脚步，闭上眼睛，握紧拳头，有些恼怒于自己此刻的脆弱。忍住，忍住。作为波士顿警察局凶杀案调查组唯一的女性，里佐利知道她总会吸引公众的注意力，无情的聚光灯总能轻易找到她。不管是失利还是成功，她总会被所有人注意到。她的搭档巴里·弗罗斯特已经在众目睽睽之下吐得翻江倒海，毫无形象可言，现在正坐在装有空调的行动车里，头垂到膝盖之间，等着恶心的感觉消退。但是里佐利不能这么毫无顾忌地吐出来。她是现场执法人员里最显眼的一个，而且警戒带的另一边还

[①]一英尺约合零点三米。

站着一群民众，探头探脑地向这边张望，她的每一个动作、每一个表情都被人看在眼里。里佐利今年三十四岁，但她知道自己看起来比实际年龄要小一些，并且很明白要对公众维持她的职业权威性。简用凌厉的目光和笔挺的身姿弥补了她娇小身材所缺乏的威慑力。她早就学会了如何在紧张的犯罪现场把控全局。

但这个时节的气温正在瓦解她的掌控。来这里时她穿着制服上衣和休闲裤，头发梳得整整齐齐。此刻她脱下了外套，露出了里面皱巴巴的衬衫，潮热的空气里，她原本整齐的乌发变得凌乱。现场的气味、苍蝇和刺眼的阳光从各个角度侵袭过来。需要她注意的东西太多了，偏偏还有这么多双眼睛盯着她，让她一刻也不能放松。

一阵喊叫吸引了简的注意力。一个穿着衬衫、打着领带的男人正在与一个巡警争吵，想要从现场所在的路段通过。

"你听好，我得去参加一个销售会议，懂吗？我已经迟到一个小时了。但是你们的警戒带把我的车都围起来了，现在你又说我不能开走它。这他妈是我的车！"

"这里是犯罪现场，先生。"

"就是一起事故！"

"我们现在还不能确定是事故。"

"那你们要什么时候才能确认？要在这儿耽搁一整天吗？为什么你们就不听听我们说的？整个街区都听到了！"

里佐利走向这个男人，他的脸上汗津津的。现在是上午十一点半，太阳几乎升到顶峰，犹如一只发亮的巨大眼球，直直地照射着大地。

"具体来说，您都听到什么了，先生？"她问道。

男人哼了一声："和别人听到的一样。"

"很大的'砰'的一声。"

"对,差不多是七点半的时候。我刚洗完澡出来,往窗外一看,他就躺在这儿了,在人行道这边。这边街角有盲区,肯定是哪个混蛋司机车开得太快了,跟脱缰的野马似的。撞人的肯定是辆大卡车。"

"您看见过卡车吗?"

"没。"

"您也没看见别的汽车,是不是?"

"汽车,卡车,"他耸了耸肩,"不管什么车,都是肇事逃逸。"

男人的说辞与他的邻居们一样,有六七个周围的居民都这样说。在早上七点一刻到七点半之间,他们听到街上传来巨大的响声。没人看到事情的经过,不知道到底发生了什么,只是听到了声音,然后看到了死者的尸体。里佐利排除了此人跳楼身亡的可能,因为这片社区的建筑都只有两层的高度,从这个高度坠下,尸体根本不可能形成这种程度的损伤。她也没有找到任何证据证明这里曾出现能够对人体造成这种程度肢解的爆炸事故。

"喂,我能把车开走了吗?"男人问道,"就是那辆绿色的福特。"

"车尾沾着脑浆的那辆?"

"没错。"

"你觉得呢?"里佐利喝道,随后转身走开,来到了法医身边,后者正蹲在马路中央研究着地上的沥青,"这条街上的人都他妈的是一群浑蛋,"里佐利说道,"没人在乎死者,也都不知道他是谁。"

阿什福德·蒂尔尼医生并没有抬头看她,而是继续盯着路面，稀疏银发下的头皮因汗水而闪着光。蒂尔尼医生比里佐利之前见过的每一次都要显得苍老而忧虑。此刻，他试着站起身，默默伸出手，想要她扶一把自己。里佐利握住他的手，随着医生起身的动作，她可以感受到老人筋骨的疲乏和关节的伤病。他是一个年迈的南方绅士，土生土长的乔治亚州人。他从来不喜欢里佐利这种典型的波士顿人略带鲁莽的直率性格，而里佐利也从未喜欢过他略带拘谨的克己守礼，他们之间仅有的交集就是尸检台上的死者。但是此时此刻，里佐利扶着他起身之后，忽然为他衰老的身体感到难过。她想起了自己的祖父。所有的孙辈里，他最喜欢里佐利，也许是因为他在里佐利身上看到了熟悉的骄傲和坚忍。她记得从安乐椅上扶他站起来的时候，他那因为中风而麻木的手像枯瘦的爪子一样握住她的手臂。即使强悍如奥尔多·里佐利这样的男人也会被时间脆了骨头，锈了关节，拖到尘土里。现在里佐利在蒂尔尼医生身上看到了同样的衰老，他用手帕擦拭着额上的汗水，炎炎烈日下的身形摇摇晃晃。

"看来这就是我职业生涯的最后一个难题了。"他说道，"说说吧，你要参加我的欢送会吗，警探？"

"呃……什么会？"里佐利反问。

"就是你们背着我打算给我办的那个欢送会。"

里佐利无奈叹息，承认道："会的，我也会参加。"

"哈，你这人，总是别人问什么你才说什么。是下周吗？"

"下下周，而且我什么都没告诉你，好吧？"

"我挺高兴你告诉我了。"他低头看着沥青，"我不太喜欢惊喜。"

"那这起案子呢？到底是怎么回事，医生？是肇事逃逸吗？"

"看起来这里就是撞击点。"

里佐利低头看着地上一大片泼洒的血迹，又看了看十二英尺开外，人行道上盖着帆布的尸体。

"你是说，第一个撞击点是在这边，然后尸体弹到了那边？"里佐利问。

"看起来是这样的。"

"那肇事的车辆得是一辆特别大的卡车，才能引起这种尸块飞溅。"

"不是卡车。"蒂尔尼医生说道。他开始顺着路向前走去，眼睛一直向下，看着什么。

里佐利跟在他身后，顺便挥手驱赶着身边成群的苍蝇。蒂尔尼走了大概三十英尺，随后停下了脚步，伸手指向路肩上散落的一团灰质。

"这里还有脑组织。"他说道。

"不是卡车撞的吗？"里佐利问。

"不是，也不是汽车。"

"那死者衬衫上的轮胎印是怎么回事？"

蒂尔尼站直了身体，扫视着街道、人行道还有周围的建筑。"警探，你有没有注意到，这个现场有一个很有意思的地方？"

"除了那边的死者没有脑袋之外吗？"

"看到那个撞击点了吗？"蒂尔尼指着不远处他刚刚蹲下去的位置，"还有这些人体组织散落的方式。"

"看到了。他的尸体朝各个方向都有飞溅，撞击点是在那个街角。"

"正是如此。"

"这条街车很多，"里佐利说道，"确实会有一些车在拐弯的时候不减速。再说，死者穿的衬衫上还有轮胎印。"

"咱们再去看看那些轮胎印。"

他们走向尸体,中途巴里·弗罗斯特也加入进来。他终于从车里走出来了,只是脸色有些苍白,表情有些惭愧。

"老天哪。"他哀叹了一声。

"你还好吗?"里佐利问。

"你说我是不是得了肠胃炎之类的?"

"可能是。"里佐利一直很喜欢弗罗斯特,她欣赏弗罗斯特的积极阳光,还有他从不抱怨的乐观天性,此刻这种消沉是里佐利不想看到的。她拍了拍弗罗斯特的肩膀,对他露出一个慈爱的微笑。弗罗斯特似乎总能激起别人母性的一面,即便是果决而坚忍的里佐利也被他征服了。"下次我会给你带个呕吐袋的。"她提议道。

"我觉得吧,"弗罗斯特跟在里佐利身后说道,"我觉得还是因为肠胃炎……"

他们一起来到尸体处。蒂尔尼眉头紧锁,费力地蹲下身,显然他的关节对这个动作表示了抗议。他伸手掀开了盖着尸体的帆布,弗罗斯特立刻就白了脸,退后了一步。里佐利努力克制住自己,避免做出和弗罗斯特一样的反应。

尸体被破坏成了上下两部分,从脐部分开。上半身穿着一件米色的棉质衬衫,东西向摊在地上。下半身穿着一条蓝色的牛仔裤,南北向躺着。尸体的上下两部分只靠几缕皮肤和肌肉连接,内脏流到外面,堆积成一团浆状物。头骨后脑处碎裂,大脑组织喷了出来。

"年轻男性,身体状况良好,营养健康,看起来是西班牙裔或地中海裔,二十岁到三十岁。"蒂尔尼说道,"死者身上有明显的胸椎、肋骨、锁骨和头骨骨折。"

"卡车撞不成这样?"里佐利问。

"卡车当然可以造成这种大面积损伤。"他抬头看着里佐利,浅蓝色的眼睛目不转睛地盯着她,"但是没人听到或是亲眼看到有这样一辆卡车,对吗?"

"很不幸,没有。"里佐利承认道。

弗罗斯特虽然感觉反胃,但也在努力参与对话,他挣扎着发言道:"要我说,死者衬衫上的并不是轮胎印。"

里佐利仔细看了看印在死者前胸衣襟上的黑色条纹。她戴上手套,摸了摸其中一条印记,然后观察自己的手指。有少量的黑色污垢沾到了乳胶手套上。里佐利盯着它看了一会儿,消化着这个新发现。

"你说得没错,"她应声道,"这不是轮胎印,是润滑油。"

里佐利站起身,看着路面——没有任何一条带血的轮胎印,没有汽车残片,也没有撞击时产生的玻璃或塑料碎片。

他们沉默了,面面相觑,因为对于现场这种情形,好像只有一种解释才说得通。似乎是为了证实这个猜想,一架喷气式飞机从众人的头顶呼啸而过。里佐利眯着眼睛抬头看去,发现那是一架即将降落的七四七客机,正飞往位于这里东北方向五英里[①]外的洛根国际机场。

"天哪,"弗罗斯特抬手遮住刺眼的阳光,"这死法太可怕了。求求你告诉我他掉下来的时候已经死了。"

"这种可能性很大。"蒂尔尼说道,"我猜测是在飞机着陆下降的时候,轮舱打开,他的身体从里面滑下来了。所以还得是一趟入境航班。"

[①] 一英里约合一点六一千米。

"嗯，是的。"里佐利附和道，"没几个偷渡者会铤而走险离开这个国家吧？"她看着死者的橄榄色皮肤，"也就是说，他可能是坐飞机入境的，从南美洲——"

"飞行高度至少也有三万英尺。轮舱里没有加压，偷渡者要面临气压急剧降低和冻伤的危险。就算是盛夏，在那种海拔高度下，气温也非常低。再飞行几个小时，他就会因为缺氧而体温过低，失去意识。还有一种可能，他在飞机起飞后起落架收回时就已经被压碎了，之后再在飞机轮舱里待上几个小时，他早就死透了。"

里佐利的传呼机信息打断了蒂尔尼医生的讲话。若不是这个小插曲，蒂尔尼医生似乎打算来上一番演讲。他才刚刚讲到自己的专业领域，还没来得及展开。里佐利低头看了一眼屏幕上的显示，没认出这是什么号码，只看到是牛顿市打来的。她拿出手机，拨了过去。

"我是科尔萨克警探。"一个男人接通了电话。

"我是里佐利，是您呼了我吗？"

"您是在用手机打电话吗，警探？"

"是的。"

"您方便找一个座机通话吗？"

"现在不行。"她并不认识科尔萨克警探，而且她想赶紧切入正题，"您直接告诉我有什么事就好了。"

对面停顿了片刻。她可以听到电话那头传来警察对讲机的通讯声。"我现在在牛顿市的一个犯罪现场，"他说道，"我觉得，你应该过来看看。"

"您是需要波士顿警察局的协助吗？如果是的话，我可以推荐我们调查组的其他人过去帮忙。"

"我试着联系了摩尔警探,但是他们说他正在休假,所以我就联系了你。"他又停顿了一下,语气变得慎重起来,"和去年夏天你和摩尔警探负责的案件有关。你知道的吧,就是那个案子。"

里佐利沉默了。她当然知道科尔萨克说的是哪起案子。直到现在,调查那起案件时的一些记忆还是会在午夜深沉的噩梦中再现,阴魂不散地缠着她。

"接着说。"她轻声答道。

"你需要记一下这边的地址吗?"科尔萨克问。

里佐利拿出了记事本。

过了片刻,她挂断电话,注意力再次回到蒂尔尼医生身上。

"我在一些意外身亡的跳伞运动员身上见过这种伤,都是因为降落伞失灵打不开的。"他说道,"从那种高度落下,坠落的人体可以达到极限速度,每秒钟两百英尺的降落速度足以造成我们现在看到的这种损伤。"

"付出这种代价就为了来到这个国家。"弗罗斯特说道。

又有一架飞机从众人头顶飞过,投下的阴影如同草原上的苍鹰,黑漆漆的,一闪而过。

里佐利抬头凝视着天空,想象着一个人从上面坠落下来,翻滚着快速掉落一千英尺。他先是穿越冰冷的空气,然后周围变得温热。随着地面越来越近,他在热浪中坠落,粉身碎骨。

她看着盖了布单的男人的身体残骸。他曾经勇敢地梦想,去往一个新的世界,拥有一个光明的未来。

欢迎来到美国。

里佐利来到位于牛顿市的犯罪现场,看得出,站在房前的巡警是个刚入职的菜鸟,并没有认出里佐利。他将里佐利拦在了警用隔离带外,粗鲁的语气和他的新制服一样莽撞而青涩。里佐利看到他的名牌上写着:里奇。

"这里是犯罪现场,女士。"

"我是里佐利警探,波士顿警察局的,来这里找科尔萨克警探。"

"请您出示证件。"

里佐利没料到会遇到这样的要求,于是不得不在挎包里翻找警徽。在波士顿城,没有巡警不知道她是谁。不过是开车走了一段路,出了她的地盘,到了这片寸土寸金的郊区,她就谁也不是了,还得从包里摸索着找警徽。里佐利拿出警徽,举到菜鸟巡警的鼻子尖上。

他看了一眼,随后脸涨得通红。"对不起,女士。都是因为刚才,几分钟之前,一个赖皮女记者从我这里三言两语就骗进去了。我不能再犯这种错误了。"

"科尔萨克在里面吗?"

"在的,长官。"

里佐利看了一眼路边停着的密密麻麻的车辆,在这中间,她看到了一辆白色的面包车,车身上印着"马萨诸塞州法医办公室"的字样。

"有几名被害人?"她问道。

"就一个。他们正准备把被害人遗体运出来。"

巡警说着挑起隔离带,让里佐利进到前院。有鸟叫声从幽深处传来,空气里能闻到微甜的青草香气。里佐利想,这里已经不能算是波士顿了。这里的园林设计干净而整洁,举目可见精心修剪过的黄杨木树篱,还有人工草皮铺就的草坪。她在砖砌的人行道上微微停留，抬头看着这栋房子都铎风格的屋顶轮廓，脑子里的第一个念头就是——这里的房主应该是个冒牌的英国绅士，喜欢住在英国庄园里的那种。这个社区，这栋房子，都不是一个好警察能负担得起的。

"真不错啊，这房子，是不是？"巡警里奇像是看出了她的想法，搭话道。

"这男人做什么营生的？"

"我听说他是个外科医生。"

外科医生。对里佐利来说，这个词有着更特殊的含义，光是听到它就已经让她如芒刺在背，即便是炎热的夏日里也觉得遍体生寒。里佐利看向房子的前门，发现门把手上涂满了指纹粉。她深吸了一口气，戴上橡胶手套，穿上鞋套。

走进屋内，映入眼帘的是打蜡抛光的橡木地板，楼梯井像教堂一般华丽，彩色的玻璃窗将菱形的光斑映入室内。

里佐利听到不远处传来纸鞋套发出的沙沙声，一个高大魁梧的男人出现在走廊。虽然他穿着正式的商务装，打着领带，但汗湿的腋下破坏了他精致的形象。男人的袖子挽了起来，露出汗毛浓密的粗壮手臂。"里佐利？"他开口问道。

"是我。"

男人走向里佐利，同时伸出手，随即意识到两人都戴着手套，便又将手放下。"我是文斯·科尔萨克。抱歉我不能在电话里透露更多，毕竟现在谁都能搞到接收器。之前就有个女记者混进来了。现在真是什么人都有。"

"听说了。"

"是这样的，我知道你可能还在困惑，为什么要把你大老远拉过来。去年夏天的时候，我全程关注了你们那个案子，'外科医生'杀人案。我觉得或许你会对这个案子感兴趣,所以还是让你亲自来现场看看比较好。"

里佐利感到一阵口干舌燥。"你们发现什么了?"

"被害人在家庭娱乐室里,名叫理查德·耶格尔,三十六岁,整形外科医生,这里就是他的住处。"

里佐利看了一眼彩色玻璃窗。"你们牛顿市的警察局可是碰上了高档命案啊。"

"嘻,这种高档命案给你们波士顿警察局,你要不要?我们这里不该发生这种案子,尤其是这么诡异的案子。"

科尔萨克领着里佐利穿过大厅,来到起居室。刚一进来,映入眼帘的便是两层楼高的落地窗,室外的阳光透过窗子倾斜而下,美不胜收。尽管室内还有很多忙碌的犯罪现场技术调查员,但洁白的墙壁和亮闪闪的地板还是将整个房间衬托得宽敞而明亮。

然后便是现场的血迹。不论她去过多少个犯罪现场,第一眼见到血腥的场景时,总会有一瞬间的震惊。血迹像是一颗血红色的彗星从墙壁上扫过,血液滴落,被地心引力拖出细细的线。源头就是理查德·耶格尔。他靠墙坐在地上,双手被反绑在背后,手腕被捆住。耶格尔只穿了一条平角短裤,双腿前伸,脚踝上绑着强力胶带。他低垂到胸前的头遮住了致命伤,伤口流血不止,最终要了他的命。

不过即便不看死者身上的伤口,她也知道那一定是很深的伤,伤及动脉和气管。里佐利对于这样的致命伤很熟悉,她可以通过血液的轨迹了解到男人生命的最后时刻:动脉血液喷溅,肺部充血,被害人挣扎着呼吸,然而被割断的气管渗出鲜血,他只能溺死在自己的血液里。里佐利可以看到他胸膛上已经干涸的血雾，那是他最后呼出的气息。看着他宽阔的肩膀和身上的肌肉线条，里佐利觉得被害人完全有能力对凶手做出反击。然而他似乎什么都没做，只是这样乖乖地坐以待毙。

尸体已经僵硬，两位停尸房的工作人员抬了担架进来，此刻正站在一边，思索着如何在尽可能不破坏尸体状态的前提下将它运出去。

"法医是在上午十点钟过来检查的，"科尔萨克说道，"当时尸身已经出现尸斑，完全僵硬。她预估被害人的死亡时间是在午夜十二点到凌晨三点。"

"是谁发现的被害人？"

"他办公室的护士。今天早上他没去诊室，也不接电话，护士就开车来他的家里找他，上午九点的时候发现了被害人。死者的妻子不知去向。"

里佐利看向科尔萨克，问："妻子？"

"盖尔·耶格尔，三十一岁。她失踪了。"

在耶格尔家房前感受到的恶寒再次袭来。

"绑架？"

"我只是说她人不见了，我们找不到她。"

里佐利盯着理查德·耶格尔，很显然，即使他再怎么孔武有力，也不可能是死神的对手。"跟我说说他们的事情，他们的婚姻状况。"

"幸福美满，周围人都这么说。"

"这是人们一贯的说辞。"

"就他们两个人来说，应该不假。他们结婚两年，这栋房子是一年前才买的。盖尔·耶格尔是一名手术室护士，和她丈夫在同一家医院，所以他们有一样的朋友圈，工作行程也都差不多。"

"几乎是形影不离啊。"

"嗯,对吧?要是让我整天和老婆待在一起,我绝对会疯掉,但是他们两个好像相处得很好。就在上个月,理查德·耶格尔还请了整整两周的假,就为了在家陪她,因为她妈妈去世了。你想想看,一个整形外科医生两周得赚多少钱啊,是不是?一万五?还是两万?他的这份体贴可够贵的。"

"可能是他妻子很需要陪伴吧。"

科尔萨克耸了耸肩:"不管怎么说,他做得够可以了。"

"所以你们找不到她离开她丈夫的原因?"

"更没有理由会杀了他。"

里佐利看了一眼起居室的窗户。窗外的树和灌木遮挡了邻居可能窥探过来的视线。"你说死亡时间是午夜十二点到凌晨三点?"

"对。"

"他家邻居有听到什么吗?"

"左边这家去了巴黎,右边这家昨晚睡得很沉。"

"有非法入室的痕迹吗?"

"在厨房窗户那边,有人用玻璃刀割破了窗玻璃。我们在花坛上还发现了几个十一码的鞋印,在这个房间的血迹里也发现了同样的印记。"科尔萨克说着,拿出了手帕擦着汗湿的额头,很可惜,他就是那种连止汗剂也救不了的人。他们不过是在这里聊了几分钟,汗水已经浸透了他的衬衫。

"这样吧,咱们先把他从墙边移开,"一个停尸房员工说道,"让他倒在布单上。"

"看着点儿他的头!要滑走了!"

"啊,我的天哪。"

里佐利和科尔萨克沉默地看着耶格尔医生的尸体侧倒在一次性床单上。尸僵让他呈九十度弯曲。由于他诡异僵硬的姿势,两位停尸房员工正商量着如何将他放在担架上。

里佐利的注意力突然转到一小块白色碎片上,就在尸体刚刚坐着的位置。她蹲下身,将它捡起来,仔细研究着。那是一小块瓷器碎片。

"茶杯碎片。"科尔萨克说道。

"什么?"

"被害人身边有一个茶杯和茶托,像是从他的腿上掉下来的,我们已经拿去验指纹了。"他看到里佐利一脸疑惑地看着自己,耸了耸肩说道,"别问我,我也不知道为什么。"

"某种象征意义的道具吗?"

"谁知道呢?可能是按传统给死人准备的茶话会。"

里佐利盯着躺在她手掌中的小小瓷片,思考着这样安排的意义。她的胃开始打结,一种可怕的熟悉感萦绕不去。同样深深的割喉一刀,同样用强力胶带捆绑被害人,还会在半夜从窗户潜入,对睡梦中的被害人发动出其不意的攻击。

还有失踪的女人。

"卧室在哪儿?"里佐利问。她并不想去看卧室,她害怕去看卧室。

"嗯,这也是我想让你过来看的地方。"

通往卧室的走廊墙上挂了很多镶框的黑白照片。并不是大多数家庭那种全家福,而是鲜明的女性裸体照片,照片中女子的脸要么是遮住的,要么转过去远离镜头,并没有表明裸体女子的身份。其中一张照片里,一个女子拥抱着一棵树,光滑的皮肤紧贴着斑驳的树干。另一张里,女子坐在椅子上,向前弯腰,她的长发瀑布一样流向光裸的大腿。还有一张，女子身体向天空伸展，身体因剧烈运动的汗水而闪闪发光。里佐利停在一张被撞歪了的照片前。

"照片里的都是同一个女人。"

"就是她。"

"耶格尔太太？"

"这么一看，他们俩的癖好还挺变态的，是吧？"

里佐利看着盖尔·耶格尔晒得匀称的麦色身体。"我倒不觉得这有什么变态的。这些照片都很美。"

"行吧，无所谓。卧室在这边。"科尔萨克指着一个开着门的房间说道。

里佐利在门口停了下来。房间内是一张超大双人床，床上的被子向外翻卷，似乎是睡梦中的主人突然惊醒。浅粉色地毯上的尼龙被压出两条凹痕，从床下延伸到门口。

里佐利轻声说道："他们两个都是被拖下床的。"

科尔萨克点头："他们在床上突然遭到凶手袭击。凶手通过某种手段制伏了他们，绑住了他们的手腕和脚腕，然后拖着他们划过地毯，来到走廊，从那里开始就是木质地板了。"

里佐利对凶手的做法感到困惑。她想象着凶手当时就站在自己所在的位置，盯着睡梦中的夫妻。床的上方有一扇窗，没有拉窗帘，借着夜里的天光，凶手完全能够看清床上男人和女人的位置。他肯定会先对耶格尔医生下手，这是比较合理的做法——先控制住力量较强的男性，再处理体弱的女人。里佐利只能在想象中拼凑出这么多。凶手接近被害人，选择了率先攻击的对象。她想不通的是接下来的事情。

"为什么要把被害人拖走？"里佐利问，"为什么不直接在卧室里杀了耶格尔医生?凶手把他们弄出卧室的目的是什么?"

"我不知道。"科尔萨克指向门内,"里面已经拍过照了,你可以进去。"

里佐利有些不情愿地走进了房间,同时注意避开脚下地毯上拖曳的痕迹。她来到床边,没有在床单和被子上发现任何血迹。一侧的枕头上有一根金色的长发,耶格尔太太应该就睡在这边。里佐利转向一边的床头柜,上面夫妻两人的合影证实了她的猜想。耶格尔太太的确是个金发女子,还是个很漂亮的金发女子,长着一双浅蓝色的眼睛,小麦色的皮肤上有零星的雀斑。耶格尔医生伸手揽着她的肩膀。他身体强壮,年轻自信,却落得个这样凄惨的结局,手脚被绑,只穿了一条平角裤,匆匆赴死。

"椅子上。"科尔萨克说。

"什么东西?"

"看看椅子上。"

里佐利转身看向放在房间一角的复古梯背椅,上面摆着一件叠好的女士睡衣。凑近后,她看到了奶油色缎面上棕红的斑点。

脖子后的汗毛立刻根根竖起,有那么一瞬间,她甚至忘记了呼吸。

里佐利伸出手掀起睡衣的一角。衣服内侧也有红色的血斑。

"我们还不知道这是谁的血。"科尔萨克说,"可能是耶格尔医生的,也可能是他太太的。"

"衣服在叠起来之前就已经染上血了。"

"但是房间里其他地方都很干净。也就是说,血是在别处染上的。然后凶手把衣服带到卧室来,整整齐齐地叠好,放在椅子上,像是留下什么离别礼物一样。"科尔萨克停顿了一下,接着说,"是不是让你觉得很熟悉?"

里佐利咽了一下口水。"你明知道是的。"

"凶手在模仿你那位旧相识的手法。"

"不，这不一样。完全不一样。'外科医生'从来不会袭击情侣。"

"叠起睡衣，用胶带捆绑，突袭睡着的被害人。"

"沃伦·霍伊特只挑单身女性下手，那种比较容易控制的被害人。"

"但你看看这些共同点！要我说，咱们遇到模仿犯了。这疯子研究过'外科医生'的案子。"

里佐利的视线还停留在那件睡衣上，她回忆起"外科医生"制造的死亡现场。同样是这样一个炎热得难以忍受的夏天，夏日的夜晚，女人们开着窗安睡，一个叫沃伦·霍伊特的男人从她们的窗子潜入。他带着病态阴暗的幻想和手术刀，在清醒的被害人身上开始他的血腥仪式，醒来后的被害人可以感知到每一次刀刃划过的痛苦。里佐利看着那件睡衣，霍伊特平平无奇的脸似乎就在眼前。就是这张脸，过了这么久还会时不时在她的噩梦中浮现。

但这并不是霍伊特做的。沃伦·霍伊特被关在插翅难逃的地方了。我确定，因为是我亲手把那畜生关起来的。

"当时《波士顿环球报》对那起案子报道得特别详细，"科尔萨克说道，"他还上了《纽约时报》，现在这个凶手就是在重现他的手法。"

"不对，这个凶手做了霍伊特从来没做过的事情。他把这对夫妇拖到卧室外，到别的房间。他还把男人摆成坐姿，然后割喉。这更像是一种处决行为，或是某种仪式。还有这个女人。他杀了这家的男主人，那这个女人呢？凶手又对她做了什么？"说到这儿,里佐利顿住了,她突然想起楼下地板上的瓷片。那个破碎的茶杯。它代表的意义犹如一阵冷风拂面,让她浑身僵硬。

里佐利不发一言,忽然转身离开卧室,再次回到起居室。她看着那面耶格尔医生的尸体曾依靠过的墙壁,又看了看地板。她在木质地板上踱步,研究着上面的血迹。

"里佐利?"科尔萨克出声唤她。

她转向房间内的窗子,皱眉看着照进来的日光。"太亮了。这里这么多玻璃,不可能每一片都查过。我们得晚上再来。"

"你是想在晚上用多波段光来看吗?"

"得用紫外灯来看。"

"你要找什么?"

里佐利又看向墙壁。"耶格尔医生死的时候是坐在这里的。凶手把他从卧室拖到这里,让他背靠着墙坐在这儿,脸正对着房间中央。"

"没错。"

"为什么要把他放在这儿?为什么在被害人还活着的时候费这么大力气做这件事?凶手这么做肯定是有原因的。"

"什么原因?"

"凶手把他放在这个位置,是想让他看什么东西,让他见证发生在这个房间里的某件事情。"

终于,科尔萨克明白了里佐利的意思,脸上的表情也由恍然变为惊恐。他看着耶格尔医生背靠的墙面,就在那里,耶格尔医生作为唯一的观众,观看了恐怖剧院的骇人表演。

"天哪,"他说道,"耶格尔太太。"

2

里佐利从街角的熟食店买了一张比萨带回家，又在家中冰箱的蔬菜格深处挖出一棵放了有些时日的莴苣。她将已经变成棕色的莴苣叶子层层剥掉，直到最后，只剩下那么一点儿勉强能吃的菜心。这顿沙拉寡淡无味，不过里佐利只是为了吃而吃，并没有享受口腹之欲。她没时间享受美食，现在填饱肚子是为了给晚上的工作加油，而她对即将到来的夜晚没有丝毫期待。

咬了几口之后，她将食物推到了一边，眼睛定定地看着盘子上抹得到处都是的番茄酱。噩梦总能找上你，她心里想着。你以为你已经很强大了，不会再受影响了；你以为你已经适应了，学会在人前装作正常。但实际上，那些面孔从未消失过。往生之人的眼睛一直在看着你。

盖尔·耶格尔也在这些人之中吗？

里佐利低头看着自己的双手。两只手的手心各横着一道疤，像是被钉在十字架上才会出现的伤口。每当天气变得寒冷潮湿，她的双手就会隐隐作痛，那是过去留下的惩罚般的纪念。她总能想起一年前沃伦·霍伊特对她做的事情。那一天，他的刀刺破了她的血肉。她以为自己死定了。

就在这时，手上的疤痕再次疼了起来，但她知道这次和天气无关，是因为她早些时候在牛顿市看到的那些东西。叠好的睡衣，墙上的扇尾形的血迹。她走进那个弥漫着恐怖气息的房间，仿佛感受到了沃伦·霍伊特的存在。

但那是不可能的。霍伊特被关在监狱里，正自食苦果。即便如此，里佐利还是呆坐着，被牛顿市那栋房子里的东西吓得发抖——那与记忆中如出一辙的骇人场景。

她想给托马斯·摩尔打个电话，霍伊特的案子是他与里佐利一同调查的，他对这个案子的每个细节同她一样熟悉。他能够理解，沃伦·霍伊特散布在人们心中的恐惧，犹如蜘蛛网一样密密麻麻，难以挣脱。但自从摩尔结婚，两人的生活交集渐渐变少。摩尔新的幸福生活让他们逐渐变得陌生。幸福的人是不一样的。即便在同一片天空下，摩尔与她呼吸的空气也不同；在同一片土地上，两人感受的重力也不同。虽然摩尔可能还没意识到这种变化，但里佐利感受到了。她内心哀悼过友情的消退，甚至为嫉妒摩尔的幸福生活而羞愧。羞愧，自己居然在嫉妒那个得到摩尔爱情的女人。几天前，里佐利收到摩尔从伦敦寄来的明信片，他和凯瑟琳正在伦敦度假。潦草的几句问候写在一张苏格兰场博物馆纪念卡片的背面，他告诉里佐利，他们正在享受甜蜜的二人世界，一切都好。现在想想那时收到的卡片，想想那几句问候中透露出的快乐，里佐利便明白，自己不能再因为这个案子打扰他。她不能再将沃伦·霍伊特的阴影带进他们的生活。

里佐利听着外面街道上的车流声，衬得房间内死一般的寂静。她四下看了看，陈设简陋的客厅，光秃秃的墙壁。她没有挂任何挂画，硬要说的话，这里唯一的装饰大概是餐桌上那一幅城市地图。一年前，这张地图上钉满了彩色图钉，标志着"外科医生"的作案轨迹。她那时急切地想要得到同事们的认可，证明自己并不比任何人差。她在血腥的狩猎场上活下来了，即便以后每天她都要在凶手留下过足迹的阴暗房间里吃饭。

现在那些图钉已经不见了，但是地图还在，等着她钉上标志着其他犯人行凶轨迹的图钉。里佐利有时会想，她为什么要这么做？她要给出怎样苍白无力的解释，来向众人说明，即便在这里住了两年，她墙上唯一的装饰品还只是一张波士顿城市地图？

那是我的战斗，她默默想着。

那是我的全部。

晚上九点十分，里佐利开车来到了耶格尔的住处。屋内没有开灯。她到得最早，因为不能进去，便一边坐在车里等人，一边开着车窗，让晚风吹进来。耶格尔家坐落在僻静的小巷尽头，两边邻居的房子也漆黑一片。这样也好，没有过多环境光的干扰，他们今晚的调查也会顺遂些。但此刻，她迫切地需要一些明亮的人间烟火和人类的陪伴。耶格尔家的窗户无声地盯着她，像一只巨大的眼睛。一时间似乎有无数阴影围绕着她，形态各异的、黑暗的、恶意的。里佐利掏出枪，将保险栓拉开，挂在后腰上。只有这样，她才能稍微冷静一点儿。

里佐利从后视镜看到车灯的光亮，转头就看见犯罪现场调查组的面包车正停在自己车后。她松了一口气，将手枪重新装进了包里。

一个臂膀粗壮的年轻人下了车，径直走向里佐利这边。男人弯腰从车窗处对她打招呼，她刚好看到对方一枚金闪闪的耳环。

"嘿，里佐利。"男人说道。

"嘿，米克。谢谢你愿意跑这一趟。"

"这边环境不错。"

"等你看完房子再说吧。"

又一对车灯亮着驶进了小巷。科尔萨克来了。

"人齐了。"里佐利说道,"开始吧。"

科尔萨克和米克并不认识,里佐利为他们做了介绍。借着昏暗的犯罪现场调查组的车灯,她看到科尔萨克正盯着米克的耳环,与他握手前有明显的犹豫。里佐利可以猜到他脑子里翻腾的想法。戴耳环,健身狂,肯定是个基佬。

米克开始从调查车上卸下设备。"我把最新的迷你多波四百①带来了。"他口中念叨着,"四百瓦的弧光灯,比通用照明三百五十瓦的设备强了三倍,是我们目前为止用过的最强光源。这玩意儿比五百瓦的氙气灯还要亮。"说完,他瞟了科尔萨克一眼,"能麻烦你把照相机什么的拿进去吗?"

科尔萨克还没来得及反应,米克就把一个铝制的箱子塞到了他怀里,随后转身去拿其他设备。科尔萨克一脸难以置信地站在原地,呆愣了片刻后,只好抱着箱子转身大步向耶格尔的房子走去。

等里佐利和米克抱着装有刑侦多波段光源、电源线和护目镜的大箱小箱挪到门口时,科尔萨克已经打开了屋子里的灯,门也半掩着。两人套上鞋套,走了进去。

和里佐利早些时候的表现一样,米克站在门口,被盘旋而上的楼梯井惊得目瞪口呆。

"顶上还有彩色玻璃窗。"里佐利补充道,"你应该在白天有太阳的时候来看看。"

起居室里传来科尔萨克不耐烦的呼喊:"我们是来干正事儿

---

① Mini-Crime Scope 400,刑侦多波段光源。

的，不是吗？"

米克看了里佐利一眼，满脸写着：这人有病吧？里佐利耸了耸肩，两人顺着大厅走了进去。

"就是这间。"科尔萨克解释道。他换了一件衬衫，已经不是下午穿的那件了，但这件同样已汗渍斑驳。他下巴高昂，双脚岔开，就像脾气暴躁的布莱船长①站在自己的甲板上。"我们要看这一块儿，这片地板。"

虽然是在夜晚，血迹带来的视觉冲击分毫不减。米克在一边准备设备——插电源线，设置相机，摆放三脚架。里佐利意识到自己的视线再次被墙上的血迹吸引，怔在了原地。不管怎么擦拭，也抹不掉暴力犯罪留下的血腥而沉默的证词。这些痕迹将幽灵般永存于此。

但今晚他们要找的并不是血迹，而是更为隐蔽的痕迹，所以必须用足够强烈的多波段光源。只有在这样的光照下，他们才能看见肉眼看不到的那些东西。

里佐利知道光是以波的形式移动的电磁能量。人眼可以感知的可见光波长在四百到七百纳米之间，在紫外线范围内，波长较短的光波是不可见的。但是，紫外线照射在许多不同的天然和人造物质上，有可能激发这些物质中的电子，让其释放可见光，这一过程被称为"荧光反应"。紫外线可以使一些体液、骨骼碎片、毛发和纤维显形。这就是她要求使用多波段光源的原因。在紫外线的照射下，他们可能会看到一系列全新的证据。

"这边准备得差不多了。"米克说，"现在需要把房间遮得越暗越好。"他看向科尔萨克，"能先把大厅那些灯关了吗，科尔萨

---

① 威廉·布莱，英国海军上将。

克警探？"

"等等，不用先戴上护目镜吗？"科尔萨克问道，"那些紫外线灯不会把我晃瞎吧？"

"我现在设置的波长基本是完全无害的。"

"我还是想先戴上一副。"

"都在那边的箱子里，人人有份。"

里佐利开口道："我去关上大厅的灯。"她走出起居室，按下了开关。等她回来后，科尔萨克和米克还是各自一方，离得远远的，仿佛怕染上什么传染病一样。

"那我们要查的是哪一片？"米克问。

"从那边开始吧，被害人被发现的位置。"里佐利说道，"从那里开始，到整个房间。"

米克环顾四周，说道："那边那块米色的地毯会有荧光反应，还有那张白色的沙发也会在紫外线下发光。我先提前告诉你，这种背景下很难发现什么。"他说着看了一眼科尔萨克，后者戴着一副护目镜，就像一个落魄的中年男人试图戴上墨镜装酷。

"把灯都关掉吧。"米克说道，"先看看房间够不够暗。"

科尔萨克按下灯的开关，房间顷刻陷入了浓重的黑暗。点点微弱的星光透过巨大的落地窗投射进来，但因为今晚没有月亮，茂密的树木遮蔽了街灯，房间里漆黑一片。

"还不错。"米克说道，"这种程度是可以开始工作的，比有些犯罪现场好多了，至少不用我披上一个毯子在地上爬。你们知道吗？听说技术部门最近在研发能在白天使用的显像系统。很快了，将来有一天，咱们就不用这么费劲了。"

"咱们能不能干点儿正事？开始吧。"科尔萨克突然说道。

"我以为你们会对这些科技手段感兴趣。"

"下次再说吧，好吗？"

"爱听不听。"米克回道。

蓝色的刑侦灯亮起时，里佐利也戴上了一副护目镜。地毯和沙发如同米克说过的那样，泛出盈盈的光亮。蓝光移到了对面的墙上，就是耶格尔医生的尸体依靠的那面墙，出现了明亮的银丝般的痕迹。

"还有点儿好看，是不是？"米克说道。

"那是什么？"科尔萨克问。

"几缕头发，被血粘住了。"

"哦，那还真是好看呢。"

"照一下地板。"里佐利说道，"应该就在地上。"

米克将灯向下移，纤维和毛发构成的新世界在他们脚下闪闪发光。那是犯罪现场调查组清理现场时遗留下的痕迹证据。

"光源越强烈，荧光反应也就越强。"米克一边用灯扫着地板，一边开口解释道，"这也是为什么我们小组如此重要。四百瓦的光源下，亮得什么东西都能找出来。联邦调查局买了七十一台这种宝贝，这东西又很小巧，可以直接带上飞机。"

"你是技术宅吗？"

"我就是喜欢酷炫的机械设备，我之前的专业就是工程学。"

"是吗？"

"怎么你听起来好像很吃惊的样子。"

"我不知道你这样的家伙会喜欢那种东西。"

"我这样的家伙？"

"我是说，你戴耳环啊什么的，你懂的。"

里佐利叹了一口气："病从口入，祸从口出。"

"怎么了？"科尔萨克说，"我没有别的意思，就是觉得之前没怎么见过他们这种人喜欢工程学,大多都是在影视或者艺术领域工作。当然那也挺好的。我们需要艺术家。"

"我读的麻省理工,"米克似乎毫不在意科尔萨克的冒犯,继续用灯扫着地板,平静地说道,"电气工程专业。"

"嘿,电工可不少赚啊。"

"呃,和那个不是一回事。"

他们一圈一圈地扩大范围,紫外线灯偶尔会照出一些无法识别的细小斑点,大部分是毛发和纤维。突然间,一块亮得惊人的区域出现在了地板上。

"地毯。"米克说道,"不知道是什么纤维制成的,亮成这样。这种背景光下看不出什么的。"

"那也扫一下看看吧。"里佐利说道。

"咖啡桌有点儿碍事。你能把它挪开吗?"

里佐利弯下腰,咖啡桌在白色的荧光背景下只有一个模糊的影子。"科尔萨克,你抬另一头。"她说道。

咖啡桌被挪到一边后,整个地毯反射着蓝白色的光,像一个椭圆形的水池。

"背景这么亮,我们能找到什么啊?"科尔萨克说道,"简直是在水面上找漂浮的玻璃。"

"玻璃不会浮在水上。"米克接话道。

"哦,对,你是个工程师来着。米克是你的昵称吧?全名是什么啊?米奇?"

"去看看沙发吧。"里佐利赶紧插嘴道。

米克调整了灯光的方向。沙发在紫外线灯的照射下同样发着光,但比地毯的光柔和些,像是月光照耀在雪地上。米克慢慢地扫着整个沙发,然后是上面的靠垫,但并未发现什么可疑的痕迹，只有几根散落的长发和灰尘颗粒。

"这家人很爱干净。"米克说道，"没有污渍，连灰尘都没有多少。要我说，这是张新沙发。"

科尔萨克咧嘴："那真不错，我上次买新沙发还是结婚的时候。"

"好了，那边还有一块地板没扫过。我们过去看看。"

里佐利感觉科尔萨克突然撞了过来，她能闻到男人身上的汗臭。科尔萨克的呼吸声有些嘈杂，似乎是有些鼻炎，黑暗将他浓重的喘息声放大。里佐利有些厌恶地从他身边让开，小腿不小心撞到了咖啡桌。

"该死。"

"嘿，走路看着点儿啊。"科尔萨克出声道。

里佐利刚想出声反驳，又忍住了。现在这里的气氛已经够紧张了。她只得弯下身，揉一揉小腿。黑暗中的突然转向让她有些头晕目眩，不得不蹲下身保持平衡，同时祈祷科尔萨克不要绊倒，毕竟以他的身量，把她压扁还是绰绰有余的。她能听到两个男人在几米外活动的声音。

"电源线缠住了。"米克说着，转身去理身后的电源线，手中的紫外线灯一下晃到了里佐利这边。

光束划过里佐利蹲伏的地毯。她低头看过去，在地毯纤维反射的背景光中，一块不规则的黑色斑点瞬间显露了出来。那斑点比硬币大不了多少。

"米克。"里佐利招呼道。

"你能不能抬一下那个咖啡桌？电源线好像是绕到桌子腿上了。"

"米克。"

"怎么了？"

"把灯拿过来，照一下地毯，就是我现在的位置。"

米克走向里佐利。科尔萨克也过来了，她可以听到他张口呼吸的声音逐渐接近。

"照我手这里，"她指示道，"我手指指的地方，差不多就是那个位置。"

幽幽的蓝光忽然在地毯上亮起，里佐利的手在荧光下反衬出一个黑色的剪影。

"那里，"她说，"那是什么？"

米克在她身边蹲了下来。"好像是一块污渍，我得拍下来看看。"

"不过这是黑色的呀，"科尔萨克说，"我以为我们要找的是有荧光的。"

"如果背景有了高度的荧光反应，像这块地毯上的纤维这样，体液反而会呈现出更暗的颜色，因为荧光反应没有那么强烈。这块污渍可能是任何东西，让实验室化验一下才能确定。"

"那怎么说，我们还得把这块地毯割下来一块拿回去吗？只为了一块很有可能是咖啡渍的污渍？"

米克思索片刻，说道："还有一招，我们可以试试。"

"什么？"

"我可以把光源的波长调低，调到短波紫外线。"

"能有什么用？"

"要是真有用的话可太酷了。"

米克调试了一下紫外线灯的数值，然后将灯对准了黑色印记。"看。"他说着打开了电源。

房间变得漆黑一片，只有那块污渍在他们脚下发着幽幽的光。

"这是什么鬼?"科尔萨克惊叫道。

里佐利恍若置身于一场幻觉。她看着那个幽灵一般出现的光斑,犹如燃烧的绿色火焰。那团火焰一样的光亮,就在她的眼皮子底下慢慢黯淡,随后消失不见。几秒钟后,浓重的黑暗将三人吞没。

"磷光。"米克解释说,"我们刚刚看到的是一种延迟荧光现象,有些物质的电子受到刺激时就会发生这种反应。电子需要花一些时间回复之前的基础能量状态,在这个过程中,它们会释放光子,也就是我们刚才看到的。这块污渍发出的磷光在短波紫外线灯照射下是绿色的。答案已经很明显了。"他站起身,打开了房间的灯。

在明亮的日光灯下,之前散发着神秘光芒的地毯显得平平无奇。里佐利看着它,却忍不住感到有些恶心,因为她知道这块地毯上发生过什么。盖尔·耶格尔遭了罪,证据就是仍然附着在米色纤维上的东西。

"是精液。"里佐利说道。

"嗯,十有八九。"米克一边说着,一边设置好相机三脚架,并安上柯达雷登滤光片,准备对刚才的地毯进行紫外线拍摄,"等我拍完照,就把这部分地毯割下来。实验室的人会用酸性磷酸酶和显微镜确认。"

里佐利却不需要进一步确认了。她转向血迹斑斑的墙,想起耶格尔医生死亡时的姿势,也想起茶杯从他的大腿掉到地板上摔成碎片。地毯上刚刚发着绿光的那块痕迹证实了,的确发生过她最害怕的那种事情,那一幕似乎就在她眼前上演。

你将他们两个从卧室拖到这个房间，光滑的木质地板让你没费多少力气。你先把医生的手腕和脚踝捆住，然后用胶带封住他的嘴，这样他就不能喊出声，不会打扰你。你把他带到墙边，让他背靠着墙坐在那儿，强迫他无声地观看你的表演，他就是禽兽表演的唯一观众。理查德·耶格尔当时还活着，而且很清楚你接下来要做什么，但他无法反抗。他保护不了自己的妻子。为了监测他的行动，你将茶杯和茶托放在他的腿上，这样一来，只要他试图站起身，茶杯就会掉到硬木地板上，发出声响，就像是一个简易的预警装置。因为接下来你要做的事情，对他来说将是无比痛苦的煎熬，会令他肝胆俱裂，但对你来说是无上的欢愉。你可顾不上盯着他，也不想冷不防地被他来上一下子。

但你想让他亲眼看着。

里佐利低头看着那块痕迹。如果他们没有挪开咖啡桌，没有特意寻找遗留下来的痕迹，那么这个证据可能就被遗漏了。

你强奸了她，就在这块地毯上，在她丈夫的注视下强奸了她，而她的丈夫只能眼睁睁地看着，救不了她，甚至救不了自己。等到一切结束后，你得到满足后，一滴精液滴在了这些纤维上，渐渐变干，变成肉眼看不见的薄膜。

杀掉丈夫会不会也是他的兴奋点？凶手有没有短暂地停止过手中握着的刀，只为了享受那一刻？还是说他只是在例行公事，了结猎物的性命？当他抓住理查德·耶格尔的头发，将刀刃压在理查德·耶格尔的喉咙上时，他有没有过丝毫的动容？

房间再次黑了下来。米克的相机咔嚓咔嚓地响着,将发光的地毯上黑色的阴影拍了下来。

终于,任务完成了。耶格尔医生低头坐在那里,鲜血溅到了身后的墙上,你又开始诸多任务中的另一项。你把耶格尔太太的睡衣叠好,摆进卧室,就像沃伦·霍伊特曾经做过的那样。

但事情还没完。一切不过刚刚开始而已,你还能得到更多的愉悦,恐怖扭曲的愉悦。

于是,你带走了那个女人。

灯光亮起,刺目的白光晃得她一阵晕眩。同样深深震颤她的,还有几个月来从未感受过的恐惧。里佐利有些懊恼,在场的两个男人一定看出了她的胆怯,因为她此刻面色苍白,双手颤抖,根本无法掩饰。一瞬间,她觉得无法呼吸。

里佐利走出了房间,走出了这栋房子。她站在前院,贪婪地大口呼吸着外面的空气。身后有脚步声传来,她没有回头去看是谁,他出声后她才认出那是科尔萨克。

"你还好吧,里佐利?"

"我没事。"

"你看起来可不像是没事的样子。"

"只是感觉有些头晕。"

"是想起霍伊特的案子了,对吗?看到这些肯定会对你有影响。"

"你懂什么?"

科尔萨克被她的话噎得愣了一下,随后自嘲道:"是啊,你说得对，我他妈的又怎么会知道呢？"说完后，他转身要回屋。

里佐利也转过身，叫住了他："科尔萨克。"

"怎么？"

他们彼此瞪着，什么也没说。这天晚上的气氛一直算不上融洽，草地上飘来的习习凉风里带着丝丝的甜。然而里佐利只能感受到强烈的恐惧，胃里不住地翻腾。

"我知道她当时的感受。"她开口，轻声说，"我知道她经历了什么。"

"耶格尔太太？"

"你必须找到她。无论怎样，全力找到她。"

"新闻里到处都是她的脸。我们没有放过任何线索，电话也好，目击举报也好。"科尔萨克摇了摇头，叹息道，"但你也知道的，到现在这个时候，我怀疑凶手是不是已经杀了她。"

"不会的，肯定不会。"

"你怎么能确定？"

她环抱住自己，试图止住身体的颤抖，转头看向面前的房子。"因为如果换作沃伦·霍伊特的话，他也不会。"

3

作为凶案组的一员,里佐利的工作职责有很多,这其中她最排斥的,就是造访奥尔巴尼街上那栋不起眼的建筑。虽然现在周围的男同事不会再让她神经过敏了,但她还是不能露出一丝软弱。男人这种东西极其敏感,像鲨鱼一样,能闻到你的弱点,还特别喜欢戳人痛处,喜欢对着你冷嘲热讽。所以里佐利已经知道了,她要摆出一副百毒不侵的样子,不管尸检台上的尸体呈现出何种可怖的景象,她都只是面无表情地看着。天知道她用了多强的意志力才带着公事公办的表情走进那栋大楼。她知道身边的男同事们都怎么看待她,他们觉得里佐利无所畏惧,敬她是个勇敢的夜叉。但此刻她的车子停在法医办公室的停车场里,她不愿下车,既不无畏也不勇敢。

昨晚她睡得很不安稳。时隔这么久,沃伦·霍伊特又一次成为她的梦魇。她满头大汗地醒来,双手的旧伤开始隐隐作痛。

里佐利低头看着伤痕累累的手掌。她想立刻启动车子,逃离这个地方,远离法医办公室,远离正在等候她的煎熬。她原本不需要来的,这毕竟是牛顿市的案子。但简·里佐利从来都不是一个懦夫,尽管艰难,但她很骄傲自己又回到了这里。

她走下车,砰的一声关上车门,带着凶恶的气势走进了大楼。

她是最后一个来到尸检室的,屋内的三个人见到她之后点了点头，算是打过招呼。科尔萨克穿着一件超大号的手术服，头上戴着蓬松的纸帽，看上去像一个戴着发网的超重的家庭主妇。

"我错过什么了吗？"里佐利说着，穿上一件防护服，以防待会儿有什么东西意外飞溅到身上。

"没什么，我们正说到强力胶带的事情。"

负责这次尸检的是莫拉·艾尔斯医生。凶案组的人给她起了一个绰号，叫她"亡灵女神"。她在一年前来到马萨诸塞州法医办公室，那之前在加州大学旧金山分校医学院供职，那可算是一份美差，是蒂尔尼医生亲自将她从学校"拐"到了波士顿。没多久，媒体也开始称呼她为"亡灵女神"了。她第一次代表法医办公室出庭做证时，穿了一身哥特式的黑衣。媒体的摄像机追着她，目送她大步走上法院的台阶。她皮肤白皙，唇上涂着一抹艳丽的口红，齐肩的头发同样是深沉的黑色，额前的刘海下是一张冷淡自若的脸，一副波澜不惊的样子。那天她站在证人席上，冷静而沉着。辩护律师先是在言语间轻佻试探，之后开始好言诱哄，最后黔驴技穷地公然相欺，艾尔斯医生却一直逻辑清晰地回答对方的问题，脸上挂着蒙娜丽莎般的微笑，没有露出丝毫破绽。媒体爱惨了艾尔斯医生，辩护律师团队则对她谈之色变，凶案组对这个整日与死亡为伍的女人也是又爱又怕。

艾尔斯医生表现出一贯的冷静沉着，开始了尸检。她的助手吉岛同样是沉稳的性格，工作起来一丝不苟，此刻正静静地设置好尸检用的设备，调整尸检台的灯光。面对理查德·耶格尔的尸体，两人完全是一副科学家般专业而冷淡的面孔。

耶格尔的尸体已经不像里佐利昨天看到的那样，尸僵已经消退，此刻正无力地躺在尸检台上。他身上的胶带已经被剪掉，四角内裤也被脱下，皮肤上沾染的血迹已被冲洗干净。他的双臂无力地垂在身侧,两只手肿胀发紫,像是戴了一副紫色的手套,这是缠在手腕上的强力胶带和尸体腐烂造成的。但人们的注意力并没有放在这里,而是聚焦在了那条横着划过他喉咙的伤口上。

"致命一击。"艾尔斯说,用一把尺子量了一下伤口,"十四厘米。"

"奇怪,这伤口看起来没有多深啊。"科尔萨克说。

"因为伤口是顺着郎格氏线切开的,皮肤的张力会将伤口边缘拉回到一起,所以伤口不会向两侧张开。但刀口实际上比看上去要深得多。"

"需要压舌板吗?"吉岛问。

"谢谢。"艾尔斯从吉岛手中接过压舌板,然后轻轻将木质压舌板伸到了伤口里,同时低声念叨着:"来,说'啊——'。"

"什么鬼?"科尔萨克出声道。

"我在量伤口的深度,接近五厘米。"

艾尔斯又拿起一个放大镜贴近伤口,仔细地看着伤口内部。"左颈的动脉和静脉都被割断了,气管也被切开了,就在甲状软骨的下面。气管的切开程度说明,颈部先是经过拉伸,然后才被切开。"她抬头看向两个警探,说道,"凶手显然是把被害人的头向后拉,摆好了姿势,才下手切出了这个伤口。"

"处决。"科尔萨克说。

里佐利记起,昨晚的紫外线灯曾照出被血液粘在墙上的头发。那是耶格尔医生的头发,是刀刃割进他的喉咙时凶手从他头上扯下来的。

"是什么样的刀?"她开口问道。

艾尔斯没有立即回答她的问题,而是转头对吉岛说:"胶带。"

"我刚刚已经拿来了,就放在这里。"

"我来估算一下长度,你来贴。"

科尔萨克意识到他们要做什么后,有些惊骇地笑了一声:"你们还要把他的伤口用胶带粘上?"

艾尔斯抬起头,瞥了他一眼,冷淡地回了一句:"不然呢?难道你觉得用强力胶会更好吗?"

"这是要把他的头固定住吗?"

"拜托,警探,就算是你那长得好好的头用胶带也粘不住。"艾尔斯说完,再次透过放大镜看了看伤口,点点头说道,"很好,吉岛。现在已经能看到了。"

"看到什么?"科尔萨克问。

"透明胶带的神迹。里佐利警探,你刚才问我凶手用的是什么样的凶器。"

"求求你千万别说是手术刀。"

"不,不是手术刀。你自己看看。"

里佐利走到放大镜前,看向伤口。透明胶带将伤口的边缘黏合,最大限度地还原了皮肤上被刀刃划过的伤口的痕迹。刀口的一侧有着平行的细小裂纹,斜斜地从切口处向外延伸。

"刀片上带锯齿?"她问道。

"第一眼看上去确实如此。"

里佐利抬头,看到了艾尔斯平静的脸,眼神深邃。

"不是这样吗?"

"伤口边缘本身不是锯齿状的,因为另一侧的切口十分平整。而且你有没有发现,锯齿状缺口只出现在前三分之一,不是整条横切口都有。这样的锯齿痕迹是凶手拔刀时留下的。凶手从被害人的左下颌下刀,切过颈部前侧的喉咙,直接划到右侧,在气管环的另一边停下。然后，随着他轻微转动刀刃拔刀的动作，出现了锯齿状的切口。"

"那到底是什么刀造成了这样的痕迹？"

"凶器的刀刃应该是没有锯齿的，但是刀背上有锯齿设计，所以在拔出时留下了这样的划痕。"艾尔斯看着里佐利说道，"这是典型的兰博刀或生存刀，一般打猎的人会用到。"

猎人。里佐利看着理查德·耶格尔肌肉发达的肩膀，心里想着：这样的男人不可能是温顺的猎物。

"行吧，你的意思是说，"科尔萨克说道，"这个被害人，这个健身狂，眼看着凶手掏出一把兰博刀，然后老老实实地让人家割喉了？"

"他的手脚被绑住了。"艾尔斯说道。

"我不管他被绑成什么样，只要是个血性汉子，就算是被捆成木乃伊，也会拼了命去反抗的。"

里佐利接话道："他说得没错，就算手被绑住了，还能用脚蹬，甚至用头去撞。但是耶格尔好像什么都没做，就这么靠着墙，乖乖地坐着。"

艾尔斯医生站得笔直。有那么一会儿，她什么都没说，只是沉默地站着，表情肃穆，仿佛她不是一个法医，而是穿着长袍的女祭司。她看向吉岛，说道："给我拿一条湿毛巾，再把灯转到这边。我们彻底清洗一下，看看他的肌肤表层，每一寸都不要放过。"

"要找什么？"科尔萨克问。

"找到了我再告诉你。"

过了一会儿，艾尔斯抬起耶格尔的右臂，发现了尸体胸部侧面的伤痕。在放大镜下看，那是两个很不起眼的红色肿块。艾尔斯戴着手套，摸了摸那块皮肤，说道："风团。"又补充道，"刘易斯三重反应。"

"刘易斯什么？"里佐利不解。

"刘易斯三重反应。这是一种皮肤上的标志性反应，先开始是接触部位发红，然后因为皮肤小动脉扩张，开始爆发红斑，最后，在第三阶段，因为血管通透性加大，皮肤上出现风团。"

"要我看，这像是电击枪留下的。"里佐利说道。

艾尔斯点了点头。"没错，这是典型的电机设备刺激皮肤后皮肤会出现的反应。电击枪一类的东西会让他瞬间失去行动能力，失去神经肌肉控制。这段时间足够让凶手绑上他的手脚了。"

"这种皮肤上的风团一般会存在多久？"

"在活体上的话，一般两个小时左右就会消退。"

"死亡终止了皮肤上的生理反应，这也是为什么我们现在还能隐约看见风团。"

"也就是说，他在被电击后两个小时之内，就被杀掉了？"

"对。"

"但是电击只能让人昏迷几分钟。"科尔萨克说道，"五分钟，最多也就十分钟。要是想让他一直晕着，凶手就得多电他几次。"

"所以我们想再找找，看看尸体上还有没有其他的风团。"艾尔斯说道。她调整灯光，让光线聚焦到尸体的下半身。

光束毫不留情地打在了理查德·耶格尔的阴茎上。在这之前，里佐利一直尽量回避，不去看尸体的那个部位，直视尸体的性器官总会让她觉得有些残忍和冒犯。然而，显然凶手没有这种顾虑，他们在这里发现了另一处电击痕迹。此刻，灯光照在理查德·耶格尔疲软的阴茎和阴囊上，他的尊严已经被彻底夺走，再没有比这更过分的践踏和侮辱了。

"这里也有风团。"艾尔斯说着，抹去尸体上的一块血迹，露出了底下的皮肤，"这里，小腹上。"

"还有大腿上。"里佐利轻声说道。

艾尔斯抬头看过去："哪里？"

里佐利指了指尸体的左腿，阴囊左侧还有一道痕迹。这就是理查德·耶格尔的最终时刻——完全清醒，意识警觉，却一动也不能动。他无法自卫。健身房里苦练的那些时间，辛辛苦苦练出来的鼓胀肌肉，在最后这一刻完全派不上用场。神经系统被电击后短路，四肢变得无力，根本不听使唤。他被凶手从床上拖下来，无力反抗，像一头任人宰割的牛。他靠墙坐着，眼睁睁地看着接下来要发生的事。

但电击的效果是短暂的。很快，他的肌肉抽搐，手指渐渐握成拳。他看着妻子遭受的折磨，愤怒使肾上腺素充满身体。现在他的身体终于听话了。他试着站起身，但身上的茶杯滑落在地，暴露了他的行动。

又一次电击，他再次颓然倒地，绝望，如同看着巨石从山坡滚落的西西弗斯。

里佐利看向理查德·耶格尔的脸，虽然双目紧闭，但他生前所见的最后一幕一定深深地刻在了他的脑海中。他的双腿无力地摆在身前，他的妻子受辱后躺在米色的地毯上。而猎人手中握着尖刀，一步步逼近猎物。

休息室里很吵，人们像是被关在笼子里的野兽，在方寸之间来回踱步。电视机闪着光，通往上层牢房的楼梯上传来脚步声，金属楼梯锒铛作响。永远有人监视着我们，牢里到处都是监控摄像头，浴室里，甚至是厕所里，无处不在。透过上层的监视窗，看守们居高临下地看着我们，像是看着深井里茫然打转的牲口。在这里，我们的一举一动都逃不过他们的眼睛。苏萨－巴拉诺维斯基惩戒中心是六级监禁机构，拥有马萨诸塞州监狱系统里最先进的监管设备。这里的门锁不用钥匙开启，而是由警戒塔里的电脑终端控制，指令也是由一个又一个对讲设备下达给我们的。每个牢房的门都可以远程操控，打开或是关闭，从来见不到任何一个警卫来操作。有段时间，我甚至怀疑我们的警卫到底是不是人类，还是说，那些站在玻璃后的人形剪影其实只是一些电子机器人，他们不时地转动身体，彼此点头。不管是人类还是机器人，我都摆脱不了他们的监视，但这并不会困扰我，因为他们看不到我的思想。他们无法进入我幻想中的黑暗世界。那个地方只属于我一个人。

就像现在，我坐在休息室里，看着电视上播出的六点钟新闻，思想却徘徊在另一个世界，那里上演着完全不同的另一番场景。伴我同游黑暗幻想的，正是此刻电视屏幕中微笑端坐的女主持人。我想象着她的黑发在枕头上铺开。我看得见她皮肤上汗水的反光。而且在我的世界里，她的脸上是没有微笑的，是的，绝对没有。在那里，她双目圆睁，扩散的瞳孔像是无底的深潭，嘴唇因惊恐而紧抿。电视上的娇美身躯穿着翠绿套装，长着一张漂亮的小脸，我一边欣赏，一边幻想。看着她此刻语笑嫣然的样子，幻想她惊恐的尖叫。

然后，电视画面变了，所有关于女主持人的想法也都消失了。一名男记者站在理查德·耶格尔医生位于牛顿市的房子前，用严肃的语气播报，在医生被谋杀且其妻子被绑架两天后，警方还没有逮捕犯罪嫌疑人。我已经知道耶格尔夫妻的案子了，现在身体前倾，专注地盯着屏幕，只等着那一瞥。

终于，我看到了她。

镜头转向一栋房子，拍到她从前门走出来的特写，身后是一个壮硕的男人。他们站在前院交谈，没有意识到摄影师将镜头聚焦在了他们身上。男人看起来有些粗陋，面颊肥硕松垮，头皮上稀稀疏疏地长着几根头发，一副油腻而贪婪的样子。在他的衬托下，他身侧的女子几乎没有存在感。我已经很久没见过她了，她看起来变了很多。哦，她的头发没变，依然是一缕缕有些凌乱的黑色卷发。她穿着最常穿的海军蓝套装，不过现在这件衣服显得有些宽松，与她娇小的身材不太相称。不一样的还有她的脸，以前她的脸颊要比现在丰润些，脸上洋溢着自信的光。她并不是十分漂亮，却很迷人，因为她那双无畏且聪慧的眼睛。此刻镜头里的她却显得疲惫而忧郁。她瘦了，在她双颊深陷的脸上，我看到了新的阴影。

突然间，她发觉了正对着她的摄像机，直直地盯着镜头，盯着我，似乎看到我了，好像她此刻就活生生地站在我面前一样。我们曾有过一段过往，我和她。我们有过一段亲密的过往，如此亲密，就像恋人间至死方休的羁绊。

我从沙发上站起来，走到电视机前，举起手按在屏幕上。我没有听记者在说什么，我的注意力都在她的脸上。我的小珍妮，你手上的伤还会让你寝食难安吗？你还会时不时地揉搓手掌吗？上次在法庭见到你时，你总是不安地揉搓着手心，像是有异物遗留的碎片嵌在身体里，搅得你心神不宁。看着那两道疤时，你在想什么？会不会想起我，想起我将它们刻进你身体时的样子？你会不会和我一样，把它当成爱的信物？当作我对你的献礼？那是我对你的崇高敬意。

"你他妈离电视远点儿！我们看不见了！"有人大声喊道。

我没有动，只是站在屏幕前，摸着她的脸，回忆她那双乌黑的眼睛顺从地望着我的样子，回忆她不施脂粉却光滑完美的肌肤。

"混蛋，滚一边儿去！"

突然间，她不见了，从屏幕上消失了，穿着翠绿色外套的女主持人又回来了。几分钟前，我对这个精心打扮的女人还会产生幻想，此刻再看见她却觉得索然无味，那只是另一张漂亮的脸，另一条纤细的喉咙。只不过是看了简·里佐利一眼，我便想起了什么才是真正高级的猎物。

我回到座位上，屏幕上播放着雷克萨斯汽车的广告，但我的思绪已经不在电视上了。与之相反，我回想起从前，那些我可以自由行走在街道上的日子，那些漫无目的的闲逛，那些与我擦肩而过的女人和她们身上的香气。那不是化学家在实验室里调配出来的工业香水的味道，而是真正的女性汗液的味道，是阳光下她们的秀发蒸腾出来的味道。夏天的时候，我会挤在路口的行人里，共同等待着人行横道的信号灯变绿。在拥挤的人群里，谁会注意到从身后凑过来的男人呢？谁会发现他正在闻嗅着你的头发呢？谁会注意到身侧的男人正盯着你的脖子，标记着你颈上的动脉，脑海里想象着那里可以绽放出你最甜美的血花呢？

没人会在意。十字路口的绿灯亮起，人群开始移动，女人也向前走去，浑然不觉，也从不怀疑，但猎人已然嗅到了她身上猎物的芬芳。

"叠起睡衣这种行为并不足以说明凶手是模仿犯。"劳伦斯·朱克博士说道,"这只是一种掌控欲的体现,凶手在炫耀他对被害人和现场的掌控力。"

"沃伦·霍伊特就这样做过。"里佐利接道。

"别的凶手也这样做过。这并不是'外科医生'独有的作案手法。"

朱克博士用一种奇异的、近乎野性的眼神看着她。作为东北大学的犯罪心理学专家,他经常为波士顿警察局提供咨询服务。一年前,在"外科医生"案件调查期间,他曾与凶案组的警察合作,对不明嫌犯做出了侧写,结果惊人地准确。有时候,里佐利觉得他本身也是个阴暗的怪人。毕竟,如此深入沃伦·霍伊特这样的恶魔内心,只有同样熟悉邪恶的人才能做到吧。每次与这个男人接触,她总会觉得不自在,尤其在面对他探究的凝视和慢条斯理的低语时,她总觉得自己无处遁形,饱受窥探。但朱克也是少数真正了解霍伊特的人。基于这一点,也许他真的能够判断出这起案件的凶手是不是一个模仿犯。

里佐利又反驳道:"不光是叠睡衣这一点,还有其他的相似之处。这个凶手也用了胶带捆绑被害人。"

"还是那句话,这同样不是'外科医生'的专利。你看过《百战天龙》吗?那里面就展示过胶带的一千零一种用法。"

"夜间从窗户潜入;被害人在睡梦中被突袭——"

"那个时候他们最容易被制伏,是很常见的作案时间。"

"还有简单粗暴的割喉手法。"

朱克耸了耸肩,说道:"常见的低调而高效的杀人手段而已。"

"但是你把这些都综合到一起来看:叠起来的睡衣,胶带,潜入的手段,致命一击的手法——"

"然后你得到了什么结论呢？不过是采用一些常用手段的不明嫌犯而已。即便是本案中比较不同的地方，比如凶手在被害人身上放置了茶杯，也是之前一些强奸犯用过的手段，只是稍有改变。有的强奸犯会把盘子或是别的易碎物放到丈夫身上，只要他有动作，碎掉的瓷器就会发出响动，警示罪犯。这些手段很常见，因为它们最有效。"

里佐利感到烦躁而沮丧，她将在牛顿市犯罪现场拍摄的照片摆在朱克面前的桌子上。"我们现在要追查一个失踪的女人，朱克博士，目前为止，我们什么线索都没有。我连想都不敢想她正在经历些什么——如果她还活着的话。所以希望你能仔细看看这些照片，告诉我一些关于嫌犯的线索，告诉我该如何找到他，如何找到那个女人。"

朱克博士戴上眼镜，拿起了第一张照片。他什么都没说，只是默默看了一会儿，然后拿起了紧挨着的第二张照片。他不时发出喃喃低语，又陷入沉默。一时间，房间里只有皮椅发出的轻微声响。透过办公室的窗户，里佐利可以看见东北大学的校园。此时正是夏日炎炎，校园里的行人并不多，只有三三两两的学生懒洋洋地躺在草地上，身边四散着书包和书本。她羡慕这些学生，羡慕他们的无忧无虑和纯真，羡慕他们对未来的盲目乐观，羡慕他们不会被噩梦侵扰的夜晚。

"你刚才说，你们在现场发现了精液。"朱克博士说道。

里佐利有些不情愿地将目光从学生们身上拉回。"是的，就在照片里那块椭圆形的地毯上。化验室已经证明，血型与被害的丈夫的血型不符。DNA信息已经录入到索引数据库了。"

"不过我觉得，嫌犯不会这么不小心，不会在全国数据库里留下身份线索。这么大的破绽，他不会这么蠢。不，我敢打赌，基因数据库里肯定没有他的信息。"朱克抬起头，目光从照片移到里佐利身上，"而且我还敢打赌，他在现场没有留下任何指纹。"

"自动指纹识别系统里什么也没查到。很可惜，耶格尔的岳母去世后，至少有五十个人去过他家。也就是说，现场有大量的不明指纹要核对。"

朱克低下头，盯着耶格尔医生的照片。男人瘫坐墙边，墙面被喷溅上大片血迹。"案件发生在牛顿市。"

"对。"

"正常来说，这不在你的辖区。你怎么会牵扯到调查里？"他又抬头看向她，探询的目光让她不安。

"是科尔萨克警探请我——"

"案件的负责人本该是他，对吗？"

"对的，但是——"

"波士顿的凶杀案难道还不够你忙的吗，警探？你为什么觉得自己要负担这件案子呢？"

里佐利回视过去，察觉到他正在剖析她，想找出她的痛处，刺激她，拷问她。"我说过了，"她说，"那个女人可能还活着。"

"而你想救她？"

"你不想吗？"她反问道。

"我很好奇，警探。"朱克没有被她话里的怒气影响，"你跟别人谈起过霍伊特的案子吗？聊过它对你造成的影响，尤其是个人方面造成的影响吗？"

"我不知道你在说什么。"

"你接受过心理咨询吗？"

"你是想问，我有没有见过心理医生？"

"你在那间地下室里经历过的事情一定很可怕。沃伦·霍伊特对你做的事，不管是发生在哪位警察身上，都没那么容易恢复。不管是在精神上，还是肉体上，他都伤害了你。一般人经历这些总会留下持续性的创伤，出现记忆闪回、噩梦或是情绪抑郁之类的症状。"

"那段经历确实不太美好，但我应付得来。"

"这是你一直以来的做法，对吗？永远自己撑着，从来不抱怨。"

"我和别人一样，当然也会抱怨。"

"但绝对不会抱怨那些让你显得无能或是脆弱的事情，对吧？"

"我瞧不上那些自怜自艾的人，也绝不会让自己变成那种人。"

"我说的并不是无病呻吟的抱怨，而是说你有没有勇气承认自己出了问题。"

"什么问题？"

"那就只有你自己知道了，警探。"

"不，毕竟觉得我脑子有病的是你，显然你也是知道的。"

"我从没这样说过。"

"但你就是这样想的。"

"是你用了'脑子有病'这种说法。这就是你的感受吗？"

"听好，我来找你，是为了这起案子。"她说着，点了点耶格尔案件的犯罪现场照片，"为什么话题会扯到我身上？"

"因为你在看这些照片时，想到的只有沃伦·霍伊特，而我想知道为什么。"

"那件案子已经结了，我也已经走出来了。"

"你走出来了？真的吗？"

朱克的轻声反问让她一个字也说不出，陷入沉默。她讨厌他的一再追问，更厌恶他道出的事实，一个她无法承认的事实。沃伦·霍伊特确实在她的生活里留下了伤疤。只要低头看看双手，她就会想起他对她造成的伤害。但最严重的伤害不在身体上，而在精神上。去年夏天，在那个黑暗的地下室里，她向来无所畏惧的勇气被击败了，百折不挠的信心被削弱了。沃伦·霍伊特让她看到，她有多么脆弱可欺。

"我不是来这儿和你讨论沃伦·霍伊特的。"她说道。

"但你确实是因为他才来到这里的。"

"不，我来这儿是因为这两个凶手之间的共同点。不只我一个人这样想，科尔萨克警探也这样认为。所以让我们回到这个案子上，可以吗？"

朱克温和地笑道："可以。"

"那关于这个嫌犯，"里佐利敲了敲桌上的照片，"你能看出些什么吗？"

朱克再次低头看着耶格尔医生的照片。"这位嫌犯的行为显然是有计划的，不过这一点你们早就知道了。他做好了万全的准备之后，才来到现场。他事先准备了玻璃刀、电击枪，还有强力胶带。潜入被害人的住处后，他很快制伏了两个被害人，快到让你怀疑……"说到这儿，他抬头看了里佐利一眼，"真的只有一个嫌犯吗？没有从犯？搭档？"

"现场只发现一组脚印。"

"那就说明，凶手动作十分迅捷，还很谨慎。"

"但他还是在现场遗留了精液，等于亲手把揭露自己身份的钥匙送到了我们手里。这是个致命的错误。"

"是的，没错。而他也清楚这一点。"

"那他为什么要在房子里侵犯她？为什么不等一等，到一个更安全的地方去做？如果他真的那么算无遗策，能够无声无息地潜入，轻易控制屋里的男主人——"

"也许这才是他真正的目的。"

"什么？"

"想想看，耶格尔医生坐在那边，手脚被绑，动弹不得，只能亲眼看着另一个男人掠夺他的所有物。"

"所有物。"里佐利重复道。

"在这个嫌犯眼里，女人就是一种所有物，另外一个男人的所有物。多数性侵犯者不会冒险袭击成对的情侣，而会选择独身的女性，因为那样的目标比较容易得手。一旦在他们的犯罪过程中出现了另一个男人，场面就会变得很危险。但在这件案子里，凶手显然是知道男人就在现场的，他也准备好了对付这个男人的办法。这会不会是他乐趣的一部分呢？也许他的某个兴奋点就是办事的时候有人看着？"

唯一的观众。里佐利低头看着照片中的理查德·耶格尔，他无力地靠墙坐着。是的，这也是她踏进起居室看到男人尸体时的第一印象。

朱克的目光转向了窗子。片刻后，他再次开口，声音轻柔而低沉，像是从梦中传来的。

"这都是为了展现权力和控制，对另一个人类的绝对主宰。不仅仅对那个女人，也包括对那个男人的控制。也许真正让他兴奋的是那个男人，这才是嫌犯幻想中最重要的部分。他知道这么做的风险，但还是被强烈的冲动驱使了。他的性幻想控制了他，而他在欲望的驱使下控制了被害人。他拥有至高无上的力量，是绝对的统治者。他的敌人无力地坐在一边，拿他毫无办法，而他像所有的胜利方一样，夺取了战利品。他强暴了那个女人，耶格尔医生的溃败加剧了掠夺的欢愉。这不是简单的性侵犯，这是一次男性力量的展现，是一个男人对另外一个男人的征服，是胜利者最终获得奖赏的战争。"

窗外，草坪上的学生们捡起各自的书包，掸落身上的草叶。夏日的阳光给午后的校园蒙上一层朦胧的金纱。对于这些学生来说，接下来的时光又要如何度过呢？里佐利猜想着。也许是闲暇的晚间消遣时间，天南地北地闲聊，就着比萨和啤酒；或者是一夜好眠，无梦无忧。

那是我再也无法体会的安宁。

她的手机突然响了。"抱歉。"她说着，接起了电话。

电话那头是埃琳·沃尔奇科，毛发、纤维和痕量证据实验室的工作人员。"我检测了胶带上的毛发，就是耶格尔医生身上取下来的那些胶带。"埃琳说道，"我已经把检测结果传真给科尔萨克警探了，但我知道你也想知道结果。"

"查到什么了？"

"黏合物里附着了一些棕色短毛，是取下胶带时从被害人身上扯下来的汗毛。"

"纤维呢？"

"也有发现，但真正有意思的不是这个。从死者脚踝扯下来的胶带上，我们发现了一根深棕色的头发，有二十一厘米长。"

"他妻子的头发是金发。"

"我知道。所以我才说，这个发现最有意思。"

是嫌犯的，里佐利立刻想到，这是凶手的头发。她又问道："有发现上皮细胞吗？"

"有。"

"也就是说,我们也许可以从头发上提取到DNA信息。如果基因信息和精液的一致——"

"不会一致的。"

"你怎么知道?"

"因为这不可能是凶手的头发。"埃琳停顿了片刻,补充道,"除非凶手是个丧尸。"

4

波士顿警察局凶案组的警探只需在一条阳光普照的走廊上走一小段，就能到达位于施罗德广场南翼的犯罪实验室。这条路里佐利走过无数次了，她的目光总是透过窗户，俯瞰着治安混乱的罗克斯伯里。这里的商店夜间必须放下栅栏，挂上锁，周围停着的车里都装了方向盘锁。但今天，她心中有着悬而未解的难题，因此无暇顾及其他，只是径直走向S629号房间——毛发、纤维和痕量证据实验室。

实验室里没有窗户，密密麻麻地摆放着显微镜和一台气相色谱仪，刑侦学专家埃琳·沃尔奇科是这里的主人。室内没有阳光，与外界的风景隔绝开来。埃琳低头沉浸在显微镜下的世界，因为长期盯着显微镜目镜，她总是习惯性地眯着眼睛，双目变得狭长。里佐利走进房间，埃琳也转动椅子，抬头看向她。

"我已经把它放到显微镜下面了，你来看一看吧。"

里佐利坐下来，透过目镜看去，只见一根毛发横在镜头里。

"这就是我从绑住耶格尔医生脚踝的胶带上取下来的。"埃琳说道，"黏合物上只有这么一根长的头发，剩下的都是短的，也就是被害人的体毛。还有一根他自己的头发，是在贴住他嘴巴的胶带上发现的。但这么长的只有这一根。我们有被害人的头发，也有从梳子上取下来的被害人妻子的头发，但这根头发既不是被害人的,也不是他妻子的。"

里佐利调整视野,看着显微镜下的头发。"确定这是人类的头发吗?"

"确定,是人类的。"

"那为什么不可能是嫌犯的?"

"仔细看看,告诉我你都看到了什么。"

里佐利顿了顿,回想起之前学过的关于法医学里鉴定毛发的知识。她知道埃琳让她亲自检查一定有原因,她能听出那平静声音里掩藏的兴奋。"这根头发是弯曲的,卷度大概在零点一到零点二。而且你说过,整根头发的长度是二十一厘米。"

"女士发型有可能是这个长度,"埃琳说道,"但对男性来说,就有些长了。"

"你因此断定这不是凶手的头发吗?"

"不是,头发的长度无法告诉我们一个人的性别。"

"那你要我看的到底是什么呢?"

"毛发的一端,根部那里,看到什么奇怪的地方了吗?"

"毛根有些粗糙,像是刷子毛一样。"

"正是如此,我们称之为刷状发根,那是些皮质纤维。通过检查发根的状态,我们可以判断这根头发处于哪个生长阶段。你来大胆猜猜看?"

里佐利仔细观察球茎状的发根部位,发现有游丝一般的根鞘。"发根上包着一层透明的东西。"

"上皮细胞。"埃琳回答说。

"也就是说,它原本长得好好的。"

"是的,根部本身有些许增大,所以这根头发应该处于它的生长末期,刚刚度过它最活跃的生长阶段。上皮细胞可能会给我们提供 DNA 信息。"

里佐利抬头看向埃琳："我还是不明白这跟丧尸有什么关系。"

埃琳轻笑道："我不是真的指丧尸。"

"那你是什么意思？"

"你再看看这根毛发，顺着毛根往后看。"

里佐利又一次埋头看向显微镜，目光聚焦到头发长长的毛干上，那上面有一段颜色比其他地方更暗。"颜色不一样。"她说道。

"继续。"

"毛干这边有一段是黑色的，离毛根不远。为什么会这样？"

"那个叫发根条带，"埃琳回答说，"是皮脂腺导管进入毛囊的地方。皮脂腺的分泌物中有一种酶，在某种类似于消化过程的活动中，它会将细胞分解，这会引起毛根附近出现肿胀，颜色变深。这正是我想让你看的。就是因为发根条带的存在，我才能断定，这根头发绝对不是凶手的。也许是从他衣服上掉下来的，但绝不可能是从他头上掉下来的。"

"为什么不可能？"

"发根条带和刷状发根都是人体死后才会出现的。"

里佐利猛然抬起头，紧盯着埃琳："死后？"

"没错。头发主人的头皮应该已经开始腐败了，发丝上的条带状变化是很典型的证据，这种分解方式十分特殊。除非凶手是从坟墓里爬出来的，否则这根头发绝不可能来自他头上。"

过了好一会儿，里佐利才找回自己的声音。"要死亡多久头发才会出现这些变化？"

"很可惜，条带状改变无法帮助我们确定死者的死亡时间。

死亡八小时到几周后，拔出来的头发状态是一样的。如果是做过防腐处理的尸体，即便多年以后，尸体上的头发也会呈现同样的状态。"

"如果是在生前拔下来的呢？拔下来之后放置一段时间，会不会出现同样的变化？"

"不会，只有留在死者头皮上时，头发才会出现这样的分解变化。这只可能是在人死后拔下来的头发。"埃琳看着里佐利震惊的样子，"这位嫌犯之前接触过尸体。这根头发落在他的衣服上，然后在他捆绑耶格尔医生的脚踝时掉到了胶带上。"

里佐利开口，轻声说道："他还有其他的被害人。"

"这也是一种可能性，但我更倾向另外一种。"埃琳说完，走到另一个工作台前。她拿过来一个小托盘，上面放着一段胶带，有黏合剂的那一面朝上。"这是从耶格尔手腕上取下来的，我想在紫外线灯下照给你看看。按一下墙上的开关，可以吗？"

里佐利按下了开关，房间骤然坠入黑暗。在浓重的黑暗里，埃琳这盏小巧的紫外线灯闪烁着诡异的蓝绿色光芒。与米克在耶格尔家使用的刑侦多波段光源相比，这盏灯的灯光要弱一些，但当光束穿过胶带时，令人啧啧称奇的种种细节还是显露了出来。对于警探来说，罪犯遗留在现场的胶带算是证据丰富的宝藏。纤维、毛发、指纹，甚至是皮肤细胞里的DNA信息，都有可能被粘在胶带上。在紫外线灯的照射下，里佐利可以看到胶带上遗留的一些灰尘和几根短毛。除此之外，在胶带的一边，有一条又长又细的纤维样物质。

"你能看出这些胶带边缘的纤维是连续的吗？"埃琳说道，"整条胶带，不管是在耶格尔手腕上的还是脚腕上的，都有这样的纤维，像是胶带出厂时自带的某种工艺设计。"

"不是自带的吗？"

"不是。如果你把一卷胶带侧边朝下放在某个地方，胶带的一边就会粘上放置处表面的一些物质。这些纤维就是从那个接触面上粘来的。不管去哪里，我们总会沾染上某些痕迹，之后又会把这些痕迹带到其他地方。你要找的嫌犯也是如此。"埃琳打开了房间的灯，里佐利被突然亮起的灯光晃得眨了眨眼。

"这些是什么纤维？"

"我拿给你看。"埃琳将放有头发的载玻片挪至一旁，换上了另外一片，"你从显微镜看看。我等一下会解释你看到的是什么。"

里佐利依言凑近目镜，看到了一条深色的纤维，弯弯的，像是一个大写字母 C。

"这是从胶带边缘剥下的纤维。"埃琳解释道，"我用强制热风加热把胶带所有分层挨个剥离，这种深蓝色的纤维在每一层的边缘处都出现了。现在我再给你看一下它的横截面。"埃琳伸手拿过来一个文件夹，从中取出一张照片，"这是在扫描电子显微镜下拍到的。看到纤维上像是希腊字母 Δ 的这个形状了吗？像个小三角形一样。这种制造方式是为了减少尘土堆积，通常这种纤维是地毯里特有的。"

"所以说这是人造材料？"

"没错。"

"那刚刚的双折射是怎么回事？"里佐利知道，当光穿过合成纤维时，通常会折射出两种偏振光，形成两个不同的折射面，如同光穿过水晶一样。这种折射叫双折射。每一个纤维都有一个特征指数，可以用偏光显微镜观测到。

"这种深蓝色的纤维，"埃琳回答说，"双折射指数是零点零六三。"

"能根据这个指数确定是出自哪种材料吗？"

"尼龙66。因为耐污性强，有弹性，还很坚韧，这种材料常用于织造地毯。特别值得注意的是，照片中纤维的横截面形状和红外光谱仪下的成像反应，与杜邦公司的一款叫安特强的产品相符，安特强也是用于制造地毯的尼龙材料。"

"再说说它的颜色，深蓝色？"里佐利说道，"人们一般不会给家里铺的地毯选这个颜色，更像是车内地毯。"

埃琳点了点头。"确实，这种颜色的蓝，八〇二蓝，长期以来都是美国产豪华汽车的配色选择，像是凯迪拉克或是林肯之类的。"

里佐利忽然想到了线索的指向。她说："凯迪拉克也生产灵车。"

埃琳微笑道："林肯也是。"

她们想到了一起：凶手在生活中会与尸体打交道。

里佐利想到了所有会与尸体接触的人群。警察和法医会第一时间来到死亡事件发生的现场，还有病理学家及其助手，然后是尸体防腐员和殡葬师。还有入殓师，为死者清洗头发和化妆，修饰死者的容貌，准备好接受亲友吊唁，迎接最后的探访。死者会接受一连串活人的摆布，痕迹可能会附着在这其中任何人身上。

里佐利忽然抬头看向埃琳："失踪的那个女人，盖尔·耶格尔……"

"她怎么了？"

"她的母亲上周去世了。"

乔伊·瓦伦丁能够化腐朽为神奇，让死人栩栩如生。

惠特尼殡仪馆灯火通明的准备室里，里佐利和科尔萨克安静地站在一边，看着乔伊从化妆包里不断翻找着什么。包里面是一些小巧的瓶瓶罐罐，装着高光粉、腮红和口红粉。这看上去像是剧场后台会用到的化妆包，但实际上是为了给死人苍白的脸注入生气而准备的。立体音响里，猫王丝绒般的嗓音深情地唱着《温柔地爱我》。乔伊把定型发蜡抹在尸体的双手上，将多次静脉注射留下的针孔和动脉上的切口全部堵上。

"这是奥伯夫人生前最喜欢的音乐。"乔伊解释道。他一边继续手上的工作，一边不时抬头看看工作台上摆放的画架，还有那上面夹着的三张照片。里佐利猜测，这些应该都是奥伯夫人的遗像，然而照片中的女人面容鲜活，与乔伊手下那具灰色消瘦的尸体几乎毫无相似之处。

"她儿子说，她是猫王的歌迷，"乔伊继续道，"就连猫王的故居雅园她都去过三次。她儿子带来了这盒录音带，让我在给她化妆的时候播放。我总会在这种时候播放他们生前喜欢的音乐，可以帮助我感受他们。通过一个人听的音乐，你就可以对其有相当多的了解。"

"猫王的歌迷通常是什么样的人？"科尔萨克问。

"你们懂的，涂鲜艳的口红，梳着夸张、蓬松的发型，和那种听肖斯塔科维奇的人肯定不一样。"

"那哈洛韦尔夫人喜欢听什么？"

"我不太记得了。"

"你一个月之前才给她整理过遗容。"

"是这样没错，但我也不是所有细节都能记得住。"乔伊完成了手上的打蜡工作，接着走向桌子的一头。他站在那儿，随着《你不过是一只猎犬》的节奏，摇头晃脑地打着拍子。他穿着黑色的牛仔裤，脚上是一双马丁靴，看上去就像是一个在空白画布前构思灵感的艺术家，年轻而时髦。只不过他的画布是冰冷的尸体，画笔是化妆刷。"我觉得可以来一点儿深色的腮红。"他说着，伸手拿过颜色相配的小罐子，用调色铲在不锈钢调色板上调整颜色，"没错，这就是大明星猫王的老牌歌迷该有的样子。"接下来，他将调好的脂粉抹在尸体的脸颊上，一路晕染，直到发际线的部位，在那里，可以看见染成黑色的头发已经长出了白色的发根。

"你和哈洛韦尔夫人的女儿都聊过什么？"里佐利说着，拿出了一张盖尔·耶格尔的照片展示给乔伊。

"你们还是去问惠特尼先生吧，这里的事基本都是他来安排的。我只是他的助手——"

"但是你一定和耶格尔太太聊过，讨论如何给她的母亲化妆，为葬礼做准备。毕竟负责给死者化妆的是你。"

乔伊盯着盖尔·耶格尔的照片看了一会儿，轻声说道："她生前是个好人。"

里佐利有些不解地看着他："生前？"

"当然了，我也关注新闻。你们不会真的以为耶格尔太太还活着吧？"乔伊转过头，皱眉看向科尔萨克，后者正在准备室里四下闲逛，查看橱柜，"呃……警探？您是在找什么东西吗？"

"没，就想看看停尸房里一般都放些什么东西。"他说着，从一个橱柜上拿下了什么，"嘿，这玩意儿是卷发棒吗？"

"对。我们会有洗护头发的服务，还会给他们做发型、修指甲。只要能让客人变得生动好看，基本都做。"

"我听说，你的手艺相当不错啊。"

"反正也没人说不满意。"

科尔萨克笑出了声："这是他们亲口告诉你的吗？嗯？"

"我是说他们的家人，家属们都挺满意的。"

科尔萨克将卷发棒放下。"你给惠特尼先生打工，已经多少年来着？到现在也有七年了？"

"差不多。"

"那你高中毕业后就来这儿了吧？"

"刚来的时候，我只负责洗灵车，打扫准备室，晚上值班，接接电话，记住该去哪儿接客人。后来惠特尼先生就开始让我帮忙给尸体做防腐处理。现在他年纪也大了，我就基本上把所有工作都包揽了。"

"这么说，你是有尸体防腐员执照的吧？"

乔伊被问得一怔，片刻后才开口说："呃，没有。我一直想哪天有空就去申请，但是手头的活一直忙不完。再说我也没做什么，只是给惠特尼先生帮帮忙。"

"为什么不去申请？在这一行，有了这个证件，你的待遇能比现在高出一大截。"

"我对现状挺满意的。"乔伊说完，将注意力再次转回到奥伯夫人身上。死者的样貌较之前有了天壤之别，此刻她的脸颊泛起了红晕。乔伊拿过一支眉笔，给死者灰色的眉毛梳上棕色眉膏，他的动作十分轻柔，像是对待易碎的瓷器。同龄人都急不可待地在各自领域施展拳脚、开疆拓土时，只有乔伊·瓦伦丁选择终日与死人为伴。他将尸体从医院和疗养院运到这间整洁又明亮的房间，给死者清洗身体，去除污垢，为他们梳洗打扮，搽脂抹粉，赋予他们生命。他一边在奥伯夫人的脸颊上涂涂抹抹，一边喃喃道："很好。哦，相当不错。你一定会美美的……"

"嗯，乔伊，"科尔萨克出声道，"你已经在这儿工作七年了，对吧?"

"我不是刚刚告诉过您吗?"

"你从来没想过要去申请专业执照?"

"为什么您一直在问这个问题?"

"你不去申请,是因为你知道你没办法申请,对吗?"

乔伊的动作僵住了,原本正要去给死者涂上口红的动作停在了半空。他没再接话。

"惠特尼先生知道你有犯罪前科吗?"

终于,乔伊抬起了头。"你们没有告诉他吧?"

"也许我应该告诉他。毕竟你把那个小姑娘吓得不轻。"

"我那时候才十八岁,什么都不懂,才造成那个误会——"

"误会?怎么,你原本打算偷窥的不是那个姑娘?找错人了吗?"

"我们在同一所高中读书!她又不是不认识我!"

"所以你只选你认识的姑娘偷窥是吧?你还做过什么更龌龊的事?只是没被抓到而已?"

"我说了,那就是个误会!"

"你没有偷偷溜进别人家?没有进过人家卧室?是不是还偷过些小玩意儿?内衣内裤什么的?"

"我的天哪。"乔伊低头看着他失手掉在地上的口红。他似乎很不舒服,好像马上就要吐出来了。

"你知道吗?偷窥的变态一般还会进一步做些别的事,"科尔萨克继续毫不留情地说道,"一些恶心人的缺德事。"

乔伊走到一边将音响关掉。一片寂静中,他背对着两人,盯着窗外马路对面的墓地。"你们来这里,就是为了毁了我,是吗?"他开口道。

"不，乔伊，我们来这儿，是想跟你坦诚地聊聊。"

"惠特尼先生并不知道这件事。"

"他也用不着知道。"

"除非我听话？"

"周日晚上你在哪儿？"

"在家。"

"就你一个人？"

乔伊叹了口气："其实，我知道这是怎么回事，我知道你们想要查什么。但我告诉你们，我根本不怎么认识耶格尔太太，只是接手整理她母亲的遗容。你们应该能猜到，我做得不错。遗体告别之后，好多人都和我说，哈洛韦尔夫人的样貌打理得跟活着的时候一样。"

"可不可以让我们看看你的车？"

"为什么？"

"就是检查一下。"

"不可以。但是我说不可以也没用，反正你们无论如何都会查的，是吧？"

"只有经过你的同意才行。"科尔萨克停顿了一下，又说道，"你也知道的，好好合作，对彼此都有好处。"

乔伊依旧盯着窗外。"今天外面有一场葬礼。"他的声音很轻，"看到那些豪华轿车了吗？从小我就很喜欢看送葬车队，太好看了，庄严又肃穆。人类只剩这一件事做得正确，只有这件事他们没有毁掉。不像婚礼，现在婚礼上什么蠢事都有，还有跳飞机的，要么就全国直播，讲结婚誓词。只有在葬礼上，人们才能表现的得体一点儿，谦逊有礼，真诚地表达自己的敬意……"

"你的车，乔伊。"

终于，乔伊转过了身，走向一个橱柜，拉开下面的抽屉，伸手拿出一串钥匙。将钥匙递给科尔萨克后，他开口说道："那辆棕色本田。"

里佐利和科尔萨克站在停车场，盯着乔伊·瓦伦丁后备厢的褐色地毯。

"该死。"科尔萨克猛地将后备厢关上，说道，"我跟这家伙没完。"

"他身上没有别的疑点了。"

"你看到他的鞋了吗？要我看，那就是十一码的。而且殡仪馆的灵车里就有海军蓝的毯子。"

"这样的车到处都有，那也不能说明他就是凶手。"

"哼，反正不可能是惠特尼那老家伙。"乔伊的老板名叫利昂·惠特尼，今年已经六十六岁。

"反正我们现在已经有凶手的DNA了，"科尔萨克说道，"只要拿到乔伊的就都清楚了。"

"你觉得他会自愿给你往杯子里吐一口口水？"

"只要他还想保住自己的饭碗，就巴不得跪下来求我，给我吐。"

里佐利看着马路对面，阳光酷热而晃眼。她看到了对面的墓地，送葬的队伍蜿蜒地向出口走去，的确是庄严又肃穆。安葬了死者后，人们还要继续生活。无论经历多少苦难，多少悲剧，生活总是要继续的。我也该如此。

"我不能再浪费时间在这个案子上了。"她说道。

"什么？"

"我自己的案子够多了。而且我觉得，耶格尔的案子与沃伦·霍伊特没什么关系。"

"三天前你可不是这样想的。"

"当时是我想错了。"她穿过停车场，走向自己的车，打开车门后，顺手摇下了车窗。热浪扑面而来，如同蒸笼。

"是我做错了什么吗？"科尔萨克问。

"没有。"

"那你为什么说不干就不干了？"

她坐进驾驶座。座椅有些烫，热度透过裤子传过来，她屁股下面像是要烧起来了。"已经整整一年了，我努力从'外科医生'的阴影里走出来。"她说，"我得学会放手，不能一直揪着过去不放。不然不管走到哪儿，我看到的都是他的影子。"

"有时候你就是要跟着感觉走，也许那样才是最好的选择。"

"有时候，确实是。但那不过是一种感觉，不是事实，而且警察直觉也没那么准。再说，直觉到底算什么东西？相信直觉却落得满盘皆输，这种事情还少吗？"她启动了车子，"多到数不清。"

"所以说不是我惹着你了？"

她关上了车门，回答道："不是。"

"你确定？"

里佐利透过敞开的车窗看向科尔萨克。刺眼的阳光下，他不得不眯起了眼睛，浓密的眉毛下，那双眼睛眯成了两条缝。褐色的汗毛在他的胳膊上，像是某种动物厚重的皮毛。他臀部前倾，肩膀下垂，让她忍不住想起一只无精打采的大猩猩。他并没有惹毛她，但不可否认的是，每一次看到他，她心里总会有一丝排斥。

"我不能再在这件事上浪费时间了，"她说道，"你懂的。"

里佐利回到了办公室，在自己的办公桌后坐下，开始强迫自己将注意力放到桌上堆积成山的案宗上。从飞机上掉下来的那个男人的案子摆在最上面，到现在也没法确认他的身份，死者的尸体还躺在法医办公室，无人认领。里佐利已经很久没有想到过这个被害人的事情了，但当她打开案宗时，脑子里想的还是耶格尔一家的案子，还有那个身上出现死人头发的凶手。她重新看了一下洛根机场的航班时刻表，关注着起飞和降落时间，盖尔·耶格尔的脸却在她的脑海中徘徊不去。里佐利还记得耶格尔家卧室的梳妆台上摆着她微笑的照片。

就在一年前，会议室的墙上也挂着一些女人的照片，都是在调查"外科医生"案件时挂上去的。和盖尔·耶格尔一样，她们也都是笑着的，照片里每个人的眼睛都闪烁着勃勃生机。里佐利一想到盖尔·耶格尔，就会不由自主地想到那些女人，那些"外科医生"的被害人。

她总是忍不住去想，盖尔是否也已经成了她们之中的一员。

传呼机震动起来，像是有人在她的腰部电了她一下，酥酥麻麻的。很可能是某个重要线索被发现了，也许她这一整天都会为了这一条消息忙得团团转。她拿出了手机。

片刻之后，里佐利便站起身，匆匆离开了警察局。

5

看到附近的几名警察后,一只黄色的拉布拉多兴奋得有些歇斯底里,将拴在树上的狗绳抻得紧紧的,对着人群又跳又叫。狗的主人是一名穿着运动短裤、身材结实的中年男子,此刻,他正坐在一块大石头上,双手抱着头,顾不上一旁爱犬哀哀切切的叫声。

"狗主人名叫保罗·范德斯,就住在河街,离这里一英里。"巡警格雷戈里·杜德说道。他在保护现场,黄色的警用隔离带刚刚围成半个圈。

他们此刻站在市政高尔夫球场的边缘,紧挨着石溪国家保留地,抬眼就能看见茂密的树木。石溪国家保留地坐落在波士顿城市的南端边界处,周围是寂静的郊区旷野。整个保留地占地四百七十五英亩①,地形崎岖,山丘上林木茂盛,山谷里幽深沉静,地面上可见裸露的岩石,还有覆盖着香蒲的沼泽。冬天的时候,越野滑雪者喜欢来这里探索,保留地里悠长的路径长达十英里。夏天的时候,慢跑者分外青睐这里的幽静,将其当成远离城市喧嚣的避难所。

保罗·范德斯原本也是如此,直到他的狗带着他发现了树林

---
①一英亩合四千零四十六点八六平方米。

中隐藏的东西。

"他说他基本上每天下午都会带着狗过来跑步。"杜德警官继续说道，"他们一般从东边开始，穿过树林，沿着高尔夫球场边界绕回去，全程大概有四英里。他说以前一直是牵着狗跑的，但是今天狗挣开绳子自己跑了。他们原本顺着一条小路前进，狗突然开始往西边跑，钻进了林子，怎么叫都叫不回来。范德斯去追狗，正好被脚下的尸体绊倒了。"杜德看了一眼旁边的男人，他依旧处于惊吓之中，身体蜷缩在石头上，"随后我们就接到了报警电话。"

"他用手机报的警？"

"不，长官，他去了汤普森中心的电话亭报警。我在两点二十分左右到达现场，尽量小心，什么都没碰，只是走得近些，好确定这确实是一具尸体。大概走进去有五十米吧，我就能闻到味儿了，然后又走了五十米，就看见了。之后我立刻后退，在原地保护现场，把东边的小径两头都做了封锁。"

"其他人都是什么时候到场的？"

"斯利珀警探和克罗警探三点左右到的，法医办公室的人三点半左右。"他稍微停顿了一下，继续说道，"我没想到您也会来。"

"艾尔斯医生给我打了电话。这么看来，现在是要求我们把车都停到高尔夫球场那边吗？"

"斯利珀警探是这么下令的，要我们离恩内金公园大道远一些，尽量不要引起公众的注意。"

"有媒体知道吗？"

"没有，长官。我特意没有用对讲机汇报情况，而是去了街边的一个电话亭打的电话。"

"很好。运气好的话,应该不会有媒体知道的。"

"糟糕,说什么来什么。"杜德说,"这不会是朝我们走来的第一匹狼吧?"

一辆深蓝色的老侯爵汽车直直地穿过高尔夫球场,朝着他们开了过来,停在法医办公室面包车的旁边。一个熟悉而庞大的身影笨拙地从车里走了出来,一只手捋着没剩几根头发的头顶。

"他不是记者,"里佐利说道,"我等的就是他。"

科尔萨克挪动高大的身躯走向两人。"你真觉得就是她吗?"

"艾尔斯医生说,是她的可能性很大。如果真是她的话,你们的案子就升级到波士顿警察局的管辖了。"她转头看向杜德,"要想不破坏现场的话,我们得从哪边进去?"

"你们可以从东边进去,斯利珀和克罗刚刚已经拍摄了现场照片。脚印和拖曳痕迹都是从西边开始的,从恩内金大道那边。你们就闻着气味走吧,能找到的。"

里佐利和科尔萨克两人钻进隔离带,走进了树林。这片次生林长得野蛮而茂盛,称得上是一片密林了。他们在歪歪斜斜伸过来的尖锐树枝底下弯腰前行,一不小心脸就会被刮伤,而脚下的荆棘也时不时勾住两人的裤腿。这样艰难地走到东边的慢跑小径时,他们发现树上垂下来一根警用带,正在风中微微飘动。

"保罗的跑步路线就是这条路,途中他的狗跑开了。"里佐利指了指树上的警用带,说道,"这应该是斯利珀留给我们的记号。"

他们穿过小径,再次深一脚浅一脚地在密林中穿行。

"啊,天哪,我好像已经闻到了。"科尔萨克说。

即便还没有看到尸体,两人已经听到了大群苍蝇聚集在一起的嗡鸣声。干燥的枯枝在他们脚下噼啪作响,这声音在寂静的树林里显得尤为响亮，像是枪声一样。穿过前面的几棵树，他们看到了斯利珀和克罗，两人的表情极其难看，似乎下一秒就要吐出来了，同时还在挥手驱赶着成群的苍蝇。艾尔斯医生蹲在地上，阳光在她的黑发上反射出晶亮的光。走近一些后，他们才看出她在做什么。

科尔萨克喉咙里发出干呕一般的声音。"啊，妈的，为什么要让我看到这个。"

"我们可以检测死者眼部玻璃体液中的钾含量。"艾尔斯说道。这个词由她略带沙哑的嗓音说出来，甚至染上了一丝惑人的神秘感。"能帮我们估算死者的死亡时间。"

里佐利低头看着赤裸的尸体，心想，这次想要确定死亡时间应该很困难。艾尔斯用一张布单将尸体包裹起来，使之正面朝上。尸体的眼睛因为头骨内组织的热膨胀而鼓出来，喉咙上有一圈环状的瘀伤。她一头金色的长发此刻干枯凌乱，犹如一块发硬的草垫子。尸体的下腹部已经肿胀，肚子上呈现淡淡的绿色。细菌侵蚀了血液，血管颜色加深，透过皮肤清晰可见，像是一条条黑色的河流在蜿蜒流淌。但这些都算不上阴森，真正令人头皮发麻的是艾尔斯正在做的事情。人眼周围的膜是体表上最为敏感脆弱的部分，在平时，一根睫毛或是一粒灰尘进入眼睛，人们都会立刻感到不适。所以里佐利和科尔萨克一样，汗毛倒竖地看着艾尔斯用二十号针筒扎在死者的眼睛里，玻璃体液渐渐注满了十毫升的注射器。

"嗯，不错，很干净。"艾尔斯说道，语气里满是赞赏和愉悦。她将针筒放进一个装满冰的冷却器里，站起身，肃穆地打量了一下现场。"肝脏温度只比环境温低两度，"她开口道，"没有昆虫和动物破坏尸体，所以她在这里没躺多久。"

"是弃尸吗？"斯利珀问。

"尸斑表明她死时是仰卧。能看到血液在她背后沉积的深色痕迹吧？但被发现时，她是脸朝下趴在这里的。"

"尸体是死后被运过来的。"

"而且到达这里的时间不超过二十四小时。"

"不过她应该死了有些时候了，绝对不止这么短的时间。"克罗说道。

"没错。尸体已经疲软，腹部有明显的膨胀，皮肤也已经脱落。"

"那是鼻血吗？"

"分解后的血。她的尸体开始排出分解后的血液，因为尸体内部腐败膨胀，气体将血液挤出来了。"

"死亡时间？"里佐利问。

艾尔斯没有立刻回答，她的目光落在那具肿胀变形的女尸上。他们都认为这就是盖尔·耶格尔。苍蝇嗡嗡地在尸体周围打转，贪婪的觅食声填满寂静的树林。除了尸体的一头金发，看不出任何照片中盖尔·耶格尔的样子。她曾经是个只要微微一笑便会令人回眸驻足的佳人。眼前的可怕场景仿佛是生命的警告，它在告诉人类，不管你是什么样子，耀眼夺目也好，平平无奇也好，最终都会被细菌和蝇虫变成一摊腐肉。这是一种令人不安的、残酷的众生平等。

"我没办法回答，"艾尔斯开口，"现在还不行。"

"肯定超过一天吧？"里佐利追问。

"是的。"

"绑架是在周日的晚上发生的，是不是那时她就已经遇害了？"

"四天?这得看当时的环境温度。因为尸体没有遭到蝇虫侵蚀,所以我觉得尸体之前应该是被放在室内的,最近才被移出来。没有被炎热天气影响,没有出现严重的损害,空调房就可以减缓尸体腐烂分解的速度。"

里佐利和科尔萨克交换了一个眼神,两人在想同一件事。凶手为什么要等这么久,才把一具正在腐败的尸体扔掉?

斯利珀的对讲机响了起来,几人听到了杜德的声音:"弗罗斯特警探到了,犯罪现场调查组的车也来了。你们那边可以了吗?"

"原地待命。"斯利珀回复道。高温炙烤下,他的表情已经有些疲惫。他是组里年纪最大的警探,还有不到五年就该退休了,已经没必要热血积极地证明什么。斯利珀转头看向里佐利:"这起案子我们就调查到这儿了。你之前一直和牛顿市警察局一起跟进这起案件,对吧?"

里佐利点头道:"从周一开始的。"

"所以是你负责整个案子?"

"是的。"里佐利回答道。

"喂,"克罗出声表示抗议,"先到现场的可是我们。"

"绑架确实发生在牛顿市。"科尔萨克说。

"但尸体现在在波士顿。"克罗反驳道。

"天哪,"斯利珀说道,"这有什么好争的?"

"这是我的案子,"里佐利说道,"我来负责。"她盯着克罗,挑衅般地等他来争。她以为他们会和往常一样爆发一段争执,甚至看见对方已经挑起一边嘴角,露出了一个讽刺的笑容。

然而斯利珀警探先开了口,对着对讲机说道:"现在由里佐利警探负责案件调查。"说完,他再次看向里佐利,"你准备好让犯罪现场调查组的人进来了吗?"

里佐利抬头看了看天。已经是下午五点,太阳也落到了树木后面。"让他们进来吧,趁天没黑还能干活。"

一个室外的犯罪现场,天色又越来越暗,她觉得有些难办。在树林里,总有伺机而动的野生动物,说不准什么时候就会窜出来,拖走尸体,偷走证据。还有暴雨,会把血液和精液冲走,风则会吹走纤维。这里没有遮挡,拦不住好事的窥探者,所以在犯罪现场调查人员开始走格子时,她一直有些焦躁。眼神锐利的调查人员带来了各种金属器械和证据袋,像是探宝用的箱子,准备带回各种奇珍异宝。

等到里佐利终于从树林里磕磕绊绊地走回高尔夫球场时,她已经汗流浃背,又累又脏,赶蚊子赶到心力交瘁。她站定身体,择去发间的枝叶,摘出挂在裤管上的毛刺。突然间,她注意到一个浅茶色头发、穿西装打领带的男人,就站在法医办公室的面包车旁边,耳边举着一部手机。

里佐利走向杜德巡警,他还在现场外围警戒巡逻。"那边穿西装的人是谁?"她问道。

杜德看了一眼男人所在的方向。"他?说是联邦调查局的。"

"什么?"

"给我亮了一下他的警徽,就想混进去。我跟他说,他想进去得先经过你的准许。他的脸色就不怎么好看了,好像不太高兴。"

"联邦调查局来这儿干什么?"

"那你可问住我了。"

她站在原地观察了一会儿,对联邦调查局的出现有些忐忑。作为案件调查的负责人,她可一点儿都不想惹上什么权限争斗。

而且这男人一副军人模样，却穿着一套商人的衣服，举手投足间展现的态度仿佛他才是现场的负责人。里佐利抬腿朝男人走了过去，但他似乎没看到里佐利，直到她在他身旁站定，他才发现。

"抱歉，"里佐利开口道，"听说您是联邦调查局的？"

男人快速挂掉了电话，转头看向她。她看清了他轮廓分明的五官，还有略显冷酷无情的眼神。

"我是简·里佐利警探，这起案件的负责人。"里佐利介绍完自己之后，又问道，"可以给我看看您的证件吗？"

男人的手伸进外套，拿出了警徽。里佐利能够感觉到，她在研究警徽时，对方也在打量着她。里佐利有些讨厌他——讨厌他观察的视线，讨厌他让她不得不全副武装，好像他才是掌权人。

"加布里埃尔·迪恩探员。"里佐利开口，然后将警徽还给了他。

"有何吩咐，警探？"

"您能告诉我，联邦调查局为什么要来这里吗？"

"我以为我们是一伙的。"

"我说过我们不是吗？"

"您给我一种很明显的暗示，好像我不应该出现在这里。"

"一般情况下，联邦调查局是不会出现在犯罪现场的。我只是好奇您来的原因。"

"我们接到了牛顿市警察局的咨询请求，关于耶格尔的谋杀案。"他只回答了一部分，还有很多地方没有解释，里佐利只能猜测问题的完整答案。保留情报是一种强权的表现，她知道他在玩什么花样。

"我想，你们肯定经常接到这种咨询请求吧。"里佐利问道。

"是的，经常会。"

"几乎每一起凶杀案，对吧？"

"我们确实都有听说。"

"这起案子呢？有什么特别的地方吗？"

他却只是用一成不变的表情回答道："对案件的被害人来说，这起案子很不一样。"

里佐利的怒火已经有些压不住了，甚至似乎冒出了嘶嘶的火气。"这具尸体是几个小时之前才发现的。"她说道，"现在的咨询调查都这么即时了吗？"

男人的嘴角几不可察地动了动，似乎是笑了。"当然了，在此之前，我们也不是一点儿风声都没听到。警探，先跟您道谢，希望您能及时告诉我们调查的进展和尸检的结果，以及发现的痕迹证据，还有目击证人的证词——"

"那可是不少文书工作。"

"我明白。"

"但你还是想全部都要一份？"

"是的。"

"有什么特别的原因吗？"

"既有谋杀又有绑架，我们怎么可能会不感兴趣？所以我们很愿意跟进案子的调查。"

尽管眼前的男人一副深不可测的样子，里佐利还是果断地走近了一步，毫不退缩地说道："那你打算什么时候反客为主，对我们发号施令？"

"这还是你的案子，我只是来协助调查的。"

"就算我们根本不需要，对吗？"

他的视线却在此时转向了她的身后。林子里走出两人，手上抬着担架，正要把遗体装进法医办公室的面包车里。"谁来查案真的那么重要吗？"他轻声问道，"只要能抓到凶手不就行了？"

他们一起看着法医办公室的车开走，车上载着已经腐坏的尸体，准备在众目睽睽之下接受进一步的亵渎。加布里埃尔·迪恩的回答像是一记耳光，打醒了她。辖权问题并不重要。盖尔·耶格尔不会在乎是谁抓住了凶手，她需要的是正义得以伸张，不管借由谁的手。里佐利亏欠她的，是正义。

但她也很清楚那种自己辛苦努力，最后却为他人作嫁衣的沮丧感觉。不止一次，男人们颐指气使地站出来，对着她的工作指手画脚，抢夺调查成果。这次，她绝不会允许这种情况发生。

她开口道："我很感激联邦调查局愿意帮忙。但是目前，基本的工作我们还能应付得来。如果我们需要帮助，我会告诉你的。"说完，里佐利便转身，打算离开。

"我不太确定你是否真的了解现在的情况。"迪恩说道，"我们现在差不多也算是同一个团队的了。"

"我不记得要求过联邦调查局的协助。"

"凶案组的负责人马凯特警督已批准了，你要不要和他确认一下？"迪恩说着，递过了自己的手机。

"我自己有手机，谢谢。"

"那我劝你现在就打给他吧，我们也就不用浪费时间，在这里多费口舌。"

里佐利对这男人如此大摇大摆地登堂入室感到震惊。但同样，她的判断没有错。这个人不是一根软骨头，绝不会安安静静地站在一旁。

她拿出手机，开始拨号。但还没等马凯特接通电话，里佐利便听到一边的杜德在喊她。

"斯利珀警探找你。"杜德说着,将对讲机递了过来。

里佐利按下通讯按钮:"我是里佐利。"

一阵静电声中,她听到斯利珀说:"你可能得回来看看。"

"你们发现什么了?"

"呃……你最好还是亲自过来看看。我们在刚才的位置再往北五十米,又发现了一个。"

又发现一个?

她一把将对讲机塞给杜德,随后朝着林子快步走去。她走得太急,没有第一时间发现加布里埃尔·迪恩跟在身后。直到听见树枝断裂的噼啪声,她才回过头,发现他就在后面,还是一副冷酷严肃的表情。里佐利没有耐心和他吵,所以无视了他,继续向前。

她看到几个人在树下站成一圈,表情肃穆,像是在举办集体默哀仪式。斯利珀转过身来,对上她的目光。

"他们刚用金属探测仪扫过一次,警报响的时候犯罪现场调查组的技术员已经回高尔夫球场那边了。"

里佐利走进男人围成的圈,蹲下身去看。

一颗骷髅头被从身体上移除,摆在了几乎只剩下骨架的遗骸旁。骷髅头上可以看到一颗金牙,像是海盗一样,在满口肮脏的牙齿间格外显眼。里佐利没有看到任何衣物,连一条破布都没有。尸体只剩裸露在外的骨头和仅剩的一点儿腐肉。树叶间掩藏的一缕一缕的棕色长发表明,这是一位女性的尸体。

里佐利站直了身体,扫视着林地。蚊子落在她的脸上,吸着血,她却感觉不到任何刺痛。她的注意力全都放在那一层层的落叶和枯枝上,在一簇簇低矮的灌木丛上。这片树林先前的清幽之感一扫而空,取而代之的是深深的恐怖。

这些树下面埋了多少女人？

"这里是他的弃尸地。"

里佐利转头看向加布里埃尔·迪恩，刚刚说话的人就是他。他蹲在几步之外，戴着手套，翻弄着地上的落叶。里佐利都没注意到他是什么时候戴上手套的。此刻他也站起身，回视她。

"你的犯罪嫌疑人之前就用过这个地方，"迪恩说，"而且他很可能还会再来。"

"只要我们不打草惊蛇。"

"想要完全封锁消息没那么容易。如果能藏得好一点儿，不被发现，他有可能会再回来。不光是来处理别的尸体，还会回来缅怀，回味那种兴奋的感觉。"

"你是行为分析组的，对吧？"

他没有回答她的问题，而是转身看了看站在树林里的几人，扫视一圈后才开口说道："如果我们能封锁消息，不让媒体暴露这里，或许还有机会抓到凶手。但是我们得现在就开始行动。"

我们。就凭这一个词，他就把里佐利和自己拉进了同一个团队里，不管里佐利是否情愿。不光如此，他还一副指点江山的样子。更让人火大的是，他当着这么多人的面说这些，在场的人都听到了，也都明白了，里佐利的权威正遭到挑战。

只有向来粗枝大叶的科尔萨克插了一句："抱歉，里佐利警探，"他说道，"这位先生是谁？"

"联邦调查局的。"她答道，眼睛却自始至终都看着迪恩。

"那可不可以来人给我解释一下，这个案子怎么变成联邦调查局负责了？"

"没有这回事，"里佐利说，"而且这位迪恩探员也就要离开现场了。谁过来领他出去？"

她和迪恩无声地对视了几秒。随后他朝她微微点头，默认这一轮对峙是他先弃权退场了。"我可以自己出去。"他说道，随即转身走向高尔夫球场。

"这些探员都什么毛病？"科尔萨克说，"到哪儿都觉得自己高高在上。他们来这儿干吗？"

里佐利看着层层树林，还有加布里埃尔·迪恩远去的身影。那个灰色的人影最终隐去不见了。"我也想知道。"

马凯特警督在半个小时后来到了现场。

里佐利最不想看到的就是媒体，除此之外，她还讨厌工作期间有上级旁观。不过马凯特并没有指手画脚，只站在树林里，沉默地审视着现场的情形。

"警督。"里佐利打了个招呼。

马凯特只是简单地颔首："里佐利。"

"联邦调查局是怎么回事？刚刚他们派了一个探员过来，想要全权查案。"

马凯特点了点头："是局长办公室的要求。"

也就是说，这是从警察局局长办公室——警察局的最高层那里批准下来的行动。

里佐利看着犯罪现场调查人员收起设备往回走。尽管石溪保留地位于波士顿市内，但位置偏僻，人迹罕至，如同无人探访的密林。风吹起落叶，连带着送来阵阵腐朽的气息。在树木之间，是巴里·弗罗斯特打着手电筒忙来忙去的身影，他正拆下警用警戒带，将警方活动的痕迹抹去。从今晚开始，这座密林将被严密地监视起来。因为在这个孤寂的公园里，在这片沉默的丛林里，尸体的腐臭可能会引诱凶手再次前来，回味自己的丰功伟绩。

"也就是说，我根本没得选？"里佐利开口道，"我必须要和迪恩探员合作？"

"我向局长办公室保证过。"

"为什么联邦调查局会对这个案子感兴趣？"

"你没问过迪恩吗？"

"问他就像问一棵树，什么都问不出来。我真的很讨厌这样。我们对他就得知无不言，他对我们却什么都不用交代。"

"也许是你问的方式不对。"

这一刻，愤怒如同一支淬毒的箭击中了她，毒素流进她的血液。她知道这话的潜台词：是你态度有问题，你总这样，里佐利。你总是变着法儿地惹男人生气。

"您见过迪恩探员了吗？"里佐利问。

"没有。"

她略带讽刺地笑道："那算您幸运。"

"好了，我会尽力想想办法，你也要试着与他合作，好吗？"

"谁说我不合作了吗？"

"有人打电话这么说。我听说你把他赶出了现场，这可不是相互合作的态度。"

"是他挑战了我的权威。那么多人在场，我得树立自己的威信。毕竟我才是负责人，不是吗？"

短暂沉默后，他说道："你是负责人。"

"我相信迪恩探员也明白这一点了。"

"我会确保他明白的。"马凯特转身，盯着树林，"说说案子吧，我们现在已经在这儿发现两具尸体了，都是女性？"

"通过尸体骨骼的大小，以及成团的头发，可以初步判断第二具尸体也是一名女性。尸体遭受过食腐生物侵害，软组织基本已经没有了，但没有发现明显的死因。"

"我们能否确定，这里再没有其他尸体了？"

"寻尸犬没有发现其他尸体。"

马凯特长舒一口气："谢天谢地。"

里佐利的传呼机再次震动。她低头向腰间看去，认出屏幕上显示的号码，是法医办公室。

"和去年夏天一样，"马凯特自言自语道，视线依旧看向树林，"'外科医生'也是在这个时候开始杀人的。"

"是因为酷暑吧。"里佐利说着，拿出手机，"那会引来恶鬼。"

6

我的手心里紧握着的,是我的自由。

小小的一片,一边刻着"MSD97"的药片——地卡特隆,四毫克。多漂亮的药片啊,和别的药都不一样,不是普普通通的圆形或是鱼雷一样的胶囊。这种形状设计简直是想象力的飞跃,美妙的灵光一现。我想象得到,默克制药公司的营销人员围坐在会议桌上,集思广益。"怎么才能让我们这款药片在市场上脱颖而出呢?"他们商讨的成果就呈现在我的手中。五边形的设计,钻石一样小小的一粒,静静立在我的指尖。我一直在攒着这种药,偷偷地把它藏在床垫上的一个小洞里,等待着合适的时机,施展它的魔法。

等待一个信号。

此刻我蜷腿坐在牢房的小床上,膝盖上摊着一本书。监控只能看到一位认真研读《莎士比亚作品集》的囚犯,它拍不到书封面底下,拍不到我手里拿的东西。

楼下,在活动室的天井里,电视机上播放着广告,乒乓球桌子上一颗小球来来回回地跳跃着。这是C区牢房又一个美好的夜晚。一个小时之后,牢房广播会提示熄灯,犯人们会爬上楼梯,踩着金属楼梯发出铿锵的足音,回到各自的牢房,像一只只顺从的老鼠,听从一个音响盒子里主人的指令。在警卫亭中,往电脑里输入执行指令,牢房门会立刻上锁,将老鼠们一整晚都关在笼子里。

我向前倾身,将头靠近膝盖,似乎是因为书上的字太小了难以辨认。我的眼睛专注地看着书上的内容:"第十二夜,第三幕,第三场:一条街道上。安东尼奥和塞巴斯蒂安缓缓走来……"

这里没什么好看的,朋友们,不过是一个男人老老实实地待在自己的牢房里读书罢了。一个男人突然嗓子发痒,咳嗽起来,他下意识地用手捂住了嘴。摄像头看不见我藏在手掌的药片,看不见我伸出的舌尖,也看不见我将药片舔进嘴里。药片很小,所以不用喝水也能轻松咽下。

即便药还没有在我胃里溶解,我已经能感觉到药效在血管中汹涌。地卡特隆是地塞米松的品牌名,这是一种肾上腺皮质类固醇,对人体的所有器官都有极大的作用——血糖、体液潴留,甚至是DNA合成。缺乏这种物质,人体就会衰竭。它帮助我们稳定血压,避免受伤造成的损害和感染,还会影响人体的骨骼生长、生育能力、肌肉发育和免疫力。

它也能改变我们血液的成分。

牢门终于关闭了,灯熄灭了,我躺在床上,感受血液在身体里流动,想象着这些细胞在我的静脉和动脉中呼啸而过。

我曾在显微镜里观察过很多次血液中的细胞,知道每种细胞的形状和作用。只需瞥上一眼,我就能判断出这个血涂片是否正常;只要扫上一眼,我就能知道粒细胞的含量。粒细胞,也就是保护我们不受感染的白细胞。有一种叫作白细胞鉴别的测试,作为一名医疗技术人员,我已经做过无数次了。

此时此刻,我的思绪跟着血管中的白细胞流动。我的白细胞数正在变化。那颗我两个小时之前吞下的地卡特隆已经被胃液消化掉了，溶解在我的身体里，此刻我的激素水平正在发生变化，魔法要开始了。如果现在从我的血管里抽一份静脉血样，就会发现惊人的异常。在我的血液中，多叶核中性粒细胞急剧增多。这些嗜中性白细胞只有在面临强烈感染风险时才会群雄并起，烽火连天地涌现出来。

所有医学生都学过，听到马蹄声时，人们想到的肯定是一匹马，而不是斑马。我现在的状况，医生只要看到我的血球指数肯定会想到马，接着就会得到一个非常合乎逻辑的结论。但他想不到，这次奔腾而过的真的是一匹斑马。

里佐利置身于验尸房的换衣间里，穿上防护服，套上鞋套，戴好手套，然后是纸帽。她一路从石溪保留地赶回来，根本没顾上洗澡。验尸房温度很低，此刻她穿着连身的防护服，汗水黏在身上，就像是一条条冰冷的溪流。晚饭自然也没吃，此刻她腹内空空，饿得有些头重脚轻。做警察这么久，她今天是第一次想在鼻子下涂一点儿清凉去味的药膏，来顶一顶一会儿要面对的尸臭味，但她忍住了。她之前都没用过药，因为她觉得这是一种软弱的表现。一个凶案组的警察应该有能力面对工作中的每一个环节，不管是什么样的挑战，不管有多么艰难。所以当同事们躲在薄荷醇屏障后的时候，她要顽强地忍受验尸房里刺鼻到无法忽视的气味。

她做好准备后，深吸了一口更衣室里尚未被污染的空气，推开门，来到了隔壁房间。

里佐利知道艾尔斯医生和科尔萨克已经先到一步，在这里等着她了，只是未曾料到会在这里看到加布里埃尔·迪恩。他在尸检台对面站着，系着领带的衬衫外面套着手术服。劳碌了一天，科尔萨克的脸上有着毫不掩饰的疲惫，肩膀也耷拉着，但站在他一旁的加布里埃尔看上去状态甚佳，脸上不见倦意，也没有被之前发生的事情所烦扰。只是五点钟的阳光在他的下巴上投下了一点儿阴影，破坏了整张俊脸的赏心悦目之感。他目光坦荡地注视着里佐利，眼神里有着一份理所应当的从容淡定，似乎是在说，他知道自己完全有理由在场。

才过去了几个小时而已，尸体在明亮的手术灯下看起来比之前更糟。清洗液还在不断地从尸体的口鼻处流出，下腹部肿胀异常，像是快要临盆的孕肚。皮肤上的腐烂水泡撑起薄如纸片的皮肤，树皮一样斑驳剥落的地方随处可见，胸部下方的皮肤更是褶皱干瘪，像是羊皮纸般缩成一团。

里佐利注意到了尸体指腹处出现的墨迹。"她的指纹已经提取好了？"

"你来之前，刚刚弄好。"艾尔斯医生回答道，她的注意力全在吉岛正推过来的一台仪器上。比起活人，艾尔斯对死人更感兴趣，因此，她似乎丝毫没有意识到屋内有些剑拔弩张的氛围。

"那在我来之前，除了手指，手部还做了什么检查？"

迪恩探员回答道："我们已经做完了尸体的表层检查，检查了皮肤上沾染的纤维，还收集了指甲。"

"你又是什么时候来的，迪恩探员？"

"他比我来得还早。"科尔萨克说，"怎么说呢，有人比咱们在食物链上站得更高啊。"

如果科尔萨克是想激起里佐利对迪恩的反感，那么他成功了。被害人的指甲里可能带有从袭击者身上抓下来的皮肤，紧握的拳头里很可能有一些毛发或纤维。对被害人手部进行的检查至关重要，而她错过了。

但迪恩没有。

"我们已经确定死者的身份了。"艾尔斯说道，"盖尔·耶格尔的牙齿 X 光片就在灯箱上。"

里佐利走到灯箱前，研究起了上面的一组小片。黑色背景下，白色的牙齿幽幽地亮起，像是一排墓碑。

"就在去年，耶格尔太太的牙医给她做了一些牙冠修复的治疗。从片子上就能看出来，二十号牙做了金牙冠，除了这个，三号、十四号还有二十九号牙都填充了银汞合金。"

"片子与耶格尔太太的状况相符吗？"

艾尔斯医生点了点头。"在我看来，这就是盖尔·耶格尔的遗骸无疑。"

里佐利再次回到尸检台，目光落在了尸体喉咙处的一圈瘀痕上。"脖子拍完 X 光片了？"

"拍了。片子上显示死者两侧甲状腺软骨骨折，是典型的双手勒杀会留下的痕迹。"艾尔斯转身看向不知何时出现在身旁的吉岛。这位助手做事有板有眼，极其高效可靠，同时又沉默寡言，有时甚至会让人忘了他的存在。"调整一下她的体位，做阴道拭子。"

接下来发生的一幕在里佐利看来是对一位女性遗骸最大的侮辱，比开膛破肚更糟糕，比切掉心肝脾肺更糟糕。吉岛将尸体已然松弛无力的双腿摆成蛙状，让其双腿大张，好方便进行接下来要做的盆腔检查。

"可以麻烦您搭把手吗，警探？"吉岛对正站在盖尔·耶格尔左侧的科尔萨克说道，"帮我扶住她的那条腿可以吗？"

科尔萨克一脸惊恐地看着他："我吗？"

"就是让她膝盖保持这样,我们好做一下阴道拭子。"

科尔萨克听后,有些不情愿地将手伸向尸体的大腿,随即被尸体剥落下来粘在手套上的皮肤吓得一个瑟缩。"我的天哪,呕,天哪。"

"本来那层皮也是快要掉了的,不关你的事。帮我们扶住那条腿,让她双腿张开,可以吗?"

科尔萨克猛地深吸了一口气。即便是透过屋内浓重的尸臭,里佐利还是闻到了薄荷醇的味道。科尔萨克不像她,没有死要面子活受罪,他在人中处涂了薄荷醇。做好准备后,科尔萨克面容愁苦地抓住尸体的一条大腿,掰到了一边,将盖尔·耶格尔的外生殖器暴露出来。"从今以后,我的'性福感'要下降了。"他喃喃道。

艾尔斯医生直接调整检查灯,将其照在尸体的阴部。她轻轻地拉开尸体肿胀的阴唇,露出阴道口。即便心性坚韧如里佐利,也无法直视这让人极度不适的画面,她转过身,移开了视线。

她的目光恰好与加布里埃尔·迪恩相遇。

在这之前,迪恩也一直从容不迫地旁观了整个尸检过程。但此刻,里佐利在他的眸中看到了和自己一样的愤怒。是丧尽天良的罪犯害得盖尔·耶格尔死后也不得安宁,不得不再次遭受这屈辱的对待。他们此刻对凶手的愤恨已经无法掩饰,两人眼中闪着怒火,看着彼此。这一刻,他们似乎忘记了之前的针锋相对。

艾尔斯医生将棉签插入阴道,随后将蘸取的物质涂抹到显微镜载玻片上,然后将载玻片放到了一个托盘里。做完阴道拭子后,她又在尸体的肛门处做了直肠拭子,同样用于检测死者体内有没有精液。这一系列检查做完后,盖尔·耶格尔的腿被重新摆正,平躺在尸检台上。在里佐利看来,这就是死者所遭受的最屈辱的时刻。取样结束后，再没什么更难以接受的尸检内容了。艾尔斯医生开始在尸体上做 Y 形切口，刀口从右肩斜切到胸骨下端。比起刚才的画面，里佐利觉得这已经远远称不上亵渎，简直不值一提。

正当艾尔斯医生准备从尸体左肩下刀切开另一侧切口时，迪恩说道："那个阴道拭子的载玻片怎么处理？"

"送到犯罪实验室检测。"艾尔斯医生回答道。

"你不打算做湿抹片吗？"

"就算是干燥的抹片，实验室也完全可以辨认是否有精子。"

"但错过现在的机会，你再也无法检测到这么新鲜的样本了。"

艾尔斯医生停住了动作，手术刀的刀尖悬在尸体的皮肤上。她有些不解地看了迪恩一眼，然后转头对吉岛说道："给载玻片滴几滴盐水，放到显微镜底下，我等会儿就去看。"

接下来是腹部的切口，艾尔斯医生的手术刀切入尸体肿胀的腹部。刀尖刺入的一刹那，浓重的腐臭味扑面而来。里佐利再也无法忍受，她踉跄着脚步退到洗手池旁，不断地干呕起来，对自己的愚蠢自大懊悔不已。她为什么要用这么蠢的方式向别人证明她很坚强？她不知道迪恩此刻看向她的目光里是否有着优越感，因为里佐利没在他鼻子下看到亮晶晶的薄荷醇。之后的尸检过程中，里佐利一直背对着尸检台，再没有去看。通风系统里传来呜呜的风声，还有金属器械彼此碰撞发出的响动。

忽然，她听到了吉岛有些惊疑地喊道："艾尔斯医生？"

"怎么了？"

"我刚把载玻片放到显微镜下面了，然后……"

"发现精子了吗？"

"你还是自己来看看吧。"

反胃的感觉渐渐消失,里佐利转过身来,正看见艾尔斯摘下手套,走到一台显微镜前。吉岛就站在她身旁,看着她透过目镜观察载玻片。

"你看见了吗?"他问道。

"看到了。"艾尔斯喃喃道。她坐直了身体,表情与吉岛一样,有些惊疑不定。随后她转头看向里佐利:"发现尸体的时间是下午两点左右,对吗?"

"差不多是那个时候。"

"现在是晚上九点钟——"

"怎么了,到底有没有精液?"科尔萨克插话道。

"有,有精子存在,"艾尔斯回答道,"而且还有活力。"

科尔萨克皱眉。"什么意思?你是说它还会动?"

"对,还会动。"

尸检室里瞬间安静下来。显然,这一发现震惊了所有人。

"精子在体外的存活时间是多久?"里佐利问道。

"说不准,跟所处环境有关。"

"一般来说呢?"

"射精之后,它们一般会存活一到两天。显微镜下的精子至少有一半还是有活力的。这说明刚射精没多久,不会超过一天。"

"那被害人呢,已经死亡多久了?"迪恩问。

"我之前化验了尸体玻璃体液中的钾含量,就在五个小时之前。死者死亡至少已经六十个小时了。"

房间内再次安静下来。里佐利在所有人的脸上读到了同样的结论。她看着盖尔·耶格尔,此时她已经被开膛破肚,器官暴露在外。里佐利手捂住嘴,跑向水池。这是简·里佐利在警察的职业生涯里，第一次吐了出来。

"他早就知道了。"科尔萨克说道，"那狗娘养的早就知道了。"

他们站在法医鉴定中心大楼后的停车场中，科尔萨克手里的烟头亮起橘红色的火光。在阴森的尸检室待了许久之后，再次置身于夏夜的温热空气中，两人都有重返阳间的感觉。他们终于能离开冰冷的手术灯，退回到安全静谧的黑暗之中。里佐利为先前的失态感到难堪，迪恩探员的冷静更让她无地自容。幸好迪恩没有那么不识趣，没对她说三道四。他既没有同情，也没有嘲讽，只是保持着一贯的漠不关心。

"是迪恩提出来要做精子测试的。"科尔萨克继续道，"他提出来要做那个什么来着——"

"湿抹片。"

"对，湿抹片什么的。艾尔斯医生原本都没打算当场看的，她本来想着先放在一旁，是这个联邦调查局的家伙提醒医生接下来要做什么，好像他事先知道是怎么回事，知道我们会发现什么一样。他怎么可能知道？再说了，联邦调查局插一脚进来到底是要干什么？"

"你调查了耶格尔夫妇的背景，有什么特别的地方会引起联邦调查局的注意吗？"

"什么都没有。"

"会不会是他们夫妻惹上了什么不该惹的事情？"

"你这么说好像在暗示他们两个也不干净，所以才会招来杀身之祸。"

"耶格尔是个医生,会不会涉及贩毒什么的?会不会是联邦证人?"

"他没有案底,干干净净,他老婆也是。"

"耶格尔身上的致命伤像是处决一样,也许是什么象征手法。一刀割喉,就是让他学会闭嘴。"

"天哪,里佐利,你这态度怎么来了个一百八十度大转弯啊?最开始我们还在想,这是一个杀人取乐的强奸犯在作恶,现在你又觉得有阴谋了?"

"我在想迪恩为什么会介入这个案子。联邦调查局对警察局的事向来不管不问。我们从来都是井水不犯河水,相安无事。就连'外科医生'的案子,咱们也没要他们帮忙,都是自己解决的,用了自己的侧写师。他们的行为分析小组整天跟在好莱坞屁股后面转,哪儿有空理我们?那为什么这个案子是个例外?耶格尔夫妇的案子到底有什么特别的?"

"这两人都没什么污点,"科尔萨克说道,"没有外债,没有财政危机,没打官司,也没什么仇家。"

"那为什么会引起联邦调查局的重视?"

科尔萨克想了想,说道:"也许他们在高层有朋友,那些人就是想查清案子,给他们讨个公道。"

"如果真是这样的话,为什么迪恩不直接告诉我们?"

"联邦探员的嘴向来严得很,什么都不愿意说。"科尔萨克说道。

里佐利回头看了看法医鉴定中心大楼,此时接近午夜,却仍不见莫拉·艾尔斯离开。里佐利脱下防护服时,艾尔斯还在忙着整理报告,都没顾得上和他们挥手告别。"亡灵女神"向来不太在意他们这些活人。

我与她又有什么不同？毕竟当黑夜来临，那些反复出现在我眼前的面孔，不也都死于非命，早已往生吗？

"这起案子涉及的不只是耶格尔一家。"科尔萨克又说道，"现在我们又发现了第二具尸体。"

"这么看来，乔伊·瓦伦丁的犯罪嫌疑应该可以排除了。"里佐利说道，"这也解释了之前的发现——凶手身上的头发，应该是从之前那具尸体上带过来的。"

"我不能就这么轻易放过他，还得再查查。"

"他身上还有什么可疑的地方？"

"我还在查，还在查。"

"他只有好几年前偷窥的案底，光靠这个可不够。"

"但这个乔伊可不单纯，是个怪人。谁会喜欢给死人涂口红啊？"

"怪人又不一定是凶手。"里佐利说着，依旧看向大楼，脑海中浮现出莫拉·艾尔斯的样子，"从某些方面来说，我们都是怪人。"

"这么说也没错，但我们的怪是正常的怪。乔伊的不是，他的怪不正常。"

里佐利哈哈大笑。两人的对话已经渐渐偏离主题，越来越荒谬，而她也已经累得不想再动脑子思考这些了。

"我刚才说什么了？"科尔萨克问。

里佐利转身走向自己的车。"我累死了，得回去睡一觉歇歇。"

"明天那个骨头医生要来，你会到场的吧？"

"会的。"

明天下午，会有一名法医人类学家和艾尔斯医生一起，对第二具尸体的遗骸进行尸检。虽然她委实不想再体味一次尸检室里骇人的经历，但这是她的职责所在，里佐利无法拒绝。她走向车子，打开了门锁。

"嘿，里佐利？"科尔萨克在她身后喊道。

"怎么了？"

"你吃过晚饭了吗？要不要一起去吃个汉堡？"

这种邀约在警察间十分平常。繁忙的一天过后，约上同事去吃个汉堡，喝杯啤酒，放松片刻。这本来挺正常的，里佐利此时却觉得有些麻烦，因为她听出了科尔萨克语气中的寂寥愁苦，而她一点儿也不想卷入这个男人的苦恼漩涡，为他提供什么情绪价值。

"下次吧。"里佐利说道。

"嗯，好吧，"科尔萨克说道，"下次吧。"说完，他挥了挥手，转身走向了自己的车。

到家之后，里佐利在答录机中发现了哥哥弗兰基[①]的留言。她一边检查收到的信件，一边听着他的声音从答录机里传来。只是听到他的声音，里佐利就能想象出他那副颐指气使的模样。

"喂，珍妮？你在吗？"他停顿了好一会儿，又继续说道，"哎哟，真倒霉。是这样，我忘了明天就是咱妈的生日。要不还是咱们两个合伙，准备一份生日礼物吧，怎么样？你把你的那份礼物加上我的名字，我把支票寄给你。你直接告诉我应该出多少钱，好吧？就这样，拜拜。哦，对了，你最近怎么样？还好

[①]弗兰基·里佐利在电视剧系列中为简·里佐利的弟弟，但是在小说前期设定为其兄长。后期为与电视剧贴近，作者对其人设进行了些许修改。

吗?"

里佐利将信件全都扔到了桌子上,喃喃道:"行啊,弗兰基,上次就搞这么一出,说得好像上次礼物的钱你已经给了似的。"不过这次没这么便宜的事了,弗兰基说晚了,今年给妈妈的生日礼物里佐利已经送过去了——一条桃红色的浴巾,上面绣着安吉拉名字的首字母。今年我终于不用替他人作嫁衣了。弗兰基就是那种总有无数借口的人,妈妈却对他的每一个借口都信以为真。他现在是彭德尔顿兵营的训练教官,安吉拉对他总是特别挂心,害怕他遭遇危险,就好像加利福尼亚低矮的灌木丛正炮火连天,是个充满危险的战场。她还担心他吃不饱。对,当然了,堂堂美国海军陆战队当然有可能让她两百多斤的孩子挨饿。而实际上呢,里佐利才是饿坏的那个。从今天中午到现在,她已经超过十二个小时没吃过任何东西了。再加上之前在尸检室吐了一回,此刻她的胃里空空如也,已经饿得前胸贴后背了。

里佐利开始在厨房翻箱倒柜地找吃的。做一个懒女人也是有好处的,她在柜子里发现了存货:一罐星琪牌的金枪鱼罐头。她没有特别讲究,开了罐头之后,就着几片苏打饼干直接吃了起来。吃完她还是觉得很饿,于是再次翻找,又发现了一罐黄桃罐头,再次将其吃干抹净。此时,她有些意犹未尽地舔着叉子上的糖液,看着墙上挂着的波士顿地图出神。

石溪保留地在地图上是一条带状的绿色区域,四周都是郊区。北边是西罗克斯伯里和克拉伦登丘陵,南边是戴德姆和里德维尔。每到夏天,这里都会吸引大量慢跑爱好者和前来野餐的人。又有谁会特别注意到某辆沿着恩内金公园大道行驶的车子呢?同样,也没人会注意到车在某个服务区停下,司机走下车,盯着一片静谧的树林。长久居住在钢筋水泥铸就的城市中,人们对于沥青街道、轰鸣的电钻和响彻街头的汽车鸣笛声早已厌倦，这样一个安静幽深的郊外公园对他们来说，有着难以抗拒的吸引力。然而这世外桃源不仅吸引了前来寻求短暂避世的人们，还引来了道貌岸然的猎食者，他悄悄地将猎物掩藏在深林中。里佐利仿佛透过他的眼睛看到了面前的密林，枯叶像地毯一样落了满地，森林里的昆虫和其他动物兴高采烈地来到弃尸地"赴宴"。这是毁尸灭迹的好地方。

里佐利放下手中的叉子，叉子掉在桌子上发出刺耳的响声。

她从书架上拿出一包彩色图钉。她先拿出一颗红色的图钉，按在地图上盖尔·耶格尔生前所居住的牛顿市，又拿出一颗按在发现尸体的石溪保留地，接着又在石溪的红色图钉旁边加了一颗蓝色的图钉，代表在那里发现的另一具无名女尸。随后，里佐利坐在地图前，研究着凶手活动的地理范围。

在调查"外科医生"案时，她学会了要用猎食者看待狩猎场的角度来研究地图。毕竟，作为一名警察，她也是一个狩猎者。为了抓到猎物，她必须要了解凶手生活的世界——他走过的街道、徘徊过的社区。里佐利知道，他们通常都在自己熟悉的区域狩猎。和所有人一样，他们也有自己的舒适区，有例行的日常活动。所以当里佐利看着地图上图钉的位置时，她看到的不只是案件的犯罪现场和弃尸地，还是凶手的活动范围。

牛顿市房价高昂，消费水平较高，是一些行业精英汇聚的精致郊外社区。石溪保留地位于牛顿市东南方，距其三英里。那个地方并没有怎么被开发，地貌原始而荒凉，远远比不上时髦又贵气的牛顿市。凶手会不会是石溪或牛顿市的居民？他会不会在两地工作和生活，然后趁着通勤的时候，跟踪在路上遇到的和他一样往返于两地的猎物？若真是如此，那他一定要融入当地的生活。作为一个外来人口,他不能引起人们的怀疑。如果凶手住在牛顿市,那他一定也是一个白领,有着白领阶层的生活方式。

还有同样是白领的猎物。

里佐利眼睛疲惫而干涩,波士顿街道的地图网格在她眼前变得模糊,但她没有就此放弃,上床休息。她依旧直挺挺地坐在那儿,疲惫不堪,脑海中旋涡般卷起成百上千的案件细节。她想到了在高度腐败的尸体中发现的尚且存活的精子,想到了腐朽的只剩骨架的无名尸体,想到了海军蓝的车垫纤维、身上沾有上一位被害人头发的杀人凶手,还有电击枪、猎刀和叠起的睡裙。

以及加布里埃尔·迪恩。联邦调查局为什么要掺和这起案子?

她将头深深地埋进双手间,感觉脑海中翻腾的各种信息要将她的头炸开了。她之前确实很想做案件调查的负责人,甚至不惜咄咄逼人地强势竞争,然而现在,案件调查的重担已经快要将她压垮了。她太累了,无法思考,偏偏又因为太过紧张焦虑而无法入睡。这一刻,她不禁想道:这就是精神崩溃的感觉吗?这个想法刚一冒头就被她狠狠地压了下去。简·里佐利永远不会放任自己软弱到去体验什么精神崩溃。在她作为警察的职业生涯中,她在屋顶上追过逃犯,武装搜查过危险的宅院,在黑漆漆的地下室里直面过死亡。

她甚至亲手杀过人。

但将她逼到崩溃边缘的,是此时此刻。

监狱护士在我的右臂上绑了一根止血带。她的动作一点儿也不轻柔,乳胶止血带橡皮筋一样弹到我的皮肤上,传来一阵火辣辣的疼痛，连汗毛也被缠绕拉扯在一起，但她像是没看见一样，毫不关心。也难怪，对她来说，我不过是个装病的家伙，大半夜把她从床上折腾起来。如果不是因为我，就算是值夜班，她一般也不会遇上真的需要起床工作的情况。这位护士不算年轻，看上去人到中年了，眼睛浮肿，眉毛修剪得稀稀疏疏，呼吸中有着睡眠过后产生的口气和香烟的味道。但再怎么说她也是一个女人。我盯着她的脖子，上面的皮肉已经松弛。为了在我的胳膊上找一条好扎针的血管，她伏下了身。随着她的靠近，我不禁想象在她苍白皮肤下潜藏的美景。颈动脉里涌动的鲜亮的血液，奔腾而活泼；颈静脉中充盈着深色的静脉血，沉静而美丽。对于女人的颈部构造，我早就烂熟于心，此刻看着面前并没有什么美感的颈部，我脑中思考的，是更为隐秘的计划。

我前臂尺骨上的静脉很快便鼓起来，护士满意地嘟囔了一句什么。她拿出一块酒精棉片，在我的手臂上擦拭了一下，动作十分潦草而敷衍。医疗专业的人绝对不会是这种操作，但她毫不在意，似乎只是在走流程而已。

"你可能会感觉有点儿刺痛。"她说道，让我做好心理准备。

但我并不紧张，针尖刺入皮肤时也没有恐惧退缩。她的动作干净利落，针头刺入静脉，血液流进了红顶的真空采血管里。我经手处理过无数人的血液，但这是我第一次这么近距离观察自己的血液。我有些兴味盎然地看着质地浓稠的血液，那是深沉的红色，像黑樱桃的颜色。

采血管快满的时候，她将连接采血管的管子拔出来，连上了另一根采血管，这根采血管是紫顶的，用来做全血细胞数检测。等第二管也满了之后，护士将针头拔了出来，解开止血带，随后拿了一团棉花按在针眼处。

"按着。"她命令道。

我有些无助地抬了抬我的左手,手腕上此时戴着手铐,和病床栏杆铐在一起。"我没法按。"我的回答里满是挫败。

"唉,真是够了。"她叹息道,语气里没有丝毫的怜悯,满是不耐烦。不是所有人都会对弱者抱有同情心,很显然,她就是如此。要是让这样的人掌握一点点权力,再给他们一些脆弱的打压对象,他们立刻就会变成集中营里那些折磨犹太人的恶鬼。掩藏在白衣天使皮囊下的,是冷漠和残忍。

她抬起眼皮看了看不远处的狱警。"过来给他按着。"

狱警迟疑了片刻,随后伸出手指,按在了棉花上。他表现出的抗拒并不是因为怕我暴走袭击他。我在狱中表现得一直很受管教,也很有礼貌,可以说是模范犯人,狱警们并没有把我放在心上。让他紧张的是我的血。狱警看着棉花上浸透的血液,忍不住想象着血液里的可怕病毒正渐渐涌上他的指尖。好在护士及时拿了一段医用胶布,将棉花粘在了我的皮肤上,狱警才如获大赦般地放松下来。之后,他快步走到洗手池前,用肥皂认真地搓洗着自己的手。我本来很想笑他,血液这种东西是个活物都有,有什么好怕的?但我忍住了,老老实实地躺在床上,膝盖支着,眼睛闭着,时不时难受地呻吟两声。

护士带着两管血离开了,房间里只剩我和那名狱警。他把手里里外外洗了个干净,随后坐在了椅子上,静静地等着。

等了又等。

我们两个在冰冷的房间里大眼瞪小眼,干坐了好几个小时。护士一直没有回来,似乎已经把我们两个忘在脑后了。狱警在椅子上不断变换着坐姿,心里猜测着护士为什么离开这么久。

我知道为什么。

现在，我的血液样本应该已经检测结束了，检测结果正被护士拿在手里。血液检测的数值吓到了她。结果出来之前，她一直以为我是装病，现在她却不能这样想了。证据就在她的手里，打印出来的结果显示，我血液中的白细胞数暴涨，证明身体里有急剧发生的严重感染。也就是说，我刚刚一直叫唤着肚子痛并不是装的。之前她检测的时候确实也感受到了，随着她的触碰，我的肌肉变得紧绷，口中喊着疼，但她当时并不相信我表现出的症状。作为一名工作多年的监狱护士，她见识过太多囚犯的把戏，什么花样都见过了，经验告诉她，不能轻易相信犯人所说的身体不适。在她看来，犯人都是惯常骗人的恶劣浑蛋，就算真有什么病症，也不过是我们伪造出来骗药的手段。

但化验结果是无法伪造的。血液放进仪器里，化验结果就出来了。她不能无视这么异常的白细胞数，所以现在她肯定在打电话，咨询监狱医疗官员的意见："我们狱中的一个犯人出现剧烈的腹痛。初步检查确实能听到肠鸣，小腹右下侧有压痛感。让我担心的是他的白细胞数……"

门开了，耳边传来护士走在油毡上发出的嘎吱声。她走近我，同我讲话，语气中再也没有之前的冷漠和尖酸。此刻的她是平和甚至友善的。她知道现在面对的是真正的病人，如果我出了什么意外，她也要担责任。突然间，我不再是她可以随意轻蔑对待的人了，而是可以毁掉她职业生涯的定时炸弹。何况，她已经耽搁太久了。

"我们要把你转到医院去治疗。"她开口道，然后看向一旁的狱警，"需要立刻将他转移到医院。"

"沙特克？"狱警问。他指的是波士顿的莱缪尔·沙特克惩戒中心医院。

"不是,那边太远了,他等不了那么久。我已经联系了菲奇堡医院,把他转到那边去。"护士的声音里有着明显的焦急,狱警看了我一眼,眼神中也透露出些许担忧。

"他到底是出了什么问题?"狱警问。

"可能是阑尾炎。我已经准备好了文件材料,也给菲奇堡急诊室打过电话了。他必须坐医院的救护车过去。"

"哦,妈的,那我就得在车里陪他去。这得折腾多长时间?"

"他得住院治疗。要我看的话,他得做手术。"

狱警看了一眼自己的手表,心里想着换班什么时候结束,会不会有人去医院和他交班。他担心的并不是我,而是他工作时间表上的琐碎细节,他只关心自己的人生。对他来说,我不过是个添麻烦的累赘。

护士折起几张文件,将它们装进一个信封,然后交给了狱警。"这些文件是菲奇堡急诊室需要的,一定要交到医生手里。"

"一定得坐救护车去?"

"是的。"

"这样监护就成了大问题。"

护士看了我一眼。此时我的手腕还被铐在床上,整个人躺在床上一动不动,腿依旧蜷缩着——典型的阑尾炎病患发病时的体态。"我觉得问题不大。他的状况很严重,根本不可能起来反抗了。"

7

"恋尸癖,"劳伦斯·朱克博士说道,"也可以说是一种'亡灵之爱'。这种现象一直存在,是人类黑暗的秘密。这个词源自希腊文,但早在古埃及法老年代,就有证据表明存在这种恋尸行径。那些貌美或是位高权重的女人,通常死后不会立刻做防腐处理,至少要等三天之后。这也是为了确保尸体的完整,防止处理死者遗体的人亵渎她。据史料记载,奸尸一直是存在的。传言就连希律王,在其妻子死后,也一直与她的尸体保持亲密关系,长达七年之久。"

里佐利环视会议室,感到一种午夜梦回般诡异的熟悉感。一群面露疲色的警探围坐一桌,桌子上散落着案件档案和犯罪现场的照片。心理学家劳伦斯·朱克低沉轻柔的嗓音不疾不徐地传来,引领众人进入猎杀者噩梦般的思维世界。还有最为熟悉的,那种令人心颤的恐惧感,她记得它如何侵入骨髓,让她双手发麻。就连在座的许多警察也是熟面孔:杰里·斯利珀和达伦·克罗,还有她的搭档巴里·弗罗斯特。就在一年前,他们这群人一起调查了"外科医生"的案子。

又一个夏天,又一个恶鬼。

但这次的会议与上次相比,有一个人缺席了。托马斯·摩尔警探不在。里佐利有些想念他,想念他的从容镇定。虽然在"外科医生"案的调查过程中，他们曾经闹翻过，但之后两人重归于好，而此刻他的缺席使团队出现了空白。

取代摩尔参加会议的那个人，正坐在摩尔之前的座位上。里佐利并不信任他——加布里埃尔·迪恩。谁都能一眼看出迪恩是个外人，与在座的警察有些格格不入。最明显的是他的穿着，裁剪考究的西装，配合他挺直的军人般的坐姿，已经让他如鹤立鸡群。大家也都注意到了这种泾渭分明的区别，因此没人主动和他搭话。他也不说话，只是沉默地在一旁看着。联邦调查局的介入到现在依旧是个谜。

朱克继续说道："对我们大部分人来说，与尸体性交是难以想象且令人排斥的。但是这种事情在文献中总有提及，在史料上有所记载，犯罪案件中也多有发生。连环杀人案中，有百分之九的被害人曾在死后遭遇过性侵。杰弗里·达默、亨利·李·卢卡斯，还有泰德·邦迪，他们都曾承认有过奸尸行为。"说着，他的目光落在盖尔·耶格尔的尸检照片上，"所以会在被害人体内发现新鲜的精液，这并不意外。"

达伦·克罗说："他们都说，这种事情只有疯子才做得出来。联邦调查局的侧写师曾跟我说过，做出这种事的人，都是那种四处游荡、自言自语的疯子。"

"没错，之前曾有观点认为，做出这种行为的凶手精神一定严重失常，"朱克说道，"通常是那种精神错乱，会四处游荡的人。的确，很多这类罪犯都是患有精神疾病的人，属于无预谋无组织的犯罪。他们既没有逃罪的常识，也没有相应的理智。他们无法克制自己的冲动，犯罪后会留下各种证据——毛发、精液还有指纹。这类罪犯属于比较容易抓捕的类型，因为他们不懂或是说根本不在意警方的刑侦调查。"

"那这起案件的凶手呢？"

"本案的凶手并不是精神病患者。他属于完全不同的异类。"朱克打开了桌子上的一个文件夹，里面是警方在耶格尔家中拍摄的照片。之后，他抬头看向里佐利。"警探，你亲自调查了整个现场。"

里佐利点头道："此人做事很有条理，自备了所有作案器具，行事干净利落，几乎没有留下任何痕迹。"

"现场不是发现精液了吗？"克罗指出。

"但并不是在我们着重调查的地方发现的，可以说是个意外收获。如果不是机缘巧合，这点儿痕迹是很容易错过的。实际上，我们确实差一点儿就漏掉了它。"

"你对凶手的整体看法如何？"朱克问。

"凶手是有预谋作案的，也很聪明，"里佐利停顿了片刻，又说道，"和'外科医生'一样。"

朱克的目光紧紧地盯着她。他总是让里佐利觉得不自在，此时看着朱克探寻的目光，她有种警铃大作的危机感，仿佛自己的领地被他人侵了一般。但这样想的肯定不止她一个，在场的人有谁不会想到沃伦·霍伊特呢？对他们来说，这根本就是噩梦重现。

"我赞同你的看法。"朱克说道，"这是一个理智且狡猾的杀手，他的行为与一些侧写师所说的清醒的罪犯相符。他不只是为了即刻的满足，而是有特定的目的——对女性躯体的完全掌控。拿本案来说，也就是被害人盖尔·耶格尔。凶手想要占有她，不管是死是活。他当着被害人丈夫的面羞辱了她，以此宣示对被害人的绝对占有权。他成了主宰，不管是对妻子还是丈夫来说。"

朱克伸手拿过尸检照片。"而且，有一点需要特别注意，盖尔·耶格尔的尸体既没有被严重损害，也没有被肢解，只有自然腐败出现的一些轻度损伤。严格说来，尸体被保存得相对完好。"他看了里佐利一眼，寻求认同。

"尸体上没有外伤。"里佐利接道，"被害人死于勒杀。"

"这是最为亲密的杀人方式了。"

"亲密？"

"试想亲手掐死一个人代表着什么。这是多么私密的手法，多么亲密的肌肤接触。你的双手勒住她的皮肉，挤压她的喉咙，亲眼看着她的生命流逝殆尽。"

里佐利看着他的目光有着明显的厌恶。"我的天哪。"

"这就是他的想法、他的感受、他所处的世界，而我们就是要去了解这些，"朱克指着盖尔·耶格尔的照片，"去体会凶手占有被害人身体、主宰她，甚至不论死活的冲动。这是一个对死尸产生了亲密依赖的男人，所以他会继续玩弄她，也就是奸尸。"

"既然如此，他为什么又要弃尸？"斯利珀问道，"为什么不把尸体放在身边，像希律王那样，也放上个七年？"

"或许是条件不允许？"朱克说道，"也许他住在一栋公寓楼里，尸体腐坏的气味会引起人们的注意。就算他想留住尸体，最多也只能放三天。"

克罗笑道："三秒都受不了。"

"你刚刚说，他对于这具尸体的情感像是对恋人一样。"里佐利说道。

朱克点了点头。

"那对他来说，把尸体扔到石溪肯定也很舍不得。"

"没错，一定很难，就像是与爱人离别。"

她回想起发现尸体的那片树林，那些林立的树木，斑驳的树影。那里远离炎热和喧闹的城市。"对凶手来说,那不是个弃尸地,"里佐利开口道,"而是个神圣的地方。"

大家闻言都转头看向她。

"你说什么?"克罗问道。

"里佐利警探说的正是我要说的话。"朱克说道,"那个地方在保留地里,对凶手来说,不光是用来丢弃尸体的。有一个问题我们一定要考虑,为什么他没有把尸体埋起来?为什么要把尸体暴露在外?那也太容易被发现了。"

里佐利开口,声音轻柔:"因为他要去看望她们。"

朱克点头道:"这些人都是他的爱人,他的后宫佳丽。他会一遍又一遍地回去看望她们,爱抚她们,甚至是拥抱她们。所以他身上才会有尸体的头发,那是在他摆弄尸体的时候沾到他身上的。"朱克看向里佐利,"那根头发的化验结果如何,与第二具尸体的相符吗?"

里佐利点点头:"我和科尔萨克警探之前一直以为这头发是凶手在自己的工作场所带上的,现在我们知道是在哪儿了。还有必要继续殡仪馆的调查吗?"

"有必要。"朱克说道,"我告诉你为什么。恋尸癖的人总是会被死尸吸引,摆弄尸体会让他们获得一种性满足。不管是给尸体做防腐处理,还是给他们穿衣戴帽,或者是搽脂抹粉地装扮他们。恋尸癖很可能会选择殡葬相关的工作以获得这种乐趣,比如说防腐师助理,或是给遗体美容的入殓师。而且,需要注意的是,我们发现的第二具遗骸不一定就是凶杀案的被害人。最著名的恋尸癖之一埃德·盖因是个精神病患者,最开始只是掘坟挖尸,偷偷挖一些女人的尸体带回家。直到后来,为了获得尸体,他才转向行凶杀人。"

"我的天哪，"弗罗斯特不禁嘟囔道，"这可真是越来越诡异了。"

"这只是众多人类行为中的一种罢了。对我们来说，有恋尸癖的人是恶心的变态，但这样的人一直都存在，他们被异常的癖好和怪异的欲望驱使。的确，这里面有一部分人是因为精神疾病才如此，但还有一些人在其他方面都很正常，和普通人无异。"

沃伦·霍伊特看上去也很道貌岸然，平平无奇。

之后开口的是加布里埃尔·迪恩。会议开始到现在，他一直没说话。里佐利被身旁突然响起的低沉声音吓了一跳。

"你们刚才说，他很有可能会回到林子里去看望他的后宫。"

"是的，"朱克回答道，"这也是为什么对石溪保留地的监测工作必须要一直持续下去。"

"如果他发现他的后宫不见了，会怎样？"

朱克思虑片刻，回答道："他肯定不会轻易接受。"

他的话让里佐利感觉脊背发凉。这些女人的遗骨是他的爱人。如果一个男人发现自己爱人被掳走了，会是什么反应？

"他会发疯。"朱克说道，"发现有人夺走了他的所有物，他会暴怒，并急于弥补失去的东西。他可能会再次狩猎。"朱克看向里佐利，"这件事千万不能泄露给媒体，尽可能拖延一下曝光的时间。对保留地的监视行动可能是抓住他的最好机会了。他之后肯定会回到林地，不过只有在确定没有危险，并且以为他的后宫还在那里等着他的时候。"

会议室的门开了。几人看向门口，只见马凯特警督探进头来，说道："里佐利警探，我要和你谈谈。"

"现在？"

"可以的话，你来趟我的办公室吧。"

会议室的人面面相觑，大家想的都是同一件事：里佐利要挨批了。里佐利毫无头绪，脸涨得通红，站起身，走出了房间。

两人顺着走廊，一路走向凶案组，马凯特始终不发一语。直到两人走进了他的办公室，他还顺手关上了门。透过玻璃隔断，里佐利看到外面的警探们从各自的工作隔间探头探脑地看过来。马凯特走到窗边，关上了百叶窗。"你怎么不坐啊，里佐利？"

"站着也挺好的。我就是想知道，您叫我是什么事。"

"坐吧。"他的语气并不重，甚至还有些客气，"别客气。"

马凯特的和蔼可亲让里佐利有些不安。他们两人之间一直没怎么热络过。凶案组更像个兄弟会，男警较多。她也知道，对他们来说，自己是个泼辣的异类。这么想着，她还是依言坐在了椅子上，心跳却不自觉地加快，她有些紧张。

马凯特沉默了一会儿，好像是在思考如何措辞。"我想这件事还是先告诉你比较好，免得你从别人那里听到。不管怎么说，这个消息对你而言应该挺难接受的。不过我觉得这种状况肯定是暂时的，就算眼下不能马上解决，过几天也就没事了。"

"什么状况？"

"今天早上五点左右的时候，沃伦·霍伊特越狱了。"

现在里佐利知道为什么马凯特坚持要让她坐下了，他是怕她会崩溃，站不稳。

但她并没有。她稳稳地坐在椅子上，没有表露出任何情绪，脑内的神经似乎是麻木了。当她开口时，她甚至能听出自己语气出奇地平静，几乎认不出是自己的声音。

"怎么会这样？"她问道。

"当时监狱要对他做医疗转移。昨天晚上，监狱安排他在菲奇堡医院入院治疗，接受紧急阑尾切除手术。具体怎么回事，我们也不清楚,但是问题出在了手术室……"马凯特停顿了一下,继续道,"在场的人都遇害了,没有生还的目击者。"

"死了多少人?"里佐利问。她的声音依旧没有起伏,听起来还是非常陌生。

"三个人。一个护士,一个给他做术前麻醉的女麻醉师,加上负责看押他的狱警。"

"苏萨-巴拉诺维斯基惩戒中心是六级监禁机构。"

"是的。"

"他们居然会允许他去一家平民医院就医?"

"如果是一般情况,监狱会按规定把他转到沙特克惩戒中心医院。但如果是紧急状况,根据马萨诸塞州州立监狱的政策规定,他们可以将犯人转移到最近的医疗机构就诊,当时最近的医院就是菲奇堡医院。"

"由谁来判断是否为紧急情况?"

"监狱护士。她给霍伊特做了初步检查,还咨询了州立监狱的医师。他们两个一致认为,他需要立刻就医。"

"依据什么做出这种判断?"现在,里佐利的声音开始变得尖锐,她的镇定出现了裂痕。

"他的一些身体症状,腹痛——"

"他接受过专业的医学训练,知道他们想要什么。"

"监狱的人还给他做了化验。"

"什么化验?"

"白细胞数什么的。"

"这些人知道沃伦·霍伊特是什么人吗?他们对这个人的危险性有过丝毫了解吗?"

"血液检测是做不了假的。"

"他可以。他之前可是在医院工作的,知道怎么操纵实验室检测。"

"警探——"

"真他妈的够了,他自己就是个血液科技师!"尖锐的嗓音把她自己都吓了一跳。里佐利看着马凯特,对自己突然的爆发感到震惊。此刻诸多情绪突然涌了上来,终于击溃了她强装的冷静与自持。里佐利慌了手脚,不知所措,感到愤怒且无助。

还有恐惧,她苦苦压抑了数月的恐惧。这么久以来,她一直在告诉自己,沃伦·霍伊特已经被抓起来了,再也不会伤害到她了,所以没必要再感到恐惧。她已经从噩梦中醒来,种种遭遇都已经成为回忆,所有不安都是劫后余惊,总会过去的。但现在,她再也无法说服自己坚强,深入骨髓的恐惧苏醒过来,露出獠牙,咬住了她的喉咙。

她突然站起来,转身就要离开。

"里佐利警探!"

她停在了门口。

"你要去哪儿?"

"您应该知道我要去哪儿。"

"菲奇堡警察局还有州立警察局都在着手处理了,事态还在掌控之中。"

"真的吗?对他们来说,他不过是另一个在逃的普通犯人。他们觉得他会和别人一样,迟早犯下同样的错误,露出马脚。但沃伦·霍伊特不会的。就算是布下天罗地网,他也能溜出去。"

"你也太小看这些抓捕他的警探了。"

"是他们小看了沃伦·霍伊特,他们根本不知道自己对付的是什么人。"里佐利说道。

但我知道，我知道得清清楚楚。

室外停车场在火热的阳光下反射着亮白的光，热浪一阵接一阵，街上吹来的风又热又闷。等到里佐利爬上车时，她的衬衫都已经湿透了。霍伊特会喜欢这种温度。他就喜欢这种酷热的天气，就像蜥蜴喜欢干燥而炎热的沙土。不仅如此，沃伦·霍伊特还和爬行类生物一样，知道如何快速逃离危险。

他们抓不到他的。

里佐利开车前往菲奇堡，脑内盘旋着"外科医生"从狱中逃脱的事情。这样的人得以再次游荡在城市的街道上，和放虎归山没什么两样。她不知道自己是否有勇气再次面对他。上次战胜他，几乎用尽了她这辈子所有的勇气。她知道自己不是个懦弱的人，她面对挑战从不退缩，面对争斗从不放弃，总是勇往直前。但此时，一想到要与沃伦·霍伊特交锋，她就忍不住发抖。

上次与他交手，差点儿要了我的命，现在我真的不知道自己还能不能再一次做到，还能不能将恶鬼关进牢笼。

警戒带外并没有警察看守。里佐利在医院的走廊里停了下来，环顾四周，想找个警察，但只看到近旁站着几名护士。其中两人拥抱着彼此，似乎是在相互慰藉。其他人聚在一起，正低声交谈。他们的面色都很灰暗，神情慌乱，面有惧色。

里佐利弯腰从黄色警戒带下钻进去。一路走来，没有任何人上前阻拦她。她穿过一扇感应门，进入手术接待区，看到了地上的血迹和杂乱的血脚印。一个犯罪现场调查人员正在收拾工具包，准备离开。案发时间已经过去很久，调查也结束了，接下来就要撤掉警戒带，打扫干净。

虽然现场被污染了，但里佐利还是能根据一些细节推断这里当时发生了什么。墙上飞溅的血迹已经讲述了一切。她看到死者的动脉喷射出了一条血迹弧线，现在已经干涸在墙上，像是一条正弦曲线。血迹越过墙皮，溅到一块白板上，上面记录着今天手术室的日程安排，详细地列出了手术室门牌号、患者姓名、主刀医生的名字和手术流程。今天一整天的时间都被安排得满满的。里佐利不禁想道，这里变成凶案现场后，那些不得不取消手术的病人会怎样？比如胆囊切除手术，如果被推迟了，会对病人造成什么影响？里佐利抛下这个问题，随即明白了为什么这个现场这么快就完成了调查，因为手术室的使用安排容不得耽搁。逝者已逝，生者仍在，活人的需求必须要满足。不会仅仅因为一个在逃犯，就关闭菲奇堡最繁忙的手术室。

血溅的弧线仍在继续，越过日程表，贴着墙角转弯，延续到了另一面墙上。随着心脏收缩压下降，脉搏变弱，弧线终于开始下降，最终落到低处，在接待处旁寿终正寝，留下一摊血迹。

被害人是想要拿起电话。死在这里的人一直在努力去够电话。

接待区后是一条走廊，两边排列着洗手池，由此通向各个手术室。男人的说话声和对讲机的噼啪声吸引了里佐利的注意，她顺着声音走到一个房间，房门没关，她站在门口。途中她经过那一排水池的时候，还和一个犯罪现场调查组的刑侦人员擦肩而过，可那人连看都没看她一眼。没人怀疑她的身份。她走进四号手术室时，也没人过来招呼她一声，任由她被房间里血腥屠杀留下的证据吓得呆愣在原地。房间内的被害人已经被移走，但他们的血迹到处都是，墙上、橱柜上、柜台上。因为出现了凶杀案，相关人员不断进出房间，此刻地板上到处都是血脚印。

"女士？女士？"

两个站在医疗器具柜旁的便衣警员正皱眉看着她，其中个子较高的那个走过来，脚下的纸鞋套被黏稠的地板粘住，走起路来有些不便。男子三十多岁，身材健硕，和所有肌肉男一样，他整个人散发着高人一等的傲慢气息。里佐利看着他后退的发际线，有些理解了，这种装腔作势的雄性表现是种补偿行为吧。

里佐利知道他要问什么，于是不等他开口就先亮出了警徽。"简·里佐利，波士顿警察局凶案组警探。"

"波士顿的人来这里干什么？"

"抱歉，我还没请教您的姓名。"里佐利回答道。

"警司卡纳迪，逃犯追捕处的。"

所以他是马萨诸塞州州立警察局的警员。里佐利刚要和他握手，却注意到此人还戴着橡胶手套。从如此敷衍的态度可以看出，他是不打算和她客气的。

"有什么需要我们帮忙的吗？"卡纳迪问道。

"也许是我帮你们。"

卡纳迪对她的好心肠并不在意。"为什么这么说？"

里佐利看着墙上流淌下来的条条血迹，说道："做了这一切的那个男人——沃伦·霍伊特——"

"他怎么了？"

"我很了解他。"

个子稍矮的男人也走了过来。此人面色苍白，长着一对招风耳，有点儿像小飞象。虽然他也是警察，但没有卡纳迪那么强的领地意识。"哦，我知道你，里佐利。当初他就是栽在你手里的。"

"是凶案组同事的共同努力。"

"可不是这么回事，是你把他堵在了利西亚。"和卡纳迪不同,他没有戴手套,伸出手与她握在了一起,"我是警探阿伦,菲奇堡警察局的。你特地开车来就是为了这个?"

"一接到消息我就赶来了。"里佐利的目光又回到墙上,"你们知道他的可怕之处吗?"

卡纳迪打断她道:"我们应付得来。"

"你们了解他的过去吗?"

"我们知道他在这儿都干了什么。"

"但你们了解他这个人吗?"

"我们手里有他的档案,从苏萨-巴拉诺维斯基惩戒中心调来的。"

"监狱的人虽然有他的档案,却不知道他的可怕之处,不然这一切就不会发生了。"

"我从来没失过手,每一个逃走的犯人都被我抓回来了。"卡纳迪说道,"他们都会犯同样的错误。"

"这个人就不会。"

"他只有六个小时的出逃优势。"

"六个小时?"里佐利不禁摇头,"那你们已经失手了。"

卡纳迪被激怒了,说道:"我们现在在排查周围的目击证人,设了路障和车辆检查点,还通知了媒体,所有地方电视台都在播放他的通缉照片。我刚才已经说过了,我们完全应付得来。"

里佐利没有回应,只是将注意力重新放回那些丝带状的血迹上。"死在这里的被害人是谁?"她轻声问。

回答她的是阿伦。"麻醉师和手术室的护士。麻醉师的尸体躺在那边,手术台旁边。护士的尸体在这边,门边上。"

"她们没有喊叫吗?没有惊动警卫?"

"她们两个应该很难发出任何声音,两个女人都是被割喉而死的。"

里佐利走到手术台前端,看着挂着一包静脉注射液的金属支架,塑料输液管和导管都拖在地上,药液汇聚到一起,手术台下还掉落了一个摔碎的玻璃注射器。

"他们当时已经给他做了静脉注射。"里佐利说。

"他一开始是被送到急诊室的。"阿伦说,"楼下的外科医生给他做了检查之后,就直接把他送到了这里,当时医生诊断是盲肠破裂。"

"做诊断的外科医生呢?为什么没直接跟他一起上来?他当时在哪儿?"

"他当时在急诊室接待另一位患者。案件发生十到十五分钟后,医生才上来。他进了感应门之后,看到狱警倒在接待区,已经死了,于是直接跑去打电话。当时所有急诊室的工作人员都来了,但是已经太晚了,被害人伤势过重,他们什么都做不了。"

里佐利看了一眼地板,满是扫过的痕迹和踩过的脚印,太混乱了,已经无法分析出有用的信息。

"为什么那个狱警没进来,没有在手术室里看着犯人?"里佐利又问。

"手术室属于无菌区,不穿手术服是不能进来的,所以可能医生告诉他要在外面等着。"

"但马萨诸塞州州立监狱不是有政策规定,只要不在监,犯人要一直佩戴手铐吗?"

"是有这个规定。"

"就算是在手术室也不行,麻醉了也不行,霍伊特的手脚都应该被铐在手术台上才对。"

"照理说是应该这样。"

"你们在现场发现手铐了吗?"

阿伦和卡纳迪看了看对方。

卡纳迪说道:"手铐被丢在手术台下面。"

"所以他当时是戴着手铐的。"

"有那么一段时间,是戴着的——"

"后来他们为什么给他打开了?"

"因为治疗需要,也许是?"阿伦猜测道,"可能是要给他再做一次静脉注射?需要他变换姿势?"

里佐利摇了摇头:"如果是这样,他们会叫狱警进来打开手铐。一旦手铐打开了,狱警就不会离开,而必须待在里面看着他。"

"那就是狱警大意了。"卡纳迪说,"当时急诊室的所有人都觉得霍伊特病得很重,他疼得那么厉害肯定不会有力气生事。显然,他们都没想到。"

"天哪,"里佐利喃喃道,"他一点儿都没变。"她看着麻醉推车,发现上面有一个抽屉是打开的,几瓶硫喷妥钠在手术室明亮的灯光下反射出冷光。这是种麻醉剂,也就是说,他们当时正要给他做麻醉。霍伊特躺在手术台上,胳膊上还插着输液管,呻吟着,面孔因为疼痛而扭曲。这些人根本不知道接下来会发生什么,他们各司其职地忙碌着。护士想着该用什么样的手术设备,还有医生们需要的物品。麻醉师一边看着监护仪屏幕上病人的心率,一边计算着麻醉剂的剂量。她或许看到了病人忽然间加快的心跳,但她以为这是疼痛所致,不知道霍伊特正要暴起,大开杀戒。

然后呢……又发生了什么?

里佐利看着手术台上的工具托盘,是空的。"他使用了手术刀吗?"她问。

"我们没有发现凶器。"

"他最喜欢用这个,总是用手术刀……"突然间,里佐利的脑内闪过一个令她汗毛倒竖的可能。她看向阿伦:"他会不会还在这栋楼里没有离开?"

卡纳迪插话道:"他不在这栋楼里。"

"他之前就假冒过医生,知道怎么伪装成医护人员。你们搜查过这家医院了吗?"

"根本不用搜查医院。"

"那你怎么知道他不在这里?"

"因为我们能够证明他已经离开这里了,监控拍到了。"

里佐利的脉搏加快了。"监控上拍到他了?"

卡纳迪点了点头:"我想,你是想亲眼看看吧。"

8

"他的行为特别奇怪。"阿伦说道,"这段监控我们看了好几遍,还是搞不明白他在做什么。"

几人来到楼下,走进了医院的会议室。会议室的角落里有一个推车,上面有一组显示器和录影机。卡纳迪打开播放器电源开关,随后拿过了遥控器。掌握遥控器的人必须是真男人,卡纳迪自然是当仁不让。阿伦不一样,他有着足够的自信,不屑在这方面争个高低,因此也并不在意。

卡纳迪将录影带放进播放器中。"好了,现在看看波士顿警察能不能看明白是怎么回事。"像是下战书一样说完这句话后,他按下了播放键。

屏幕上出现了画面,镜头对着一条走廊,一扇紧闭的大门立在走廊尽头。

"这是一楼走廊的摄像头,安在天花板上。"阿伦说道,"现在你看见的这扇门就是通向楼外的,外面就是医院的停车场,在大楼东边。楼里一共四个出口。录像时间就在屏幕下方。"

"五点十分。"里佐利读道。

"根据急诊室的日志来看,犯人是在四点四十五分左右被送上楼的,所以现在是犯人到楼上二十五分钟之后的影像。你注意看,从五点十一分开始。"

屏幕上,时间在一秒一秒地过去。五点十一分十三秒的时候,一个人影走进了画面。他神态冷静,不慌不忙地走向出口。摄像头拍到的是他的背影,可以看到整齐的棕色头发刚好搭到白大褂的衣领,他还穿着外科医生的一次性手术服裤子和纸鞋套。他一路走到门口,正要按下开门键,就在这时,他突然停住了。

"注意看。"阿伦出声提醒道。

男人慢慢转过身,抬起头,直直地看着天花板上的摄像头。

里佐利向前探出身子,喉咙发干,眼睛紧盯着屏幕中霍伊特的脸。就在这时,对方似乎也看向了她。男人走向摄像头,里佐利可以看到他的左臂下夹着一个什么东西,看不清是什么,只能看到是一捆。霍伊特继续向这边走过来,一直来到镜头的正下方。

"奇怪的地方来了。"阿伦说道。

霍伊特依旧盯着镜头,然后举起了右手,手掌朝前,就像在法庭上做证词宣誓的动作。他的左手指着摊开的右手掌,然后露出了一个微笑。

"这他妈的是什么意思?"卡纳迪咒骂道。

里佐利没有回答他。她沉默地看着霍伊特转身,直接走向出口,消失在门外。

"再放一遍。"她轻声说道。

"你知道他手上的动作是什么意思吗?"

"再放一遍。"

卡纳迪沉下了脸,按了倒带键,然后再次按下播放键。

又一次,霍伊特走向门口,转身,走到镜头前,直直地看着查看监控的这些人。

里佐利坐在那里,浑身肌肉紧绷,心跳加快,等着他再次做出那个动作,那个她刚刚就已经理解了其含义的动作。

他举起了手掌。

"暂停,"里佐利说道,"就现在!"

卡纳迪按下暂停。

屏幕上,霍伊特一动不动地站着,脸上带着微笑,左手食指指着右手手掌。这个画面镇住了里佐利。

最终还是阿伦打破了沉默:"这到底是什么意思?你知道吗?"

里佐利咽了口吐沫,说道:"知道。"

"说啊,是什么意思?"卡纳迪暴躁地大声问道。

里佐利之前一直将手握拳,放在腿上。此时她张开了自己的手掌,两个掌心上是霍伊特一年前袭击她时留下的两条疤。那上面原本是两个被手术刀刺穿后留下的洞,现在已经愈合,只留下两个肉瘤般的疤痕。

阿伦和卡纳迪盯着她掌心的疤痕。

"这是霍伊特干的?"阿伦问。

里佐利点点头。"他刚刚就是在说这个,所以才举起了手。"她看向播放器屏幕,画面中的霍伊特保持着微笑,手掌对着镜头张开,"这是我们两个之间的玩笑,是他在和我打招呼。'外科医生'在对我说话。"

"你肯定把他惹得不轻。"卡纳迪说着,用遥控器点了点屏幕,"看这个姿势,就像在说'来击个掌'。"

"也可能是'我要来看你了'。"阿伦轻声说道。

他的话让里佐利打了一个寒战。是的,我知道我会见到你的,只是不知何时何地。

卡纳迪按下播放键,录影带继续播放。他们看着霍伊特将手放下,然后转身,再次走向门口。里佐利看着他离开的背影,目光紧紧盯着他手臂下夹着的那一捆东西。

"暂停一下。"她说道。

卡纳迪依言暂停播放。

里佐利身体前倾,手点着屏幕。"他带的是什么东西?像是一卷毛巾。"

"确实是毛巾。"卡纳迪说。

"他为什么要带走这个东西?"

"他要带走的不是毛巾,而是毛巾里面的东西。"

里佐利皱眉,回想起刚刚她在楼上手术室里看到的东西,记起来手术台旁的托盘是空的。

她看向阿伦。"是工具。"她说,"他带走了手术刀具。"

阿伦点头。"调查证实,手术室少了一套剖腹手术器械。"

"剖腹?"

"就是开膛破肚。"卡纳迪回答。

屏幕上,霍伊特走了出去,画面中只剩空旷的走廊和紧闭的大门。卡纳迪关上了播放器,转头看着里佐利。"看起来,你这位老朋友有点儿迫不及待想要重操旧业了。"

里佐利的手机突然响起来,吓了她一跳。伸手去接电话时,她还能感到心脏在狂跳。身边的两个男人正看着她的一举一动,于是里佐利站起身,走到窗边去接了电话。

电话是加布里埃尔·迪恩打来的。"下午三点我们要和法医碰面,你还记得吧?"

里佐利看了一眼手表。"我会准时在三点钟赶到的。"大概可以吧。

"你现在在哪儿?"

"不重要,我会按时到的,好吗?"里佐利说完便挂了电话。她看向窗外,深深地吸了一口气。没法两头兼顾,她心里想。要抓的恶鬼太多,她已经分身乏术。

"里佐利警探?"卡纳迪唤她。

里佐利转身。"抱歉,我得回去了。一旦有霍伊特的消息,麻烦你们立刻通知我,可以吗?"

他点了点头,笑道:"不会拖太久的。"

现在里佐利最不想见的人就是迪恩,但她刚把车开到法医鉴定中心的停车场,就看见迪恩走下车。她快速找了个车位,然后熄火,想着要不要等一会儿再下车,这样迪恩肯定会先进去,她就不用和他碰面,也不用和他说话。可惜天不遂人愿。迪恩看到她了,站在停车场等着她下车,这下她再也无法躲藏。里佐利没办法,只能面对他。

她打开车门,迈进让人疲乏的炎热中。她走近迪恩,看起来很是果决坚定。

"今早你离开会议室后一直没回来。"迪恩率先开口道。

"马凯特有事,叫我去了他的办公室。"

"他告诉我了。"

里佐利停下脚步,看着他:"告诉你什么了?"

"说你之前抓进去的一个犯人越狱了。"

"没错。"

"还说你被吓到了。"

"马凯特连这个都告诉你了?"

"没有,不过你再没回会议室,所以我猜你可能状态不好。"

"我没回去是因为有别的事需要处理。"里佐利说着,走向办公大楼。

"你是整个案子的负责人,里佐利警探。"他在身后大声说道。

里佐利停下脚步,转身看着他。"不用你提醒我。"

迪恩缓缓走向她,直到两人近得不能再近。也许这正是他想要的。两人面对着面,虽然里佐利知道自己绝对不会退让,但她还是忍不住在他的注视下红了脸。让她感到如此不自在的不光是迪恩身高上的压制,还有她突然意识到面前的男人其实很迷人。这是她下意识的反应,让她有些恼怒。里佐利努力去拒绝这种吸引,但她已经深受影响,无法摆脱。

"查案不能三心二意。"迪恩说,"我理解,沃伦·霍伊特逃跑你不可能不受影响,是个警察就会在意,说是会让你乱了方寸也不过分——"

"你根本不了解我,别在这里装心理医生。"

"我只是想确定,你现在的状态是否足够专注,有没有能力继续查案。还是说真的出了什么问题,这件事会影响到你?"

里佐利努力压制住怒火。她耐着性子,冷静地轻声问道:"你知道今天早上,霍伊特杀了几个人吗?三个,迪恩探员,一个男人,两个女人。三个人都被他割了喉,然后他就大摇大摆地走了,就这么简单。过去如此,现在也如此。"说完,她举起了自己的双手。迪恩看着她掌心的伤疤。"这是他去年在我身上留的纪念,差一点儿他就要割开我的喉咙了。"里佐利放下手,笑了,"所以你说得没错,一点儿都没错,我确实在意他。"

"但你有职责在身,这边还有案子在查。"

"我没说不查。"

"你被霍伊特分了心,他的事干扰了你。"

"干扰我的是你。到现在我也不明白你为什么要来。"

"跨部门合作,这有什么难以理解的吗?"

"合作的只有我一个人,你分享过任何信息吗?"

"你想要知道什么信息?"

"你可以先告诉我,联邦调查局为什么要参与进来。警察局之前查了那么多案子,没见一个联邦探员过来帮忙。耶格尔的案子到底有什么不一样?你们隐瞒了什么我们不知道的情报?"

"我知道的不比你们多。"迪恩答道。

这是真话吗?里佐利不知道。她本就看不透这个男人,现在又受到他的魅惑,所以更难判断。这种影响扰乱了两人之间所有的交流。

迪恩看了一眼自己的手表。"已经三点多了,他们在等我们。"

说完,他迈步向办公楼走去,但里佐利没有立刻跟上。她独自在停车场站了片刻,将迪恩对她的影响清除干净。最终,她深吸了一口气,转身走向停尸房,让自己再次置身于亡灵的国度。

至少这具尸体没让里佐利吐出来。之前旁观盖尔·耶格尔的尸检过程时,房间内令人窒息的腐臭让她忍不住反胃,与之相比,这具尸体的味道可以忽略不计了。饶是如此,科尔萨克依旧准备了惯用的防护措施,又一次在鼻子下涂了薄荷醇。尸体上只剩一些皮革般的结缔组织还黏附在骨头上,虽然气味依然很冲,但不至于让里佐利受不了。她下定决心,今天一定不能再像昨晚那样丢脸了。尤其是现在,加布里埃尔·迪恩就站在她身旁,能察觉到她表现出的任何一丝异样。此时,里佐利努力做好表情管理，满脸镇定地看着艾尔斯医生和法医人类学家卡洛斯·佩佩。他们正将尸体的骨骼取出，小心翼翼地将其放在了尸检室铺着白布的桌子上。

佩佩医生今年已经六十岁了，身形佝偻，看上去皱巴巴的，像个地精。但看到从箱子里拿出的东西时，他却兴奋得像个孩子，仿佛手里捧着的是金灿灿的黄金。虽然在里佐利看来，这些不过是沾了泥土的骨头，就像长在树上那些无甚差别的树枝一样，但佩佩医生看到的是桡骨、尺骨和锁骨，这些东西他只要看上一眼就能认出来。佩佩医生取出骨头之后，顺手将它们摆在了相应的位置上。断裂的胸骨和肋骨与不锈钢台面碰撞，发出乒乓的响声。两块椎骨通过手术连在一起，像是一条带有结块的链条，从桌子的中央延伸到盆骨处。空心环状的盆骨令人毛骨悚然，像是某个阴暗王族可怕的王冠。手臂骨骼构成死者纤细的上肢，末端连着鹅卵石一样细小的骨头，看起来孱弱而低调。但正是这些不起眼的小骨头，赋予了人类双手异常灵活的神奇功能。仔细观察这些骨骼，可以看出死者曾受过伤，接受过相应的治疗——尸体左腿大腿骨上钉着显眼的外科手术用钢钉。佩佩医生继续整理尸骨，最后摆放的是死者的头骨和已经脱臼的下颌。一颗镶着金冠的牙齿顽强地挣脱附着其上的泥土，在外科手术灯的照耀下反射着微光。现在，死者所有的尸骨都已经整理出来了。

但箱子里还有别的东西。

佩佩医生翻转箱子，将剩下的东西倒在了铺着垫布的托盘上。里面是一捧土和落叶，还有一团乱糟糟的棕色头发。随后，他调整外科手术灯，让它照着托盘，然后拿起镊子，开始在泥土中翻找。几秒钟后，他找到了要找的东西：一块黑色的小玩意儿，看上去像一粒饱满的米粒。

"这是蛹壳,"佩佩医生说道,"经常被人错认成老鼠屎。"

"是我的话也会这么说,"科尔萨克接话道,"老鼠屎。"

"这里有很多这种蛹壳,你得知道你要找的是什么。"佩佩医生又挑出了一些黑色的小颗粒,将它们都堆在一边,"丽蝇科。"

"什么意思?"

加布里埃尔·迪恩开口道:"就是绿头苍蝇。"

佩佩医生点了点头,说:"丽蝇的幼虫就在这里面孵化,和蚕一样。这层壳子对于第三期幼虫来说,相当于它们的外骨骼。只要从这里破茧而出,就都变成成虫了。"他用放大镜仔细查看这些蛹壳,随后说道,"这些蛹壳都已经羽化了。"

"也就是说?"里佐利问道。

"也就是说,这些都是空的。里面的苍蝇全都孵化出来了。"

迪恩问道:"丽蝇在这一地区的发育时间是多久?"

"这个季节的话,大概要三十五天。但是你看,这两个蛹壳的颜色和风化程度是不是不一样?虽然都是丽蝇的蛹壳,但是这边这个明显孵化得更早一些。"

"它们属于两代丽蝇。"艾尔斯说道。

"这只是我的猜测,我想听听昆虫学家会有什么见解。"

"如果每一代丽蝇的发育期都是三十五天,"里佐利说,"那是不是意味着尸体已经暴露在外七十天了?这是七十天的曝尸应有的状态吗?"

佩佩医生看了一眼尸检台上的尸骨。"没什么不符合的,在夏季,长达两个月的曝尸确实会呈现这种状态。"

"时间上就不能更精确一点儿吗?"

"光凭尸体骸骨的腐化程度是看不出来的。说她在那儿躺了两个月也可以,六个月也可以。"

听了这话，里佐利瞥见科尔萨克翻了个白眼，显然觉得这位专家也不过尔尔。

但佩佩医生的工作才刚刚开始。此时，他的注意力又回到了尸检台上的骸骨上。"被害人是一名女性。"他一边说着，一边查看着排列规整的尸骨，"体型较小，身高不足一米六，有明显的骨折愈合痕迹。尸体上可见一处陈旧性股骨粉碎性骨折伤患，曾做过外科螺钉植入手术。"

"好像是斯坦曼氏钉①。"艾尔斯补充道。她指了指尸体的脊椎骨。"还有这里，死者曾经做过 L-2 和 L-3 腰椎间融合手术。"

"多发伤？"里佐利问。

"这位被害人曾遭受过重大创伤性事件。"

佩佩医生继续检视骸骨。"左边少了两条肋骨，还少了……"他摆弄着死者细小的手部骨骼，继续道，"三块腕骨和左手大部分的指骨，可能是被食腐动物叼走当点心了。"

"名副其实的'手指饼干'啊。"科尔萨克见缝插针地抖了个机灵，却无人发笑。

"长骨都在，脊骨也保留完好……"说到这儿，佩佩医生停顿了一下，看着死者颈部的骨头皱起了眉头，"舌骨没了。"

"没发现舌骨。"艾尔斯说。

"你们仔细找过了？"

"找了，我亲自返回现场找过。"

"也许也被食腐动物吃了。"佩佩医生说道。他捡起了一块肩胛骨，也就是人体肩膀后的翼状骨头。"看到这些 V 形的孔洞了

---

① 斯坦曼氏钉，骨折固定用钉。

吗？这些都是食肉动物的犬齿造成的。"他抬头问道，"你们发现尸体时，尸体的头跟身体是分开的吧？"

里佐利回答道："是的，头是在离身体几米外的地方发现的。"

佩佩点了点头。"典型的犬科动物。对它们来说，人头就像个大球，是个玩物，所以就滚来滚去玩了一阵子，但也只是玩玩。虽然它们能咬穿尸体的喉咙和四肢，但是没法咬穿头骨。"

"等一下，"科尔萨克插话道，"你说的是家养的狗吗？"

"所有犬科动物都能做到，不管是野生的还是驯养的，都会做出类似的行为。就连丛林狼和大灰狼也喜欢玩球，和家里养的狗一样。再加上这具尸体被抛弃在了一个郊区公园，周围也有住户，可以想见，肯定会有宠物狗在林子里进出。和所有犬科动物一样，见到这种残骸，它们的第一反应就是去捡漏。凡是能咬的地方它们都会上嘴去啃一啃，比如骶骨的外沿、脊椎骨的棘突，还有肋骨和盆骨髂嵴。当然了，还有那些骨头上遗留的软组织，也会被它们撕咬下来。"

科尔萨克满脸惊骇地表示："我老婆养了一条高地白梗，我再也不会让它舔我的脸了。"

佩佩医生拿起了头骨，兴味盎然地看了艾尔斯一眼。"那咱们来玩一玩'大开眼界'吧，艾尔斯医生，你意下如何？"

"'大开眼界'？"科尔萨克不解地问。

"这是医学院里的一种说法，"艾尔斯解释说，"帮某人开眼界，精益求精的意思。也就是出题目检验这个人的专业知识，用刁钻的问题让对方难堪的游戏。"

"你在加州大学教课的时候，病理课上没少用这招折磨学生吧？"佩佩说。

"没错，场面十分悲壮。"艾尔斯承认道，"这游戏玩到他们不敢看我的眼睛，生怕一个眼神对视就被我给开了天眼。"

"来，现在轮到我来帮你大开眼界了。"他说着，脸上浮现一丝狡黠，"说说你对死者有哪些判断。"

艾尔斯观察着眼前的遗骸。"从死者的门牙、上颚形状还有头骨的长度来判断，死者属于高加索人种。尸体的头骨偏小，眶上嵴更为狭小。再看死者的盆骨。从盆骨入口处形状和耻骨下角的角度来看，死者是一位白人女性。"

"年龄呢？"

"死者的骼嵴骨骺与骨干未完全融合，脊椎上没有出现关节炎病变。是年轻的成年女性。"

"赞同。"佩佩医生说着，又拿起了下颌骨，"三颗金牙冠，"他说道，"而且还有大面积银汞合金补牙痕迹。你们扫过 X 光了吗？"

"吉岛今天上午拍过了，片子在灯箱上放着。"艾尔斯回答道。

佩佩走到灯箱前查看。"她有两颗牙做了根管治疗。"他指着下颌线的 X 光片说道，"根管填充物应该是杜仲胶。再看这里，七号到十号这几颗牙，还有二十二号到二十七号牙这里的牙根，是不是又短又钝？这说明死者接受过牙齿矫正。"

"我之前都没发现。"艾尔斯说道。

佩佩微笑道："庆幸我还剩下这么一点儿东西可以教你，艾尔斯医生。你已经很优秀了，我甚至开始觉得自己多余了。"

迪恩探员开口道："也就是说，被害人有财力负担得起这些牙齿治疗。"

"还是相当烧钱的口腔治疗。"佩佩医生补充道。

里佐利想起了盖尔·耶格尔，还有她那一口整洁的牙齿。就算是心脏停止跳动，骨肉消弭以后，贫富的差距还是能从牙齿上体现出来。对于那些整日奔波劳碌只为交付房租的人来说，牙痛是小病小灾，龅牙也无伤大雅。此时，被害人逐渐显露出似曾相识的特征。

年轻的女性，白人，富有。

佩佩将下颌骨放下，随后看向死者的躯干。由肋骨和胸骨组成的笼状胸廓此刻已经塌陷，他细细地看了好一会儿，然后捡起一根断裂的肋骨，将其与胸骨接到一处，随后研究了一下骨头相接处的角度。

"胸凹陷。"

听到这话，艾尔斯医生第一次露出有些沮丧的神情。"我居然没发现。"

"那胫骨呢？"

艾尔斯立刻来到尸检台的一端，拿起一根长骨。她盯着那根骨头，眉头深深皱起。接着，她又拿起了与之成对的另一根长骨，再将两根骨头并排放在一起。

"双侧膝内翻。"艾尔斯说道，声音里有着浓厚的懊恼，"也许有十五度吧。我不明白，为什么这么明显的地方我都没看到。"

"因为你的注意力都放在那处骨折上了，那么明显的医用骨钉就在你眼前发光。而且这具尸体的状况并不常见，也只有像我这种见多了的老人能看出来。"

"这不能当作借口，我应该在第一时间注意到的。"艾尔斯沉默了片刻，她有些烦乱的目光又从腿骨移到了死者的胸前，"这根本讲不通，这跟死者牙齿接受过的昂贵医疗所表明的信息不符，简直像两具不同的尸体。"

科尔萨克插了一嘴："你们到底在说什么啊？能不能跟我们

解释一下,有什么讲不通的?"

"这位死者患有双侧膝内翻畸形,"佩佩医生解释道,"就是俗称的O型腿。她的双侧胫骨弯曲了大约十五度,是正常胫骨弯曲度的两倍。"

"这有什么好大惊小怪的?O型腿很常见,很多人都有。"

"不光是O型腿,"艾尔斯接着说道,"还有死者的胸前。你们看她的肋骨和胸骨连接处的角度。她还患有胸陷,也叫漏斗胸。异常的骨骼和软骨形态会致使胸骨下陷,情况严重的话甚至会引起呼吸急促和心脏问题。不过死者的状况较轻,也许并没有引发这些问题,只是看起来不太美观罢了。"

"这都是骨骼异常造成的?"里佐利问。

"是的,骨代谢异常。"

"具体来说,会引发哪些疾病?"

艾尔斯犹豫了片刻,看向佩佩医生。"她的个子很矮。"

"用绰葛氏方程式算出她的身高是多少?"

艾尔斯拿过一条软尺,测量了尸体的大腿骨和胫骨。"大概一米五五,误差八厘米。"

"综合来看,她患有胸凹陷和O型腿,个子还很矮。"佩佩医生说着,点了点头道,"答案已经很明显了。"

艾尔斯看向里佐利。"她小时候得过佝偻病。"

这已经是很有年代感的词了。对于里佐利来说,这个词让她脑海中浮现出赤脚哭泣的孩童,住在破败不堪的房子里。房间脏乱不堪,昏暗滤镜下的贫困景象完全是另一个时代的写照。佝偻病,她根本无法将这个词和眼前镶着三颗金牙、牙齿保养得如此整齐美观的精致女人联系到一起。

加布里埃尔·迪恩显然也注意到了这一矛盾。"佝偻病的诱因不是营养不良吗？"他疑惑道。

"是的，"艾尔斯回答，"因为缺乏维生素 D。一般来说，儿童会从母乳或是充足的日光中摄取足够的维生素 D。但也不排除有的孩子从小就营养不良，而且一直待在室内，就会因为缺少维生素 D 而影响钙质代谢，危害骨骼发育。"她停顿了一下，又说道，"这还是我第一次见到佝偻病的真实案例。"

"以后有空的话跟我去做现场挖掘吧，"佩佩医生道，"你会看到二十世纪出土的大量这类案例。斯堪的纳维亚、俄罗斯北部地区——"

"但是在现在这个年代？在美国？还会有佝偻病？"迪恩觉得有些难以置信。

佩佩摇了摇头。"确实很罕见。从她的骨骼畸形和矮小的身材来看，她应该是一直生活在贫困的环境里，这种状况至少一直持续到了青春期。"

"但是她做得起牙齿的医美修复。这不是很矛盾吗？"

"确实。所以艾尔斯医生才会说，我们似乎是在研究两具不同的尸体。"

童年阶段和成年阶段。里佐利想起了自己的童年。那时她们一大家子住在波士顿北部的里维尔市，全家人挤在一栋狭小的出租屋里。在炎热而局促的家中，私密空间是一种奢侈。她的秘密基地是在前廊下面，只有爬进那里，才有属于她自己的空间。里佐利记得父亲刚刚失业的那段时间，父母在卧室里忧惧的低语，还有罐头玉米和土豆粉摆成的简陋晚餐。幸好，那段拮据的日子只持续了短短一年，很快就过去了。父亲又找到了工作，一家人又能吃上肉了。但那短暂的贫困和窘迫给三个年幼的孩子内心留下了阴影，所以长大以后，三个人都倾向于选择稳定的职业。虽然不是大富大贵，但至少安稳。她进了执法部门，成了一名警察；弗兰基加入了海军陆战队，米奇在邮局上班。三个人都努力摆脱童年时期那段不安的过往，寻求安全感。

她看着尸检台上的尸骨，说道："从一无所有到应有尽有，也不是没有可能。"

"像是狄更斯小说里的故事一样。"迪恩说道。

"是啊，"科尔萨克附和道，"那个叫小蒂姆①的孩子。"

艾尔斯点了点头："小蒂姆就有佝偻病。"

"后来他过上了幸福的生活，因为老吝啬鬼最后留给了他一大笔钱吧。"

但你没有这样完美的结局。里佐利看着遗骸，有些悲凉地想。此刻静静地躺在她眼前的不仅仅是一具尸骨，她曾是一个鲜活的女人，她的形象在里佐利的脑海里渐渐浮现。里佐利看到了一个腿部畸形、胸腔下陷的孩子，在酸涩贫困的土地上艰难生长。她看见了她长成瘦小的少女，穿着一件不合身的开衫，衣襟上钉着并不相称的纽扣，老旧的衣衫单薄而寒酸。即便如此，她身上也一定有着异于他人的品质吧？她的目光坚定，下巴高昂，告诉别人她绝不会就这样向命运低头，她会拥有更美好的人生。

因为最终，她的世界真的彻底地改变了，她有能力矫正牙齿，镶上金牙冠。可能是通过自己的努力，或是被幸运之神眷顾，抑或是得到命定白马王子的爱怜，她的生活境况明显变得更好了。但童年时期的贫困还是在她的身上留下了痕迹，刻进了她的骨头里，在她弯曲的双腿上、凹陷的胸腔里。

同样，她也经历过巨大的痛苦。一次重大的事故毁掉了她的

---

①出自《圣诞颂歌》。

左腿和脊柱，致使她的两节脊骨融合到一起，大腿骨永久地留下了一枚钢钉。

"从她接受过大量牙科整形这一点来看，她应该具有一定的社会经济地位，若是无故失踪肯定会引起注意。"艾尔斯医生说，"她的死亡时间至少在两个月之前，所以国家犯罪信息中心数据库里也许会有她的信息。"

"是啊，有十几万个她这样的呢，大海捞针一样。"科尔萨克说道。

联邦调查局的国家犯罪信息中心一直保有一份失踪人口档案资料库，可以根据不同的检索条目，交叉检索身份不明的遗骸信息，然后给出死者潜在身份的名单。

"除了联邦调查局，本地没有这样的资料库吗？"佩佩问，"那些还没结案的人口失踪案里没有匹配的吗？"

里佐利摇了摇头说："马萨诸塞州是没有的。"

即便已经筋疲力尽，深夜中里佐利依旧无法入睡。她从床上爬起来一次，去检查前门的门锁和通往消防逃生口窗户上的插销。一个小时后，她听到了一阵响动，恍然觉得沃伦·霍伊特正从走廊缓缓走向她的卧室，手里握着一把锋利的手术刀。里佐利立刻从床头柜里拿出手枪，紧紧握在手里。黑暗中，她缩成一团，浑身被汗水湿透，将枪口对准门口，等待着恶魔现形。

她什么也没看到，什么也没听到，除了擂鼓般的心跳，还有楼下的街上呼啸而过的汽车播放的动感音乐。

终于，她放松下来，慢慢来到走廊，打开灯。

没有入侵者。

她来到客厅，打开顶灯，只是快速一瞥就看到了，门上的链条完好无损，消防逃生出口的窗户插销也锁得紧紧的。她看着没有任何异常的房间，心里想着：我快要疯了。

里佐利窝进沙发，放下了手枪。她将头埋进双手，希望能把脑子里关于沃伦·霍伊特的想法全都甩出去。但是没用的，他就像个肿瘤，盘根错节地长在那里，渗透到她生活的每分每秒。每当她深夜躺在床上，脑子里盘旋的不是盖尔·耶格尔，也不是之前检查过的无名女尸，更不是从高空坠亡的男尸——虽然那人的卷宗还摆在她的桌子上，无声控诉着她的敷衍怠工，呼唤着她的关注。但她躺在那里，眼睛看向深沉的黑暗，脑子里想到的只有沃伦·霍伊特的脸。

手机铃声响起。里佐利立刻坐直了身体，心脏撞击着胸膛，像是要跳出来一般。她做了几次深呼吸才冷静下来，接通了电话。

"里佐利？"电话那头是托马斯·摩尔。里佐利对他的声音感到意外，随即而来的强烈思念令她措手不及。就在一年前，她和摩尔搭档，调查了"外科医生"的案子。虽然两人从来都只是同事关系，没有任何逾矩，但他们一直心意相通，对彼此有着深深的信赖，甚至能够以命相托。从某种意义上来讲，这是婚姻关系里才有的高度亲密。此刻听到他的声音，里佐利才记起来自己有多想念他，以及他和凯瑟琳的婚姻多么让她心伤。

"嗨，摩尔。"她回应道，语调轻快，没有展露出任何汹涌的情绪，"你那边现在几点啊？"

"快五点了，抱歉这个时候打给你，但我不想让凯瑟琳听到。"

"没关系，我还没睡。"

电话那边出现了短暂的沉默。"所以，你也睡不着。"这不是个问句，而是一句肯定的判断。他知道深受恶灵困扰的不止他一个。

"马凯特联系你了？"

"嗯，我觉得到这个时候应该——"

"什么都没有。已经快二十四小时了，一个目击者都没有，谁都没看见过他。"

"能追踪的痕迹也快没了。"

"本来也没留下什么痕迹。他在手术室里杀了三个人，然后就变成隐形人，直接从医院大门走了。菲奇堡警方和州警把那一带盘查了个遍，还设了路障，他的脸在晚间新闻上铺天盖地地播放，可什么都没发现。"

"但是有个地方一直吸引着他，一个人……"

"你家的公寓楼外已经布置好了。霍伊特一旦接近那里，我们就会抓到他。"

一段长久的沉默。摩尔开口，轻声说道："我不能带她回去。她得留在这儿，只要留在这里，她就是安全的。"

里佐利从他的声音中听到了恐惧，不是为了他自己的安危，而是担忧他的妻子，和她的猜测一样。一丝酸涩的嫉妒袭来，她不禁想：被人这般深爱是什么感觉？

"凯瑟琳知道他逃出来了吗？"里佐利问。

"知道，我告诉她了。"

"她还好吗？"

"比我冷静。说起来，她还试着安抚我。"

"她面对过最糟糕的状况，摩尔。她战胜了他，两次。证明她远比那个人强大。"

"她以为自己很强大，这反而会给她带来更大的危险。"

"没关系的，她现在有你守护了。"而我只有一个人。单枪匹马地从过去走到现在,也许将来会一直如此。

也许是听出了里佐利语气中的苦涩,他又说道:"你一定也很难过吧?"

"我还好。"

"那你处理得比我好。"

里佐利笑了,突然爆发的高昂笑声带着不驯。"我现在忙得团团转,本来也没空担心霍伊特的事。我可是新案子调查组的负责人。我们在石溪自然保留地发现了一个弃尸地。"

"有几具尸体?"

"两具女性尸体,在绑架被害人的过程中,他还杀了一名男性。都不是省油的灯,一样棘手,摩尔。你也知道,一旦朱克开始给凶手起绰号,案件就严重了。我们现在都管嫌犯叫'主宰者'。"

"为什么是'主宰者'?"

"因为凶手似乎就是喜欢这种掌控感,主宰一切的权力让他兴奋。他喜欢对男主人进行绝对控制。不同的畜生有着不同的野蛮病态。"

"听起来像是去年夏天的噩梦重现。"

只是这次你不在身边保护我了。你有了更重要的人要守护。

"调查进展得怎么样?"他问。

"很缓慢。介入调查的部门很多,谁都想分一杯羹。牛顿市警察局的人参与了,还有你绝对想不到的,联邦调查局也要来插上一脚。"

"什么?"

"没错,有个叫加布里埃尔·迪恩的探员,说自己只是个顾问,但案件调查他全程都在,哪儿都落不下他。你之前见过这种事吗?"

"从来没有。"停顿片刻后,摩尔又说,"不太对劲,里佐利。"

"我知道。"

"马凯特怎么说?"

"他推了个一干二净,装死一样什么都不管,因为高层下了命令要我们配合。"

"这个迪恩是怎么回事?"

"说起他,这人嘴巴紧得很,是那种'我要是告诉了你什么,我就得杀了你'的类型。"里佐利顿了顿,想起了迪恩注视自己的目光,锐利而纯粹,像是透明的蓝色玻璃。没错,她可以想象,这人一定能毫不犹豫地扣动扳机,连眼睛都不会眨一下。"不管怎样,"里佐利说道,"沃伦·霍伊特都不是我现在要考虑的问题。"

"但他是我的问题。"摩尔说道。

"要是有什么新消息,我会第一时间通知你。"

里佐利挂断了电话,寂静中对摩尔虚张声势的坚强顷刻间土崩瓦解。她又一次独自在恐惧中挣扎,房门紧锁,窗子紧闭,陪伴她的只有一把手枪。

也许你才是我最好的朋友,里佐利想着。然后她拿起手枪,回到了卧室。

9

"迪恩探员今天上午来找过我,"马凯特警督说,"他对你有些疑虑。"

"我对他也一样。"里佐利说。

"他并不是在质疑你的能力,他觉得你是个好警察。"

"但是?"

"但是他觉得你可能不适合做案件调查组的负责人。"

里佐利一句话也没说,只是冷静地坐在马凯特的桌前看着他。今天上午接到他的电话时,她就已经猜到会是这样的情况。步履坚定地走进这间办公室前,她已经武装好了自己,决心不被情绪控制,不能给他换掉自己的借口。一旦她被激怒,情绪激动,他就会说她压力过大,难以承受更多,需要被换掉。

里佐利说话时,声音听起来沉静而理智。"他在疑虑什么?"

"你无法全身心投入调查。你和沃伦·霍伊特之间还有一笔账没算清,你还没从'外科医生'的案子里恢复过来。"

"他说的'恢复'是什么意思?"里佐利问,其实心里很清楚迪恩的意思。

马凯特犹豫了。"天哪,里佐利,这个没法说得那么清楚。你明知道的。"

"我还是希望您能直接说出来。"

"他认为你现在状态并不稳定,可以吗?"

"那么您是怎么想的呢,警督?"

"我认为你现在面对的问题过多。我认为霍伊特越狱让你慌了神。"

"所以您认为我状态不稳定吗?"

"朱克医生也表达过类似的担忧,去年秋天你一次也没找他做过心理咨询。"

"我没有接到过这样的命令。"

"你是只会听命行事吗?想要让你做什么,就一定得给你下命令吗?"

"我没觉得有接受心理治疗的必要。"

"朱克认为你还没从'外科医生'的案子里走出来,它还在影响你。如果真是这样,你怎么能负责展开新的案件调查?"

"我觉得我还是需要听您亲口告诉我,您觉得我情绪不稳定吗?"

马凯特叹了口气:"我不知道。但是迪恩探员已经来找我表达了他的看法,我没办法坐视不管。"

"我认为,只凭迪恩探员的一面之词不能说明什么。"

马凯特顿了一下,皱着眉头探过身。"这种话不能随便说说的,这是很严重的指控。"

"他对我的指控也不是随便说说的。"

"你有什么证据吗?"

"我今早给波士顿的联邦调查局打了电话。"

"然后呢?"

"没人知道加布里埃尔·迪恩探员的事。"

马凯特身体向后,靠在了椅背上,看着里佐利,什么话也没说。

"他是从华盛顿总部来的,"里佐利继续道,"这件事跟波士顿当局一点儿关系都没有,这不合规矩。如果我们需要联邦调查局提供帮助,做犯罪侧写,一般都要通过他们的区域协调员,然后是外勤部门提供帮助。但这次波士顿当局的外勤部门毫不知情,是华盛顿总部直接委派的任务。为什么联邦调查局要在我的调查中瞎搅和?这又和华盛顿总部有什么关系?"

马凯特依旧是一言不发。

里佐利渐感压力,焦虑的情绪开始堆积,她竭力维持的镇定出现裂痕。"您曾说,合作调查的命令是从局长办公室下达的。"

"没错。"

"联邦调查局的什么人找进了局长办公室?与我们接触的是联邦调查局的什么部门?"

马凯特摇了摇头:"不是联邦调查局。"

"什么?"

"并不是联邦调查局提出的要求。我上周联系过局长办公室,就在迪恩出现的那天,我问了他们同样的问题。"

"他们怎么说?"

"我向他们保证过,这是机密信息。我希望你也能保密。"在里佐利点头表示同意后,马凯特才继续说道,"是康韦议员的办公室提出的要求。"

里佐利一脸困惑地瞪着马凯特:"咱们的议员和这件案子有什么关系?"

"我不清楚。"

"局长办公室也不愿意告诉您吗?"

"也许他们也不知道。不管知不知道,他们是没办法拒绝的,那是从议员办公室直接传达的要求。再说,他们也不是让我们摘星星摘月亮,只是多个人过来联合调查而已,不是很常见吗?"

里佐利身体前倾,轻声说道:"这事情不简单,警督。您知道的,迪恩没有跟我们说实话。"

"我叫你来不是为了说迪恩的问题,我们是在谈你的事情。"

"我的事情就是因他而起的。现在联邦调查局已经可以直接给波士顿警察局下命令了吗?"

这话似乎让马凯特大感意外,他突然抬头越过桌子直直地看向里佐利。那一瞬间,里佐利知道自己说中了。联邦调查局和我们杠上了。这里真正的主人到底是谁,还是你吗?

"好了,"马凯特说道,"我们谈过了,你也知道了。对我来说这就够了。"

"同感。"里佐利站起了身。

"但我会看着你的,里佐利。"

里佐利只是点了点头:"您不是一直如此吗?"

"我这里发现了一些很有趣的纤维。"埃琳·沃尔奇科说,"是胶带从盖尔·耶格尔身上粘下来的。"

"海军蓝车垫的纤维?"里佐利问。

"不是,实话说,我也不知道这是什么。"

埃琳很少会承认自己被难住了。光是这句话,就足以让里佐利对显微镜下的载玻片感兴趣了。透过显微镜,她只看到一根黑色的线条。

"我们现在看到的是一种人造纤维,颜色的话,我觉得可以说是灰绿色。根据折射率来看,是咱们的老朋友了,杜邦尼龙

66。"

"和海军蓝车垫的材质一样。"

"没错,都是尼龙66,因为纤维强韧又有弹性,是很常用的一种材料。很多编织品里都会有这种纤维。"

"你说它是在盖尔·耶格尔的皮肤上发现的?"

"这些纤维附着在她的臀部、乳房还有一侧肩膀上。"

里佐利皱眉道:"是床单上的吗?凶手用什么东西包过她的身体?"

"是的,但不是床单,尼龙吸水性很差,不适合做床单。而且,这些特殊的线由极细的三十旦①的长丝组成,十根长丝织成一根线,却比人的头发还要细。这种方式编制而成的成品会非常紧密结实,甚至有耐候性,能遮风挡雨。"

"帐篷布?防水布?"

"有可能。要是用来裹尸的话,这两种是常见的选择。"

里佐利的脑海里出现了诡异的画面。一大堆叠放整齐的防水布摆放在沃尔玛超市,商标上印着制造商的使用建议:露营必备,防风防雨,裹尸适用。

"如果真是防水布上的纤维,那我们要查的商品可太常见了。"

"得了吧,警探。要是普通的纤维,我会让你大老远地跑来这里看吗?"

"不是吗?"

"其实有意思的地方就在这里。"

"尼龙防水布有什么意思?"

---

① 旦尼尔,测试尼龙、丝线等的纤度单位。

埃琳伸出手拿过实验室工作台上的一个文件夹，从里面拿出了一张电脑生成的图表，上面有一根线条，勾勒出锯齿状山峰的轮廓。"我对这些纤维进行了 ATR 分析。结果冒出来这么个东西。"

"ATR？"

"衰减全反射[①]，就是用红外显微光谱技术来检测单个纤维。红外辐射射向纤维，我们读取反射回来的光谱。这张图显示了纤维本身的红外特性，光谱只是证实了它的材质确实是尼龙 66，就像我之前告诉你的。"

"意料之中啊。"

"还没完。"埃琳说着，一丝狡黠的微笑爬上她的嘴角。她从文件夹中拿出了另外一张图，和上一张并排放在一起。"这是同样纤维的另一张红外光谱。有什么发现吗？"

里佐利前前后后地仔细看了半晌。"这两张图不一样。"

"是的，的确不一样。"

"但如果这是同种纤维的光谱图，应该一模一样才对啊。"

"做第二张光谱分析的时候，我调整了图像平面。这次的 ATR 不是纤维内部的反射，而是表层的反射。"

"也就是说，纤维表层和内里是不同的？"

"没错。"

"是两种纤维拧在一起的吗？"

"不是，只有一种纤维，只是织物的表层做了其他的处理。这就是第二次 ATR 分析检测到的——纤维表面的化学物质。我用色谱仪检测过了，像是硅树脂。应该是在纤维被熨平和染色之后，又给织品做了一遍树脂涂层。"

[①] Attenuated Total Reflection.

"为什么要这么做?"

"我也不清楚。为了防水?防撕裂?大费周折的涂层处理肯定很贵。我觉得这种布料应该是有特殊用途的,只是我还没想到是什么。"

里佐利的身体后倾,靠在实验室凳上。"找到这种布料,"她说道,"我们就能找到凶手。"

"对。和普通的蓝色车垫不一样,这种布料很特殊。"

缝有字母的毛巾摆放在咖啡桌上,以便聚会的来宾都能看到。那是母亲安吉拉·里佐利(Angela Rizzoli)名字的首字母缩写,巴洛克花体的 AR 温婉地缠绕在桃色的面料上。这个颜色也是里佐利特意挑选的,是母亲最喜欢的颜色。除此之外,她还额外花钱挑选了奢华的礼物包装:杏黄色的丝带和一束丝绸花朵。礼物是她安排联邦快递专门送来的,因为在母亲眼里,那些白底上印着红蓝字母的快递卡车代表着惊喜与好事。

而安吉拉·里佐利的五十九岁生日显然是一件好事。在里佐利家里,家人的生日向来是大事。每年十二月,安吉拉买回下一年的新日历后,做的第一件事就是翻阅整本日历,挨个儿标注家人的生日。忘记所爱之人的生日是犯罪,忘记母亲的生日那更是不赦之罪,而简从来没犯过这种罪。母亲的每次生日她都会准备礼物,庆贺祝福,尽最大的心力。今年也一样。她买好冰激凌,挂好彩色丝带,布置了房间,邀请亲朋好友参加聚会。此刻她正切好蛋糕招待客人,一如既往地做好自己的角色,然而聚会还是有些黯淡。都怪弗兰基。

"肯定是出事了。"安吉拉说道。她坐在沙发上,身侧一左一右坐着丈夫和小儿子迈克尔，茶几上堆满了礼物——琳琅满目的浴球和爽身粉够她香喷喷地美上十年了。她看着礼物，脸上却没有一丝喜悦。"也许他生病了，要么就是出了意外，他们还没来得及告诉我。"

"妈，弗兰基好着呢。"简安慰道。

"是啊，"迈克尔也附和道，"也许是他们派他出去——你们管那个叫什么来着？他们玩那个战争游戏的时候，叫什么来着？"

"军事演习。"简回答道。

"对，就是军事演习。说不准已经出国了，但是他又不能告诉任何人，因为那地方可能都找不到电话。"

"他就是个教官，又不是兰博①。"

"就算是兰博也会给他母亲寄一张生日贺卡。"父亲有些生气地喊道。

这一声低吼让空气突然安静下来。沉默中，所有客人都回避到一旁，大口地吃着蛋糕，假装什么都没听见，好像吃完盘中的蛋糕才是天下最要紧的事。

最终勇敢地打破沉默的是格雷西·卡明斯基，一位住在他们隔壁的邻居。"这蛋糕真是太好吃了，安吉拉！是谁烤的？"

"我自己烤的。"安吉拉回答说，"你能想象吗？生日蛋糕都得自己动手做！但在我们家就会这样。"

母亲的话像是一个巴掌扇在简的脸上，她脸色变得通红，心想这都是弗兰基的错。真正让母亲生气的其实是他，但和往常一样，背锅的是简。她语调平和而冷静地说："我说过蛋糕我来准

---

① 约翰·兰博，《第一滴血》的男主角。

备的，妈。"

安吉拉耸了耸肩："怎么准备？你就只会从蛋糕店买呗。"

"我没时间自己烤。"

她说的是事实没错，但显然，这个场合这么说就是错的。这话刚一出口她就知道了。她看到弟弟米奇①在沙发上缩了缩脖子，看到爸爸的脸一下涨得通红，双臂交叠，抱在胸前。

"没时间。"安吉拉说。

简勉强地笑了笑，试图补救道："反正我烤的蛋糕也总是一塌糊涂。"

"没时间。"安吉拉又重复了一遍她的话。

"妈，你想吃冰激凌吗？要不我——"

"你都这么没时间了，我是不是还要跪下来感谢你，谢谢你出席你妈妈的生日聚会？"

女儿站在原地，什么话也没说，脸色通红。她极力克制，不让眼里的泪水掉下来。客人全都把头转向一边，再次埋头吃起蛋糕，不敢和任何人有眼神接触。

电话响起，所有人的动作都停住了。

最终，父亲接通了电话，说道："你妈就在这儿。"然后将手机递给了安吉拉。

天哪，弗兰基，你早干什么去了？简终于松了口气，开始收拾用过的纸盘和塑料叉子。

"什么礼物啊？"母亲说道，"我没有收到。"

简心里呻吟道：啊，不要啊，弗兰基，别推给我。

接下来的几秒钟，母亲声音里的怒气却奇迹般地消失了。

---

① 米奇，迈克尔的昵称。

"哎哟，弗兰基，我理解的，宝贝。我懂，军队的事，你累坏了吧，是不是？"

简摇了摇头，正要走向厨房，却听到母亲喊住她："他要和你说话。"

"和谁，我吗？"

"他是这么说的。"

简接过了电话。"嗨，弗兰基。"她招呼道。

电话那头的弗兰基几乎是立刻喊道："你搞什么鬼啊，简？"

"什么意思？"

"你明知道我什么意思。"

简立刻走出了房间，拿着手机来到厨房，甩上了身后的门。

"我他妈就让你帮这么一个小忙。"他说道。

"你是说礼物的事吗？"

"我打电话祝她生日快乐，却招来一顿骂。"

"这多少也是你自找的吧。"

"你是不是觉得特别开心，看我被她骂？"

"这都是你自找的，再说了，你不是又糊弄过去了吗？"

"所以你现在很不爽吧，是吧？"

"跟我没关系，弗兰基，这是你和妈之间的事。"

"对，但你不是一直都在等吗？在我背后，给我捅刀子，让我难堪。让你在礼物上加上我的名字都不行。"

"你说的时候，我准备的礼物已经寄出去了。"

"那就不能再劳你大驾替我准备一份了，是吧？"

"对，不能，我不是专门给你擦屁股的。我也有工作，每天十八个小时。"

"是，这话你一天要说八百遍。'苦命的我，每天累死累活，晚上只能睡十五分钟。'"

"还有,上次帮你带的礼物,你还没给钱。"

"我给了。"

"不,你没给。"

而且直到现在,每次听到妈妈说"这灯这么好看,是弗兰基送我的",简都会觉得火大。

"所以都是为了那点儿钱,对吧?"他说。

简腰间的传呼机响了起来,她看了一眼来电号码。"我才不稀罕你那点儿钱。是你每次都能置身事外,让我厌烦。你什么都不用做,总是坐享其成。"

"又要来'我最委屈'那套了是不是?"

"就这样吧,我挂了,弗兰基。"

"把电话给妈。"

"我得先接传呼。你一会儿再打过来吧。"

"你搞什么鬼?我不想再打一次长途——"

她直接挂断了电话,停了一会儿,等待情绪平复,然后拨通了传呼机上的号码。

达伦·克罗接起了电话。

她现在没心情和另一个惹人厌的男人扯皮,于是硬邦邦地直接道:"你找我?"

"哎哟,火气这么大,痛经就吃药,好吗?"

"有屁就快放,好吗?"

"好,好,又有案子了,比肯山这边,我和斯利珀半个小时前刚到现场。"

里佐利听到客厅里传来母亲的笑声,看了一眼紧闭的房门,想着自己若是在母亲生日聚会中途离开会引发怎样的闹剧。

"你肯定会想来看看的。"

"为什么?"

"你来了就知道了。"

10

只是站在前廊上,里佐利就透过敞开的门闻到了死亡的气息。她停住了脚步,抗拒迈出走进房间的第一步。她早已知道里面等待她的是什么了,只是想在这里停留片刻,修整自己,做好准备,再进去接受可想而知的折磨。然而房内的达伦·克罗打开了门,站在门口看着她。里佐利别无选择,只好顺势穿戴手套和鞋套,准备进去,该来的总是要来。

"弗罗斯特到了吗?"她一边戴手套,一边问。

"差不多二十分钟前到的,他在里面。"

"我本来能早点儿到的,但我是从里维尔来的。"

"里维尔怎么了?"

"我妈过生日,在办聚会。"

他听后大笑起来:"听起来很温馨,开心吧?"

"别提了。"里佐利穿上了最后一只鞋套,然后板起了脸。她表情严肃,一副公事公办的模样。像克罗这样的男人只会臣服于强者,而她会让他知道,她就是一个强者。两人向屋内走去,一路上,她能感觉到克罗审视的目光。他在等着看她面对现场时的反应,审视着,一直这样审视着,等着她露出破绽。他们笃定,早晚会有这么一天。

两人进门后,克罗关上了身后的房门。一瞬间,里佐利开始感觉到幽闭空间带来的压迫感。新鲜空气被隔绝在外，死亡的气息变得浓烈起来，她的肺部已被侵染殆尽。即便如此，她脸上还是没有任何表情，不动声色地观察着门厅。十二英尺高的天花板笼在头顶，古董落地钟安静地矗立在一旁，钟摆已经停住不动了。她一直对波士顿的比肯山这一带情有独钟，曾经梦想过若是哪天自己中了彩票，或者嫁了有钱人，就会搬来这里住。这里显然很符合她虚幻的梦想。不过，只是刚刚走进这栋房子，她就已经感到不安，因为这里和耶格尔一家的犯罪现场如此相似。都是坐落在豪华的社区，空气中同样弥漫着不祥的死亡气息。

"警报装置是关闭状态。"克罗说。

"装置故障？"

"不，被害人没有按下警报。可能他们也不知道怎么启动警报器吧，毕竟这不是他们的家。"

"那是谁的家？"

克罗翻开了笔记本，说道："房子的主人叫克里斯托弗·哈尔姆，六十二岁，退休的股票交易人，在波士顿交响乐团董事会任职。哈尔姆现在在法国度假。根特一家在波士顿巡演，哈尔姆主动邀请他们住在他家。"

"你刚刚说的巡演是什么？"

"他们夫妻两个都是音乐家，一周前从芝加哥飞到这里。卡伦娜·根特是钢琴家，丈夫亚历山大生前是大提琴家。他们今晚本来在交响乐厅还有最后一场演出。"

里佐利并没有漏听克罗对两人描述时用词的不同。提到丈夫时，克罗用了"生前"这个词，而对妻子的介绍中没有。

纸鞋套摩擦在木地板上沙沙作响，两人朝着人声嘈杂的大厅走去。进去时，里佐利并未看见尸体，因为面前背对她站着的斯利珀和弗罗斯特挡住了她的视线。她只看到墙上熟悉的血液喷溅痕迹，描绘出骇人的屠杀。弧状的血渍由动脉喷射而出，染红了墙壁。她肯定是没忍住，被骇得倒吸了一口气，这才惊动了身前的两人，斯利珀和弗罗斯特都转过头来看着她。他们往旁边挪动了一下，给她让出空间，这才露出地上蹲着的艾尔斯医生。在她身旁的，正是凶案的被害人。

亚历山大·根特像个悲伤的木偶，毫无生气地靠墙坐着，头向后仰，露出颈部狰狞裂开的伤口。看着他令人不安的死灰般沉寂的脸，看着那双无光的蓝色眼睛，里佐利不禁叹息：他还这么年轻啊。

"交响乐大厅的员工伊夫琳·佩查克斯下午六点左右来接他们，夫妻二人本来在今晚还要演出。"克罗说道，"她等了半天，没人应门。接着她发现门没有锁，所以就自己进来了，想查看一下人在不在家。"

"他穿着睡裤。"里佐利说道。

"尸体已出现明显的尸僵，"艾尔斯医生说着站起了身，"而且体温也大幅降低。等我测完玻璃体中的钾含量后，能得出更确切的死亡时间，现在来说的话，我估计死亡时间应该是十六到二十小时之前，也就是在……"她看了一眼手表，"凌晨一点到五点之间。"

"床还没整理。"斯利珀说，"目击者称，最后一次见到两人是在昨天晚上。昨晚十一点左右，佩查克斯女士把他们送回了这里。"

里佐利看着亚历山大的睡裤，心想，这两人都已经睡着了，所以不知道屋子里还有别人正一步一步地走向他们的床边。

"厨房里有一扇窗子开着，通向屋后的小花园。"斯利珀说，

"我们在花坛里发现了几个脚印,但是大小都不一样。有花匠的,还有被害人的。"

里佐利盯着绑在被害人脚踝上的胶带。"根特太太呢?"她问,实际上心里已经有了答案。

"失踪了。"斯利珀回答道。

她的目光从尸体上离开,看向周围,这次却没有看到摔碎的茶杯,没有瓷器碎片。有哪里不对劲。

"里佐利警探?"

她转头,看见走廊里站着一个犯罪现场调查组的技术员。

"巡警说外面有个人,说是认识你。他一直在那里胡搅蛮缠,非要进来。你要不要出去看看?"

"我知道是谁。"里佐利答道,"我去把他领进来。"

科尔萨克正抽着烟,在人行道上踱步,为竟然被当成了看热闹的普通市民感到恼火,此刻一副火冒三丈的样子。看到里佐利的那一刻,他立刻将烟头扔在地上,像是踩虫子一样,狠狠地碾了几下。

"你是故意躲着我吗?"他问道。

"并没有,不好意思。是巡警没接到命令。"

"没脑子的菜鸟,一点儿也不懂得尊重人。"

"他不清楚状况,是我的错。"里佐利抬起犯罪现场的警戒带,科尔萨克顺势弯腰钻了进来,"我想让你看看这个。"

前门处,里佐利在一旁等着他戴上鞋套和橡胶手套。科尔萨克用一只脚站立,有些摇摇晃晃,差点儿摔倒。里佐利伸手扶住了他,却十分诧异地闻到了他嘴里的酒气。她是在来这里的路上给他打的电话,因为他不上晚班,所以电话打到了他的家里才联系上他。此刻里佐利感到后悔,也许不应该通知他。科尔萨克现在郁闷又烦躁,还一身酒气,但她没法拒绝他进入现场,否则他一定会在大庭广众之下闹起来。现在她只能祈求他人是清醒的,待会儿不至于给两人惹出什么麻烦。

"好了,"科尔萨克不耐烦地说,"带我去看看。"

两人来到客厅,他盯着血泊中亚历山大·根特的尸体不置一词。他的衬衫并没有塞进裤子里,此刻正松松垮垮地套在身上。他的呼吸像是患有腺样体肥大,粗重而恼人。里佐利看到克罗和斯利珀转过头,快速瞥了一眼,克罗还翻了一个白眼。就在那一瞬间,里佐利对于科尔萨克这样随意而不专业的表现感到十分恼怒。她打电话通知他,是因为他是盖尔·耶格尔凶杀案中第一个进入现场的警察,她需要科尔萨克对比两个现场,讲讲他对这一现场的看法。然而她得到了什么?一个醉醺醺的警察,除了让她难堪,什么忙都帮不上。

"这种事可能会发生在任何人身上。"科尔萨克说道。

克罗听后,嗤之以鼻道:"真知灼见啊,福尔摩斯先生。"

科尔萨克转过他充血而通红的脸,盯着克罗说道:"你是不是那种天才儿童啊,嗯?就没你不知道的事儿,对吧?"

"就算不是天才也能看出来这是怎么回事。"

"那你觉得这是怎么回事?"

"场景再现罢了。凶手夜间侵入民宅,趁夫妻二人睡着,突然袭击,绑架妻子,杀了丈夫,一刀致命。不就这么回事吗?"

"那茶杯在哪儿?"尽管表现得不那么得体,科尔萨克依旧一针见血地指出了案件中的关键细节,也正是这一点困扰着里佐利。

"没有茶杯。"克罗说道。

科尔萨克看着被害人空无一物的大腿。"凶手给被害人固定好姿势，让他靠墙坐着，看一出好戏，就像上次一样。但是这一次他没有设置警报装置，没有茶杯。但如果他要强暴妻子，又怎么能监视丈夫的行动呢？"

"根特身材瘦小，构不成威胁。再说，他都已经被绑得严严实实了，怎么可能再站起来去保护妻子？"

"这是一种变化，我就是这个意思。"

克罗耸了耸肩，转向一旁。"那能说明什么？他改写剧本了呗。"

"小白脸就是无所不知是吧？"

房间里一片静默。就连时不时讽刺别人几句的艾尔斯医生也没说话，只是脸上隐约露出玩味的表情，旁观着众人。

克罗转过了头，目光如炬地盯着科尔萨克，但他的话是对里佐利说的："警探，这人凭什么在我们的犯罪现场指手画脚？"

里佐利一把拉过科尔萨克的手臂，触手便觉得软绵而潮湿，她都能闻到他身上的汗酸味。"我们还没去卧室看过呢，走吧。"

"就是啊，"克罗笑道，"可不能错过卧室呢。"

科尔萨克抽出被里佐利握住的手臂，脚步有些不稳地走向克罗。"我早就开始查这个案子了，比你早多了，混账东西。"

"别这样，科尔萨克。"里佐利劝道。

"我每条线索都不放过。最先接到通知来这儿的应该是我，因为我知道凶手，我知道他是什么味儿。"

"哦，就是我现在闻到的味儿吗？"克罗讽刺道。

"够了。"里佐利说道，感觉自己的怒火也有些压不住了。她害怕自己真的失控，在这里发起火来。两个蠢货，一个比一个会气人。

最终还是巴里·弗罗斯特轻飘飘地缓解了紧张的气氛。不管面对何种争论,里佐利的第一反应永远是冲过去正面对抗,弗罗斯特则是个和事佬。他曾对里佐利说过,这是他作为次子在成长中必备的生存技巧,毕竟只要稍有不慎,他就会遭到上下夹击,里外不是人。弗罗斯特并没有去劝阻科尔萨克,而是对里佐利说道:"你们真得到卧室看看。我们在卧室里发现了一些东西,就是这个发现将两起案子联系到一起的。"接着,他穿过客厅,走向另一边的走廊。虽然没有出声,但他的行动无疑在说:想看好戏,就跟过来。

过了一会儿,科尔萨克果真跟了过去。

卧室里,弗罗斯特、科尔萨克和里佐利三人看着眼前皱巴巴的床单、被掀开的被子,还有地毯上的两条拖曳痕迹。

"从床上被拖下来,"弗罗斯特说道,"和耶格尔夫妇一样。"

但亚历山大·根特没有耶格尔医生高,更没有耶格尔壮。凶手想要把他弄到大厅,摆好姿势也就更容易,扯过他的头发再一刀割喉也是轻而易举。

"在梳妆台上。"弗罗斯特说道。

那是一件浅蓝色的连身内衣,整齐地叠放着,隐约可见血渍斑驳。这是一个年轻女子的穿着,为了诱惑情人,吸引丈夫。只是卡伦娜怎么也想不到,在这场暴力杀戮中,这件衣服既是道具又是布景。睡衣旁边摆着两张达美航空装机票的信封。里佐利看了一眼信封里面,发现了夫妻二人的行程表,是他们的经纪人安排的。

"他们本来明天就要坐飞机离开了。"里佐利说,"下一站是孟菲斯。"

"太倒霉了。"科尔萨克说,"他们永远看不到猫王故居雅园了。"

* * *

室外,里佐利和科尔萨克坐在他的车中,车窗被摇了下来,科尔萨克正在抽烟。他深深地吸了一口,而后又满足地吐出来,似乎是香烟中的有害物质在他的肺里施展了魔法。比起三个小时之前刚到这里时,科尔萨克看上去更冷静,也更专注了。尼古丁让他的头脑活络了起来,又或者是麻痹大脑的酒精消散了。

"你有怀疑过这不是之前的凶手吗?"科尔萨克问。

"没有。"

"犯罪现场调查组的人这次没有发现任何精液。"

"也许他这次手脚更利落了。"

"或者他根本就没有强暴她。"科尔萨克说,"这也就能解释得通,为什么这次没有茶杯。"

里佐利被他呼出的二手烟呛得难受,不由得转过脸,面向打开的窗子,抬起手扇了扇眼前的空气。"谋杀是没有剧本的。"她说道,"每个被害人的反应都不一样。这是两种不同的作案方式,科尔萨克,不管是对于凶手还是被害人来说,这都是不同的两起案件。不管是哪一方,都会影响最终的现场。耶格尔医生的块头比亚历山大·根特要大得多。也许上一起案件中,嫌犯觉得没把握彻底制服耶格尔,所以就用瓷器做了警报装置。但这次他觉得对付根特的话用不着这么麻烦,所以就没有弄。"

"我说不好。"科尔萨克朝窗外掸了掸烟灰,"多怪啊,茶杯。这是他的特殊之处,签名一样的东西,他绝不可能说忘就忘的。"

"除了这个,两个现场都一样。"里佐利指出,"被害人都是富有的夫妻。男人都被绑起来,摆好姿势。女人都失踪了。"

说到这里,两人同时感到了一阵沮丧,他们显然都想到了那个问题：女人。他对卡伦娜·根特做了什么？

里佐利已经知道答案了。就算卡伦娜的照片很快就会被全城的媒体播报，官方会呼吁公众帮忙，找出她的下落，就算波士顿警方守着举报热线，毫不松懈，留意每一个深色头发的女人，里佐利还是知道，结果都是一样的。像是胃里压着一块冰冷的石头，她能够感觉到，卡伦娜·根特已经死了。

"盖尔·耶格尔的尸体是在她失踪两天后被发现的。"科尔萨克说道，"到现在，距离这对夫妇遇害已经……差不多二十个小时了。"

"石溪保留地。"里佐利说，"凶手会把她带到那儿。我现在就增派人手监视那里。"说完，她瞥了科尔萨克一眼，"这次呢，你还觉得乔伊·瓦伦丁和案子有关吗？"

"我还在查呢。他终于给了我一份血样，我还在等DNA检测结果。"

"这么说来，他也不像是有罪的样子。你还在监视他吗？"

"之前确实是监视着，后来他举报我，说我骚扰他，就没法再监视了。"

"你真的骚扰他了吗？"

科尔萨克笑了，吐出一口浓重的烟。"我做了什么不重要。一个喜欢给死人化妆的娘娘腔，遇到点儿事儿都会大惊小怪，叫得像个小姑娘似的。"

"那得请教你一下了，小姑娘是怎么个叫法？"里佐利对他的话十分反感，立刻反问道，"和毛头小子一个叫法吗？"

"哦，天哪，可别跟我来女权那一套。我女儿就总这样，觉得我大男子主义，但没钱了又会来找我，找她老爸要钱。"正说着，科尔萨克突然坐直了身体，"嘿，快看谁来了。"

街对面的停车场上驶来了一辆黑色的加长林肯。里佐利看到加布里埃尔·迪恩从车里出来,他修长而健壮的身影像是从《GQ》杂志上穿越而来的。迪恩站在那里,抬头看了看红砖墙的别墅,然后走到了在警戒线处站岗的巡警面前,出示了警徽。

巡警随后便让他进入了警戒带内。

"你看见没有,"科尔萨克说道,"这能不让人发火吗?就是这个警察,让我在外边站着,等你出来领我进去,好像我是个街上的流浪汉似的。但你看迪恩,他什么都没做,就是晃晃警徽,再说一句'联邦探员'就行了。凭什么他就能进去?"

"可能因为他不嫌麻烦,把衬衫掖好了吧。"

"哦,说得好像我换身衣服就行了似的,根本就是他的态度问题。你瞧瞧他那样,全世界都像是他家的。"

里佐利看着迪恩优雅地单腿站立,套上鞋套,又将修长的手指伸进手套里,像是外科医生在做术前准备。是的,态度决定一切。与他相比,科尔萨克就像个愤怒的拳击手,一副随时准备战斗的样子,所以迎接他的,自然也就只有粗暴的拳头。

"谁叫他来的?"科尔萨克问。

"不是我。"

"那他这么碰巧出现?"

"他一直这样,应该是有人给他通风报信。不是我队里的人,是高层的人。"

里佐利再次看向前门口,迪恩开始向屋内走去了。她想象着迪恩站在客厅,观察墙上的血迹。鲜红的血液离开了人体,干涸在洁白的墙壁上。他读着它们,像是在读一篇外勤报告。

"你知道吗,我一直在想一件事。"科尔萨克说,"迪恩之前一直没出现过,直到耶格尔一家遇害差不多三天后。我们第一次见到他是在石溪保留地，就是发现盖尔·耶格尔的时候，对吧？"

"对。"

"所以为什么那次他来得那么晚？那天我们在研究凶手的作案手法像是在行刑，也许耶格尔一家惹了什么大麻烦。如果说，联邦调查局的人早就注意到他们了呢？我的意思是说，他们早就被联邦调查局的人监视着。你也许会想，如果是这样的话，那案发之后探员就应该第一时间到场，是不是？但是他们等了三天。联邦调查局到底为什么要掺和？案子里有什么特别的地方，让他们这么感兴趣？"

里佐利看着他，说道："你交报告给VICAP了吗？"

"交了。花了整整一个小时才写完，一百八十九个问题，千奇百怪的，什么都有。'有没有身体部位被咬掉？''身体上哪个孔洞被插入何种异物？'现在我还得为耶格尔太太再提交一份补充报告。"

"你上传表格的时候，有没有要求做凶手的侧写评估？"

"没有。听一个联邦侧写师编瞎话，说一些我早就已经知道的废话，我觉得没必要。我只是做了该做的工作，提交了一份VICAP表格。"

VICAP，全称暴力犯罪逮捕计划（Violent Criminals Apprehension Program），是联邦调查局的暴力犯罪数据库。编辑这个数据库需要多方执法人员的合作，而多数执法人员面对这种烦琐的工作都会觉得麻烦，因此很多时候，他们根本懒得理会。

"你是什么时候提交的报告？"里佐利问。

"就在给耶格尔先生做了尸检之后。"

"迪恩也就是那时候才出现的，一天之后。"

"你觉得是因为这个？"科尔萨克问道，"就是那篇报告把他引来的？"

"也许你的报告敲响了警钟。"

"是什么引起了他们的注意？"

"我不知道。"里佐利看着前门，迪恩的身影已经消失在了那里，"很明显，他不打算告诉我们。"

11

简·里佐利并不是那种会听交响乐的人。她对音乐的涉猎很有限，只是偶尔收集一些休闲音乐的CD。在中学的时候，她吹了两年小号。当时只有两个女生选了小号，她就是其中一个。选择小号，是因为在所有乐器里，它的声音最高昂、最响亮，不像其他女生选的那些轻柔的单簧管或是长笛。对，里佐利想要世界听到她的声音，所以她和其他男孩子一起坐在小号区。她喜欢音符轰鸣而出的感觉。

遗憾的是，她吹错的音符太多了。

到了最后，父亲把她赶到后院练曲子，然而邻居家的狗开始长声怪调地叫着抗议。无奈，最终她只好放弃了小号。她自己也明白了，光凭着一腔热爱和强大的肺活量是无法弥补天赋上的不足的。

从那以后，音乐对她来说不过是乘电梯时响起的白噪音和街上车载音乐一闪而过的低音。波士顿交响音乐厅位于亨廷顿和马萨诸塞大街拐角处，里佐利长这么大，只来过两次，都是在读高中的时候。为了做实践作业，她来这里观看了波士顿交响乐团的彩排。一九九〇年，交响乐团扩建出了科恩楼，那之后里佐利一次也没来过。此刻和弗罗斯特来到新翼楼，楼内看起来十分现代化，令她大为赞叹——这与之前印象中昏暗老旧的建筑相去甚远。

音乐厅门口的保安已经上了年纪,里佐利两人向他出示了警徽。得知他们是波士顿警察局凶案组的人后,保安略略挺起了佝偻的腰背。

"是来查根特家的案子吧?"他问道。

"是的,先生。"里佐利回答。

"太可怕了,作孽啊。我上周还见到了他们,当时他们刚到波士顿,想在演出前先来音乐厅看看。"他摇着头,说道,"小两口特别面善。"

"他们演出那天晚上,是您值班吗?"

"不是我,长官,我只在这里值白班。下午五点我就得走了,去成人日托中心接我老婆回家。她需要有人二十四小时照顾,你们懂吧。她记不住事情了,总会忘记关微波炉……"他突然停住了,有些惭愧地红了脸,"你们肯定不是来这儿听我说这些的。你们是来见伊夫琳的吧?"

"是的。她的办公室怎么走?"

"她不在,我刚才看见她去演奏厅了。"

"是有彩排演出吗?"

"没有的,长官,现在是演出淡季。管弦乐队夏天都在坦格尔伍德,每年这个时候,只有一些音乐家会来做访问演出。"

"我们能去演奏厅看看吗?"

"你们可带着警徽呢,警官。要我说,你们想去哪儿都行。"

里佐利他们走进昏暗的演奏厅,并没有立刻发现伊夫琳。映入眼帘的是空荡荡的座椅,前方则是聚光灯下的舞台。他们从座椅中间的过道向舞台走去，地板随着两人的脚步发出吱吱嘎嘎的响动，像是走在一艘旧船的甲板上。就在两人快要走上舞台时，一个微弱的声音叫住了他们。

"二位需要帮忙吗？"

里佐利眯起眼睛，转过身，在强光中看向阴暗的观众席深处。"佩查克斯女士？"

"是我，有什么事吗？"

"我是里佐利警探，这位是弗罗斯特警探。我们能和您聊聊吗？"

"我在这里，在后排。"

他们穿过过道，走到她身边。见到两人走来，伊夫琳并没有起身，而是继续坐在椅子里，好像在躲避光。看到他们坐到身旁的椅子上，她也只是木然地点了点头。

"我已经和一个警察交代过了，昨天晚上。"伊夫琳说。

"和斯利珀警探吗？"

"嗯，我记得好像是这个名字吧。一个年纪偏大的男人，人很好。我知道，我应该在那里等着，配合别的警探问话，但我必须得离开，我在那里一秒也待不下去了……"伊夫琳看向舞台，似乎是被只有她一人看得到的表演捕获了心神。即使是在模糊的光线里，里佐利还是能看出伊夫琳姣好的面容。她看上去只有四十岁左右，却已然华发早生。"我在这里还有工作要做，"伊夫琳继续说道，"要给所有售出的票办理退款，然后媒体又来了。我必须得回来处理这些事。"她疲惫地笑了，"一直不停地收拾烂摊子，这就是我的工作。"

"您在这里具体的工作是什么，佩查克斯女士？"弗罗斯特问。

"职位头衔吗？"她耸了耸肩，"来访艺术家的节目协理员。

意思就是说，只要有艺术家来访波士顿，我就要让他们吃好喝好，健健康康，开开心心。你们不知道，有些人的独立生活能力可以差到什么地步。他们生活中的大部分时间都是在演奏厅和录音棚里度过的，外面的真实世界对他们来说难以招架。所以我会到机场接机，给他们推荐住处，在他们的房间里放上果篮。除了这些，其他需求我也会尽力满足。"

"您第一次见到根特夫妇是在什么时候？"里佐利问。

"他们到波士顿后的第二天，我去他们的住处接他们。根特夫妇不能打车过来，因为亚历山大的大提琴箱子太大了，出租车里放不下。但我有一辆商务车，后座可以放下。"

"他们在波士顿的时候，出行都要靠您吗？"

"也只是接送他们往返而已，从他们的住处到音乐厅。"

里佐利看了一眼自己的笔记本。"据我所知，他们两个在比肯山的住处其实是你们乐团一位董事会成员的，叫克里斯托弗·哈尔姆。他经常邀请音乐家去那里住吗？"

"他夏天都在欧洲度假。再说了，他家比宾馆要好得多。哈尔姆先生很信任古典音乐家，很放心让他们借住。"

"有没有客人抱怨过哈尔姆先生家里的问题？"

"问题？"

"非法入侵、入室行窃之类的，任何让他们觉得不安的问题。"

伊夫琳摇了摇头。"那是比肯山，警探，那是最好的社区了。我知道亚历克斯[①]和卡伦娜很喜欢那里。"

"您最后一次见到他们是在什么时候？"

[①]亚历克斯，亚历山大的昵称。

伊夫琳艰难地吞咽了一下，声音微弱地说道："昨天晚上，我看到亚历克斯……"

"我是说他还在世的时候，佩查克斯女士。"

"哦。"伊夫琳有些尴尬地笑了笑，"当然，您是这个意思。对不起，我没仔细想，脑子里还是有点儿乱。"她摇了摇头，"我不知道自己今天为什么来这里。只是除此之外，我不知道还应该做什么。"

"您上次见他们是在？"里佐利提醒她。

这次伊夫琳的声音镇定了许多。"是前天晚上早些时候。他们演出结束，我开车送他们回比肯山，差不多十一点吧。"

"您把他们送到家之后就走了吗？有没有和他们进去坐坐？"

"我只把他们送到了房子门口。"

"您有看到他们走进去吗？"

"看到了。"

"所以他们当时没有邀请您进去吗？"

"我觉得他们当时可能太累了，而且情绪有些低落。"

"为什么？"

"来波士顿之前，他们设想过很多在这里表演的场景，以为演出时大厅里会座无虚席，但实际上来听演奏的观众并不多。都说波士顿是音乐之城，如果在这里都只有这么点儿观众，那么在底特律和孟菲斯又会是什么情况？"伊夫琳有些失落地看向舞台，"我们像是恐龙一样，警探。卡伦娜曾在车里这样说过。现在还有谁喜欢古典音乐吗？年轻人更喜欢看MTV。视频里人们戴着一脸铆钉，扭腰摆臀，灯光闪耀下穿着可笑的戏服作怪。歌里面唱来唱去，说的也只有性。还有那个歌手，不知道叫什么的那个，为什么他一定要把舌头伸出来？这和音乐有什么关系？"

"什么关系都没有。"弗罗斯特表示赞同,附和道,"您知道吗,佩查克斯女士,我和妻子曾经聊过这个话题。她叫爱丽丝,很喜欢古典音乐。她是真心热爱,我们每年都会买交响乐团演出的季票。"

伊夫琳对他露出一个伤感的微笑:"那真可惜,这说明你们也是快灭绝的恐龙。"

里佐利和弗罗斯特站起身准备离开时,看到了前面的座位上放着一本节目手册。里佐利伸手拿过小册子,翻看着。"这里有根特夫妇的节目吗?"她问。

"翻到第五页。"伊夫琳说道,"那是他们的宣传照。"

图片上两个人满脸甜蜜。

卡伦娜身穿一件黑色露肩礼服,身材苗条,气质优雅,和满眼笑意的丈夫深情对视。她的脸容光焕发,头发像西班牙人一样黑。亚历山大带着孩子气的微笑低头看着她,一头不羁的浅色头发垂在他的眼睛上。

伊夫琳轻声说:"他们多美好啊,是不是?很奇怪,我从来没有坐下来和他们认真交谈过,但我确实听过他们的演奏。我听过他们的专辑录音,看过他们的表演,就在那个舞台上。只是通过一个人演奏的音乐,你就可以解读出很多东西。我一直记得,他们的演奏是多么温柔。我觉得只有这个词可以形容他们,他们是多么温柔的人啊。"

里佐利看着舞台,想象着亚历山大和卡伦娜在明亮的聚光灯下,进行着人生最后的谢幕演出。绿云扰扰是她的墨发,荧光微微是他的琴弦。他们演奏的乐声悠扬婉转,像是爱人间轻柔的低语,互诉着绵绵的情意。

"他们那天晚上的演出,"弗罗斯特说,"您说观演的人并不多。"

"是的。"

"到底有多少人呢？"

"那天我们卖出了大概四百五十张票。"

这里曾有四百五十双眼睛看向他们，里佐利想。他们都看到了，灯光下，一对深爱彼此的璧人在乐曲里缠绵。他们感染观众的到底是何种情感呢？是音乐带来的享受，是完美的演奏技巧，还是年轻爱侣之间的柔情蜜意？又或者，这群观众里的某一个，也被舞台感染，却衍生出了另一种完全不同的情绪？饥渴，嫉妒，爱而不得的苦涩？

她再次低下头，看着根特夫妇的照片。

吸引你目光的，是她的美丽，还是他们对彼此的爱？

里佐利一边喝着苦涩的黑咖啡，一边看着眼前不断增加的被害人卷宗。理查德和盖尔·耶格尔，佝偻病女士，还有亚历山大·根特。当然还有那个坠亡男士，虽然最后这位已经不算是凶杀案的被害人了，但依旧在她的脑子里盘桓着。一直以来都是如此，逝者已逝，不得安息的是活着的人。尸体不断出现，叫嚣着需要她的关注。不管男女老少，每一具尸体都有着恐怖的故事要讲，若是里佐利挖掘得够深，就能将死者的故事全盘再现。于是长久以来，她不停地挖掘着，探寻着。直到现在，她接触过的亡灵越来越多，在又深又黑的地下纠缠在一起，形成一座堆满骨架的墓园。

中午时分，DNA实验室联系了她，她觉得松了口气，终于可以暂时逃离这里，将有待处理的案宗暂时抛在脑后。里佐利离开了办公室，穿过大厅，往南翼走去。

DNA 实验室在 S253 室，呼叫里佐利的是沃尔特·德格鲁特，一个金发碧眼的荷兰人，长着一副月亮一样圆圆的苍白面孔。每次德格鲁特看到里佐利时都会有大祸临头的感觉，因为她每次来访都会对他威逼利诱，好让他快点儿给出她送检的结果。不过今天的德格鲁特见到里佐利时丝毫没有慌张，甚至还满脸笑容地迎接她。

"我刚做了放射自显影，片子都在那边挂着呢。"

放射自显影是一种 X 光胶片，可以捕捉到 DNA 片段模式。德格鲁特将胶片从晾干绳上取下，夹在灯箱上。一对对平行的深色墨痕自上而下显现出来。

"你现在看到的这个叫 VNTR 分析，"他解释道，"也就是'可变数目串联重复序列'的缩写。我已经从你提供的几个不同来源的样本上提取了 DNA，然后分成小的片段，只取了用来比较的特定基因座。这些不是真正的基因，只是没有重复的片段，可以作为很好的参照标识。"

"那这些痕迹是什么？能与什么比对吗？"

"从左边开始这两列是对照组。第一列是标准的 DNA 双螺旋阶梯，能帮助我们大致确认不同样本的相对位置。第二列是标准的细胞株，还是作为参照。第三列、第四列和第五列是需要分析的证据痕迹，就是我从三个不同证据来源提取出来的 DNA。"

"都是什么来源？"

"第三列轨迹是嫌犯乔伊·瓦伦丁的。第四列是耶格尔医生的。第五列是耶格尔太太的。"

里佐利的目光在第五列痕迹上停留。她试图将眼前两条单薄的墨痕与盖尔·耶格尔联系在一起。这就是创造出一个独立人类的蓝图，从这两条螺旋链中诞生了盖尔的金发和笑声，她举手投足间的风情都可以浓缩到这两条黑色的轨迹中。在这张放射影像上，里佐利看不到人性的存在，看不到那个女人。她曾拥有深爱的丈夫，悼念过世的母亲。人类其实就只是这样而已吗？一串化学物质串联的项链？在这双螺旋里，哪里有灵魂的存在呢？

里佐利又看向最后两列轨迹。"那这两列又是什么？"

"这两列是未知来源的。第六列是从耶格尔家中地毯上的精斑里提取的DNA。第七列是从盖尔·耶格尔阴道中发现的新鲜精液里提取的。"

"最后这两列看起来是一样的。"

"没错，两组未知来源的DNA来自同一名男子。而且，你还会发现，这不是耶格尔医生或瓦伦丁先生的精液。这也就排除掉了瓦伦丁先生是精液来源的可能。"

里佐利盯着最后两列未知基因序列。那是一个怪物的基因。

"这就是你们要找的嫌犯了。"德格鲁特说道。

"你们给CODIS打过电话了吗？能不能想办法让他们加快筛查数据？"

CODIS是覆盖全国范围的DNA数据库，里面存储了成千上万名犯人的基因档案，还有全国所有犯罪现场发现的未知来源的基因档案。

"我就是因为这个才打给你的。上周我就把那个带有精斑的毯子送过去了。"

里佐利不禁叹了口气："也就是说，我们得等一年才能有结果。"

"用不着那么久，迪恩探员联系我了。他说你们要找的嫌犯在 DNA 数据库中没有匹配结果。"

里佐利看着他,讶然道:"这是迪恩探员告诉你的?"

"他肯定施展了不得了的魔法啊。我在这儿工作这么久了,还是第一次听到 CODIS 这么快就有回信。"

"那你有没有直接和 CODIS 方面确认过?"

德格鲁特皱起了眉头:"呃,没有,既然迪恩探员已经……"

"拜托打一个电话吧,我想证实一下。"

"你觉得这里面会有什么猫腻,呃,我是说,问题吗?迪恩探员难道不可信吗?"

"就当是为了保险起见,好吗?"里佐利又一次看向灯箱,"如果数据库里真的没有嫌犯信息……"

"那就说明你们发现新的变态了,警探,或是这人有办法让自己在系统里隐形。"

里佐利有些沮丧地看着眼前的图像。我们明明找出他的 DNA 了,也有他的基因档案,但还是不知道他是谁。

里佐利往 CD 机里塞进一张光盘,然后坐到沙发上,用毛巾擦着湿漉漉的头发。大提琴丰满的音色从扬声器中倾泻而出,丝滑而浓郁,如同融化的巧克力。她对古典音乐并没有多么喜欢,但还是在音乐厅礼品店里买了一张亚历山大·根特早期的唱片。如果她要了解有关亚历山大·根特死亡的全部真相,那就应该去了解他生前的生活。而亚历山大生前的生活,大半都和他的音乐有关。

根特手中的琴弓滑过琴弦,巴赫《G 大调第一无伴奏大提琴组曲》的旋律像海面扬起的波涛。这是他十八岁的时候录制的。

那时他坐在录音室里,温热的手指按住琴弦。同样的手指现在却无力地张开着,冰冷而苍白,被摆在停尸房里,手中的音符也随之一起死去了。那天上午,里佐利去跟进了他的尸检。她注意到了男人细长的手指,想象着它们如何在大提琴的琴颈上翩翩起舞。人类的双手与木头和琴弦结合在一起,就能发出如此美妙而丰富的声音,真是造物的神迹。

里佐利拿起CD盒,看着封面上亚历山大·根特的照片。拍摄这张照片时,亚历山大还是个青涩的少年。他眉眼低垂,凝视着怀中的提琴,左臂轻柔地环过琴颈,像是在拥抱它,如同后来拥抱他的爱人卡伦娜一样。里佐利在店里找了好久他们夫妻二人合奏的CD,但是早已销售一空,只剩亚历山大的作品还有存货。孤独的大提琴呼唤着它的爱侣,她又在哪里呢?还活着吗?一边承受着痛苦的折磨,一边等待着无比恐怖的死亡来临吗?还是说她已经从痛苦中解脱,肉身正渐渐腐败?

电话铃声响起。里佐利调低音量,拿起了话筒。

"你在家里啊。"电话中传来科尔萨克的声音。

"我回家洗了个澡。"

"我几分钟之前刚打过电话,你没有接。"

"我可能是没听到吧。怎么了,有什么事吗?"

"我也想知道,有什么进展吗?"

"如果有发现,我会第一时间打电话告诉你的。"

"你也只是说说而已。你今天有给我打过一通电话吗?我还是接到化验室的电话才知道的——乔伊·瓦伦丁的DNA化验结果。"

"我还没抽出空来给你打电话。我跑前跑后的,都快忙疯了。"

"你可别忘了，最开始是谁让你参与这次调查的。"

"我没忘。"

"你知道的吧，"科尔萨克又说，"凶手抓走她已经五十个小时了。"

所以卡伦娜·根特很可能已经死亡两天了，里佐利想。但死亡也阻止不了凶手的暴行，只会激发他更变态的欲望。在凶手的眼里，她的尸身是诱人的佳肴，是任他主宰的奴仆。尸体不会反抗，只是一具冰冷、沉默的肉体，任他蹂躏欺辱，毫无尊严。她是他完美的爱人。

唱片还在播放轻柔的乐曲，亚历山大的大提琴如泣如诉地演奏着。里佐利知道科尔萨克接下来要说什么，要做什么，而她并不知道该如何拒绝。她站起身，关掉了播放器，但琴声的余韵还在袅袅徘徊，绕梁不绝。

"按照上一个案子的情况来推测的话，他今天晚上就会去抛尸。"科尔萨克继续说。

"我们得做好准备。"

"所以我也是调查组的一员，对吧？"

"那边已经有监视组待命了。"

"但你们还没用上我啊，多个人多分力量嘛。"

"我们已经分配好了任务。这样吧，要是有什么新进展，我会……"

"可别他妈的再说'会第一时间打给你'了行吗？我不会像个摆设似的，在电话前死守着。我接触凶手比你要早，比谁都早。换做是你，有人截了你的案子，你是什么感觉？抢了你的案子也就算了，甚至连追捕行动都不让你参加，你是什么感觉？你好好想想！"

里佐利想过了，也理解此刻科尔萨克心中翻腾的怒火。她比任何人都能体会这种愤怒，因为这种事情她经历过。她也曾被排挤到一旁，无奈而苦涩地看着别人一拥而上，抢了她辛苦拼来的胜利成果。

她看了看手表。"我现在就要出发了，要是想一起，你必须马上赶过去。我们在那儿碰头。"

"你们的监视地点在哪儿？"

"史密斯游乐场马路对面的停车场。我们可以在高尔夫球场见面。"

"我会到的。"

12

凌晨两点，石溪保留地。空气潮湿又黏腻，像是一碗浓汤。里佐利和科尔萨克坐在她的车里，停靠在茂密的灌木丛边。从他们的位置，可以看到所有从东面驶进石溪的车。加派的监视车辆都驻扎在恩内金大道沿线，能进入保留地的也只有这一条主干道。只要有任何车辆开进来，周围监视的车就会立刻将其包围。这里已经围得铁桶一样，不会给凶手一丝逃跑的机会。

里佐利穿着防弹背心，不停地冒着汗。她将车窗按下来，呼吸着外面混合着枯叶和潮湿泥土气味的空气，这是森林的味道。

"嘿，你把蚊子都放进来了。"科尔萨克抱怨道。

"我需要新鲜空气。车里现在都是烟味。"

"我就抽了一根，根本闻不到。"

"烟鬼从来闻不到。"

科尔萨克转身看着她，说道："天哪，一晚上了，你一直对我夹枪带棒，是对我有意见吧？那咱们就好好聊聊，把话都说开。"

里佐利盯着窗外，看向恩内金大道，那里还是一片漆黑，一个人影也没有。"我对你没意见。"她回答道。

"那你是对谁有意见？"

里佐利没有说话，科尔萨克却了然地嘟囔了一句。"哦，又是迪恩吧。话说他现在在干吗呢？"

"前几天，他找马凯特告我的状了。"

"他说什么了？"

"说我不适合带领调查组，说我可能得接受心理治疗，说我有心理问题还没解决。"

"他是指'外科医生'的案子吧？"

"你觉得呢？"

"真他妈的浑蛋啊。"

"然后就在今天，我发现CODIS那边居然那么快就给我们反馈了，之前从没有过这种情况。这都是迪恩做的，他只消打个响指，所有人就都得听他的，他就是有这么大的能耐。我只想知道，他来这儿到底是要做什么。"

"怎么说呢，联邦特工不都这样吗？常言道，信息就是力量，对吧？所以他们才什么都瞒着咱们。咱们两个，赤手空拳地对付007，他妈的詹姆斯·邦德。"

"你搞混了，007是间谍，相当于是中央情报局的。"

"CIA，FBI，"科尔萨克耸了耸肩，"都一样，带字母的那些机构，整天神神秘秘的。"

对讲机发出响动。"三号监测位。发现一辆汽车，新款房车，沿着恩内金大道向南行驶。"

里佐利的神经立刻紧绷起来，等着下一队人进行汇报。

接着传来的是弗罗斯特的声音："二号检测位。我们看到他了，还在向南走，并没有减速。"

几秒钟后，第三队人开始报告："五号监测位。房车经过恩内金大道和巴尔德诺布路交会口，离开了公园。"

不是我们在等的凶手。即便是在凌晨，恩内金大道上还是会有不少车辆经过。他们已经数不清这是第几辆穿过保留地的车了。本就枯燥无聊的等待,加上一次又一次的虚假警报,里佐利的肾上腺素消耗殆尽,很快就陷入了疲乏的麻木状态。

她有些失望地叹息了一声,身体向后,靠坐在椅背上。透过挡风玻璃,她看着前面黑黝黝的树林,还有间或亮起的萤火。"快点儿出现吧,你个狗杂种。"她喃喃道,"来吧……我等着你……"

"要不要来杯咖啡?"科尔萨克问。

"谢谢。"

科尔萨克从保温杯里倒了一杯黑咖啡递给她。咖啡苦得让她反胃,但她还是喝了下去。

"特意为了今晚准备的加浓配方。"科尔萨克说,"平时都只放一勺咖啡粉,今天放了两勺福爵,喝完头发根儿都能立起来。"

"可能我正需要这个。"

"我琢磨着,要是总喝这东西,我头发是不是能长回来。"

里佐利看向树林,黑暗中隐藏着腐烂的树叶和觅食的动物。那些长有尖牙的动物。她想起了佝偻病女士被啃过的残骸,想到浣熊啃食着尸体的肋骨,头骨被野狗像玩球一样扑来扑去。所以现在,每当她凝视大片密林,都再也无法联想到小鹿斑比。

"我连霍伊特的名字都不能提。"里佐利开口,"只要提到他,人们就会用同情的目光看着我。昨天,我试图把这个凶手和之前的'外科医生'做平行对比,但我能看出来迪恩在想什么:她现在脑子里还全都是'外科医生'。他觉得我好像着魔了。"她叹了口气,继续道,"也许我确实还没走出来,也许我永远都不会走出来了。只要进入犯罪现场,我就会想到他,所有凶犯都长着他的脸。"

无线电中突然传来调度中心的指令，二人不约而同地侧头看过去："需要进行场地巡查，美景墓园，附近有行动组吗？"

没人回答。

调度中心再次重复了请求："我们需要进行场地巡查，美景墓园，疑似非法侵入，十二小组，你们还在附近吗？"

"十二小组收到。目前正在河流街处理交通事故，无法行动。"

"收到。十五小组？当前位置？"

"十五小组收到。目前在西罗克斯伯里，还在处理之前的家庭纠纷，目前当事人还未冷静下来，预计还要半小时到一小时才能赶到美景墓园。"

"其他小组？"调度中心一边问，一边变换线路寻找可用的巡逻车。这样温暖的周六晚上，巡查墓地并不是多么重要的事情，墓园里安息的鬼魂不会在意几个小年轻的打打闹闹。警方的关注永远优先活着的人。

无线电中的静默被里佐利监视小组的一位成员打破了。"呃，这里是五号监视位。目前位于恩内金公园大道，美景墓园就在我们附近——"

里佐利立刻拿起话筒，按下了通话按钮："五号监视位，这里是一号监视位。"她打断了那位成员的话，"不要擅离职守，收到了吗？"

"监视组有五辆车待命——"

"墓园不是我们的第一要务。"

"一号监视位，"调度中心说道，"所有小组均有行动任务。你们那边能不能派出一组人来？"

"不能，我需要全组人坚守位置。五号监视位，收到了吗？"

"收到,我们原地待命。调度中心,我组无法赶往墓园。"

里佐利松了一口气。虽然一会儿可能会收到投诉,但好在她保证了监视组全员待命。再说,犯不着为了那么点儿鸡毛蒜皮的事破坏行动,场地巡查而已。

"其实我们也没有忙到腾不出人手。"科尔萨克说。

"要是真的有情况出现,就是一瞬间的事。我绝不允许抓捕行动出现任何差错。"

"你还记得刚才咱们聊的话题吗?说你有点儿魔怔了?"

"难不成你也想去?"

"不,不,我不会去的。看你这样子,我要是去了,你能把我的头咬下来。"科尔萨克说着,打开他那一侧的车门。

"你要去哪儿?"

"撒尿。这也得你批准吗?"

"问问而已。"

"这咖啡刚喝完就到终点站了。"

"也难怪。你的咖啡苦得都能融穿钢板。"

科尔萨克走下车,直接朝着树林走去,一边走一边伸手拉开了裤子的拉链。他一点儿也没想着走远一点儿,到树后面好避一避耳目,而是直接就在灌木丛前面解决了。里佐利不想看到这个景象,于是转过了头。读书的时候,每个班级都有个惹人厌的邋遢鬼,科尔萨克显然就是这种人。他是那种能在众人面前毫无顾忌地挖鼻屎、打嗝,衬衫上沾满午餐油污的孩子。他们肥厚的手永远潮湿,你无论如何都不想碰一下,因为你会担心他身上的虱子爬到你身上。里佐利对他既是嫌恶,又有些同情。她看着科尔萨克倒给她的咖啡,顺手把剩下的都泼到了窗外。

就在这时,对讲机突然发出声响,吓了她一跳。

"我们发现一辆车,在戴德姆大道上向东行驶,看起来像是一辆黄色的出租车。"

里佐利马上反应了过来:"凌晨三点上路的出租车?"

"确认无误。"

"它往哪边开了?"

"刚向北转弯,开上恩内金大道了。"

"二号监视位?"里佐利呼叫了路上的下一队监视组。

"二号收到,"弗罗斯特回话道,"没错,我们看见他了。他刚刚路过我们……"片刻的沉默后,弗罗斯特的声音再次响起,这次的语气里有着明显的紧张,"他减速了……"

"现在呢?"

"他刹车了,要靠边停车了——"

"位置?"里佐利喊道。

"泥地停车区。他停在了那片停车区!"

就是他!

"科尔萨克!要走了!"里佐利朝着窗外用气音喊道。她将无线电对讲机别在了腰上,调整了一下耳机,神经因为兴奋而紧绷着。

科尔萨克拉上了拉链,手忙脚乱地爬进了车子。

"怎么了?怎么了?"

"有辆车刚在恩内金大道上停下来——二号位,汇报他的行动。"

"在车里坐着,车灯关着。"

里佐利向前弓起身子,将胸口抵在方向盘上减缓奔腾的心跳。时间一分一秒地过去,无线传呼里一片寂静,每个人都在等着嫌犯的下一步动作。

他在检查周围的环境,确定安全了才会继续行动。

"听你指挥,里佐利。"弗罗斯特说道,"行动吗?"

里佐利犹豫了,斟酌着他们此刻的选择,担心行动太早会破坏这次围捕。

"等等,"弗罗斯特的声音传来,"他刚刚又打开了车大灯。啊,该死,他要跑了。这浑蛋改主意了。"

"他发现你们了吗?弗罗斯特,有没有发现你们?"

"我不知道!他现在回到恩内金大道了,向北——"

"我们吓到他了!"就在那短短的一瞬,里佐利清楚地意识到,他们现在只有一个选择。她立刻对着无线电命令道:"所有小组!行动!上!上!上!快!围住他!"

她启动了车子,立刻出发,轮胎在柔软的泥土上打滑,在落叶中碾出一道沟壑。飞驰中,树枝拍打着车窗。行动组的无线电中传来一连串的行动指令,远处传来了此起彼伏的警笛声。

"三号,我们现在已经封锁了恩内金北侧方向。"

"二号,正在追击——"

"车辆靠近!他刹车了!"

"围上去!围住他!"

"没有后援不要交火!"里佐利命令道,"等待后援!"

"收到。目标车辆已被控制住。我们在原地待命。"

等到里佐利赶到附近,一脚刹车停住时,恩内金大道上那段路已经挤满了巡逻警车,闪烁的蓝色警灯晃得里佐利快要瞎掉了。肾上腺素让人们兴奋不已,里佐利似乎听到了他们的神经冒出兴奋的火花,噼啪作响。这帮男人好像随时都能撸起袖子大干一场。

弗罗斯特走上前,一把打开了出租车的车门,一大片武器对准了司机的脑袋。那人被灯光晃得频频眨眼，蓝色的光映在他的脸上，显露出一副不知身在何处的迷茫。

"下车。"弗罗斯特命令道。

"我——我犯了什么罪？"

"下车！"肾上腺素的影响下，平日里温和的巴里·弗罗斯特也变得很凶。

司机慢慢从车里走下来，双手高举。他刚刚站定，就被人翻转了过去，脸部朝下，按在了车顶。

"我犯什么罪了？"他叫嚷着，被弗罗斯特搜身。

"说出你的姓名！"里佐利命令道。

"我还不知道是怎么回事——"

"姓名！"

"威伦斯基。"他带着哭腔道，"弗农·威伦斯基。"

"嗯。"弗罗斯特说道，他手中拿着司机的身份证件，"弗农·威伦斯基，白人男性，一九五五年生人。"

"和行车执照上的信息一致。"科尔萨克说道。他刚刚探进车里，拿出了遮阳板后面夹着的行车执照。

里佐利抬眼看去，被明晃晃的车灯照得有些睁不开眼。即便是在凌晨三点，恩内金大道上还是有很多车辆通行。此刻这段路被警车封锁，道路的两端很快堵上了很多车辆。

她再次看向出租车司机，抓住他的衬衫，让他转过脸来面对她，用手电筒直直地照进他的眼睛里。这是一个中年男人，此时一头稀疏的金发已经凌乱不堪，皮肤在刺眼的手电光下显得蜡黄。这不是里佐利想象中他们要找的凶手的样子。她曾无数次直视过邪恶的眼睛。多年的警察生涯中，她见过无数禽兽和恶鬼的面孔，而这个人的脸并不属于那一类。

"你来这儿做什么,威伦斯基先生?"她问。

"我就是来……就是来接个客人。"

"什么客人?"

"一个男的,打电话叫出租车,说他的车没油了,就在恩内金大道上——"

"他在哪儿?"

"我不知道!我到了他说等我的地方,但是根本一个人影都没有。拜托,你们肯定是搞错了。你们可以打电话给出租车调度中心!他们能给我做证!"

里佐利对弗罗斯特说道:"打开后备厢。"

就在她走到出租车后面时,一阵阵恶心的感觉开始在胃里翻腾。里佐利掀开后备厢盖,把手电照了过去。足足五秒钟的时间里,她一言不发地瞪着空空如也的后备厢。越发强烈的恶心涌上来,懊丧的感觉令她快要吐出来了。她戴上了手套,满脸通红,像要烧起来一样的滚烫,绝望感堆积,心在下沉。她双手撕开后备厢里铺着的灰色地毯,只看到一个备用轮胎、一个千斤顶和一些其他的工具。里佐利开始猛地拉扯着地毯,大力地将内里的一切暴露出来,无法压抑的怒火已经喷涌而出,似要烧尽车里的每一寸,照亮每一个黑暗的角落。她已经发了疯,拼命地寻找救命稻草。当车厢底部的金属也暴露出来后,再也没有什么可以隐藏。里佐利盯着空荡荡的后备厢,依旧无法接受眼前显而易见的事实。她的行动失败了。

这是个陷阱。这不过是个陷阱,就是为了分散我们的注意力。那他真正要做的又是什么?

问题的答案闪电般出现在脑海,令她一阵目眩。就在这时,无线电中传来一段语音。

"一〇-五四，一〇-五四，美景墓园。所有行动组，案发地在美景墓园，一〇-五四。"

弗罗斯特的目光对上了她的，两人都在瞬间反应过来。一〇-五四。凶杀案。

"留在这里待命！"她对弗罗斯特命令道，随后冲向车子。在所有密密麻麻停靠在一起的车辆中，她的车子在最外面，也是能最快掉头离开的。她迅速进入驾驶座，一边转动钥匙，一边暗骂自己愚蠢。

"喂！喂！"科尔萨克喊着，跑到车旁边，一边喊，一边敲着车门。

她立刻停了车，等他也爬进来关上门后，瞬间加速前行。油门被踩到底，巨大的惯性将科尔萨克一下子按在了椅背上。

"你搞什么呢，你刚刚是要把我扔在那儿吗？"科尔萨克吼道。

"安全带。"

"我他妈也不是来旅游的。"

"安全带！"

科尔萨克从肩后猛地扯过安全带，绕过前胸系好。即便是无线电的嘈杂响声也无法掩盖他呼哧呼哧的呼吸声，沉重而潮湿。

"一号监视位，正在前往一〇-五四案发地。"里佐利对调度中心报告道。

"你的位置？"

"恩内金大道，刚刚经过龟池的路口，预计一分钟后可抵达。"

"你们将第一个到达现场。"

"现场情况？"

"没有更多信息。疑似一〇-五八。"

持有武器，具有危险性。

里佐利的脚一直踩在油门上，车速极快，差点儿错过去往美景墓园的路口。她猛地转弯，轮胎在地上打滑，发出刺耳的摩擦声。她努力扶住方向盘，稳住车子。

"哇哦！"科尔萨克发出惊呼，车子险些撞到路边护石上。墓院的锻铁大门敞开着，里佐利开车驶入。墓地里没有灯，车灯照射下是荒芜的草坪，墓碑在草地上竖立，像一颗颗白色的牙齿。

一辆私人安保巡逻车停在距离墓地大门一百米左右的地方，驾驶座一侧的车门敞开，车内顶灯亮着。里佐利踩下刹车，在走下车的同时伸手去拿腰间的手枪。这是一种习惯成自然的反应，以至于她都没意识到自己的动作。周遭有太多的细节信息令她无暇顾及其他：刚刚修整过的草坪散发着酸涩的青草气味，还有潮湿的泥土腥气。她的心跳如此剧烈，怦怦地撞击着胸口。

还有恐惧。扫视着周遭的黑暗时，她感受到了恐惧，如同冰冷的长舌舔舐着她的脊背。她很清楚，如果那辆出租车是嫌犯设下的圈套，那么此处很可能也是他阴谋的一部分。在她毫不知情的情况下，凶手已经将她拉扯进了一个血腥恐怖的游戏里。

里佐利愣住了，她的眼睛盯着一座方尖碑旁边的阴影。将手电筒对准那里，里佐利看到了墓地保安皱巴巴的身体。

她向保安走过去，血腥味渐渐浓郁。这独一无二的气味激发了她脑海中最原始的警觉。她跪在湿漉漉的草地上，还能感受到一丝温暖。科尔萨克也走了过来，他的手电筒照在她身边，伴随而来的是他沉重的、动物般的呼吸声。

保安面朝下趴在地上，里佐利将他的身体翻转过来。

"上帝啊！"科尔萨克惊声叫喊道，猛地退后，手电筒的光胡乱地指向了漆黑的夜空。

里佐利的手电筒也开始颤抖,她盯着保安几乎被割断的脖子,切开的血肉里露出软骨,在光线下反射着莹润的白光。有人受伤,致命伤,无药可救,头颅歪向一边,几乎与身体完全分离。

蓝色警灯划破黑暗,令人眼花缭乱的车灯像超现实的万花筒一样,随着汽车轰鸣声朝他们靠近。里佐利站起了身,裤子上沾满了血污,黏答答的布料贴在膝盖上。她眯起眼睛抵挡刺目的车灯,然后再次转过头,面向漆黑的墓地。就在这一瞬间,驶进来的车灯在墓地中划出一道弧线,她的视线似乎捕捉到了什么:一个人影,在墓碑间移动。里佐利只是在刹那间瞥到了这一幕,等到下一束光线扫来时,那个人影已经消失在了大理石和花岗岩组成的海洋中。

"科尔萨克,"里佐利说道,"有个人影在动,两点钟方向。"

"我连个鬼影都看不见。"

里佐利盯着那个方向,果真又看到了,那个人顺着墓地的坡道向下移动着,正要躲进树林中。几乎是在看到人影的同一时刻,里佐利冲了出去,在石碑林立的墓地间穿梭,脚下踩过沉睡的亡灵。她听到身后科尔萨克也跟着跑了过来,发出手风琴一样的喘息声,然而他无法跟上她的速度。几秒钟后,便只剩她一个人在黑暗中奔跑。靠着肾上腺素作为催动双腿飞驰的燃料,里佐利大步追击着。很快她就来到了人影出现的地方,但此刻这里什么都没有,没有人影,也没有任何移动的暗影。里佐利放慢脚步,停了下来,目光来回巡视,试图寻找黑暗中哪怕最微小的动静。

即便里佐利停止了动作,一动不动,她还是能感受到恐惧加速了脉搏跳动。鸡皮疙瘩爬上了手臂,她确定他就在附近看着自己,但她并不想打开手电,暴露自己的位置。

一声清脆的树枝断裂声传来,里佐利转向自己的右侧。幽暗的树林就在眼前,像是一道厚重的幕布,挡住了视线,阻隔她窥探深处的秘密。就在这时,血液奔流的声音在耳朵里轰然作响,呼吸也变得急促,她听到了落叶窸窸窣窣、树枝噼噼啪啪断裂的声音。

他朝我走过来了。

里佐利微微蹲下身,举起手枪,瞄准前方,神经紧绷,随时准备扣动扳机。

脚步声突然停下了。

里佐利立刻举起手电,照亮了前方。她看到了一个男人,穿着一身黑衣,站在树木中间。被突如其来的灯光晃了眼睛,他扭头转向一边,随即举起手臂,挡在眼前。

"别动!"里佐利喝道,"警察!"

男人听话地一动未动,他的头转了过来,双手伸向自己的脸,开口轻声说道:"我要把护目镜摘下来。"

"不要动!浑蛋!老老实实待在那里!"

"接下来怎么办,里佐利警探?我们要不要互换一下警徽,再互相搜身?"

里佐利瞪大了眼睛,突然认出了这个声音。似乎是故意挑衅她一样,加布里埃尔·迪恩缓缓地摘下了护目镜,而后转过身来面向她。因为迎着手电的光线,他无法看到她,但里佐利能把他看个清清楚楚,甚至看清了他脸上冷酷而镇定的表情。借着手电筒的光,里佐利快速扫视了一眼迪恩的全身,看到他穿着黑色的衣服,后胯上别着一把手枪。还有他的手上,拿着刚刚从脸上摘下来的夜视护目镜。里佐利的脑海中响起科尔萨克的那句话:他妈的詹姆斯·邦德。

迪恩向她走近了一步。

里佐利立刻举起了手枪。"老老实实地待着。"

"放松,里佐利,你也不至于就这么给我一枪爆头吧。"

"不至于吗?"

"我就是想走近一点儿,方便讲话。"

"这个距离我们一样可以讲话。"

迪恩望向远处的行动组,可以看到那边闪烁的灯光。"你觉得,是谁报案说这里有凶案的?"

里佐利毫不动摇,枪口依旧对准了他。

"动动脑子吧,警探。你的脑子应该是好用的。"他再次向前迈了一步。

"别他妈的乱动了。"

"好。"他举起双手,又轻声重复了一遍,"好。"

"你在这儿做什么?"

"和你一样。这里是凶手活动的场所。"

"你是怎么知道的?如果打电话报案的人是你,那你怎么知道凶手在哪里出现?"

"我不知道。"

"所以你就是碰巧一路跑来这里,发现了尸体?"

"我听到调度中心的消息,说美景墓园需要巡查,有疑似非法侵入。"

"然后呢?"

"然后我就猜想,会不会是我们要找的凶手。"

"你猜想?"

"是的。"

"你最好给我个靠谱的理由。"

"直觉。"

"别跟我胡扯,迪恩。你这身行头就是为了夜间行动准备的,你以为我应该相信你是碰巧来查非法入侵者的吗?"

"我的直觉向来很准。"

"除非你有特异功能。"

"现在说这些都是在浪费时间,警探。要么你直接逮捕我,要么我们合作。"

"我比较倾向第一个选择。"

而迪恩只是面无表情地看着她。他有太多事情瞒着她,有太多的秘密她永远无法从他嘴里套出来。不过现在还不是算账的时候,至少不是在这里。最终,里佐利放下了武器,但没有收进枪套。加布里埃尔·迪恩不配她全然信任。

"既然你是第一个到现场的,都看到什么了?"

"我到这里时,保安已经倒地了。我用他车上的无线电通知了调度中心。他的血还是热的,我觉得凶手或许还没走远,于是就出来找找。"

她满脸质疑地哼了一声:"到树林里找?"

"我没在墓园里看到别的车。你知道周围都有哪些居民区吗,警探?"

里佐利思索了片刻,回答道:"东边是戴德姆。北边和南边是海德公园。"

"没错。各个方向都有居民区,车子想要停在什么地方都可以。只要走上一小段路,就能到这个墓园。"

"凶手为什么要来这里?"

"关于他,我们都知道些什么?他对死人有着特殊的痴迷,喜欢死人的气味和触感。他可以一直和尸体腻在一起，直到腐尸的味道没法遮掩，再也藏不住了。直到那时，他才会抛尸。这样的人，只要来到墓园转一转就会觉得兴奋。所以他会来这里，在黑暗中，给自己来一场情趣小游戏。"

"真是变态。"

"我们就是要深入他的大脑，他的世界。在我们看来这确实是变态，但对他来说，这地方是天堂的一角。一个死去的人可以休息的地方，正是一个'主宰者'会来的地方。他在这里流连忘返，因为在他看来，他的脚下沉睡着他的后宫佳丽。"

"但有人打扰了他的游戏，他被巡逻的保安吓了一跳。保安也以为自己只是要驱赶几个晚上寻刺激的小青年。"

"但没想到看到一个男人，然后就傻愣愣地被一刀割喉？"

迪恩没有说话。对此他显然不知道该如何解释。里佐利也不知道。

两人顺着斜坡走回墓园时，天色被警灯映得发蓝，警员已经在现场拉起了黄色的警戒带。里佐利看着忙乱的场景，突然感到一阵疲惫，什么都不想做了。她很少质疑自己的判断或怀疑自己的直觉，但今晚，面对彻头彻尾的失败，她开始思考也许加布里埃尔·迪恩是对的，她根本就不该主导这次案件的调查。沃伦·霍伊特带给她的创伤如此深重，她再也不能做一名合格的警察了。就在今晚，她做出了错误的决定，拒绝让行动组的成员执行巡查任务。我们就在一英里外，坐在车里，让这个男人独自在这边等死。

一连串的失败带来的挫败感重重地压在她的肩上，里佐利觉得自己的身体无比沉重，似乎背上了千斤巨石，腰杆也慢慢弯了下来。她回到车上，打开手机，弗罗斯特接通了电话。

"黄色出租车的调度中心确认了司机的证词。"他说道,"他们在两点十六分接到叫车电话。打电话的是一名男性,说自己的车没油了,在恩内金大道上抛锚。调度中心指派了威伦斯基先生。我们正在追踪号码来源。"

"凶手不傻。号码来源肯定是个死胡同,八成是预付费电话,或是失窃电话之类的。妈的。"里佐利懊丧地拍打着仪表台。

"那这个司机要怎么处理?他很干净,没有案底。"

"放了他吧。"

"你确定吗?"

"这不过是个游戏,弗罗斯特。嫌犯知道我们在等他。他就是在耍我们,宣示自己的掌控力,告诉我们,他比我们聪明。"

而他也证实了这一点。

里佐利挂断电话,静静地坐了一会儿,积蓄能量,让自己有力气走下车,面对接下来的事情。又一起死亡调查,还有一系列她今晚的决定所引发的问题。她想起自己是多么笃定,将全部的希望寄托于自己的判断上,坚信嫌犯会遵从之前的犯罪模式。然而他正是利用这一点摆了她一道,并给她献上了另一具尸体。

几名警察站在犯罪现场警戒带旁,转过身看向她车子的方向。这也表明,尽管已经无比疲惫,她却不能再躲下去了。里佐利想起了科尔萨克保温杯里的咖啡。尽管难以下咽,但她此刻需要咖啡因。里佐利转身,伸手去拿放在车座后面的保温杯,突然,她停住了动作。

她抬起头,看了看站在巡逻警车中间的执法人员。她看到了加布里埃尔·迪恩在犯罪现场周围走动,身形修长,举止优雅,像只黑猫。她看到了警察在检查地面,拿着手电筒来回扫视。这其中,她唯独没有看到科尔萨克。

里佐利走下车,来到了杜德警官身旁,他也参加了监视任务。"你看到科尔萨克警探了吗?"她问。

"没看到,长官。"

"你们赶到这儿的时候,没看到他吗?他没在死者身旁等你们吗?"

"我到这里之后就没看见过他。"

里佐利看向那片树林,她就是在那里遇到了加布里埃尔·迪恩。科尔萨克当时就跟在我身后。但他一直没追上来,也没有回到这边……

她开始朝着那片树林走去,沿着之前穿过墓园时所走的路线。刚才的追踪中,她一直关注着那个人影,丝毫没有注意到身后的科尔萨克。她回忆起自己感受到的恐惧,擂鼓般的心跳声,和吹拂过脸庞的寒风。她想起了科尔萨克一直在努力跟上,发出粗重的呼吸声。然后他就被落在了后面,接着就不见了。

里佐利加快了脚步,手电筒左右扫射着。这是她当时跑过的路线吗?不,不对,她当时是从另外几个墓碑中间跑过去的。里佐利认出了左边隐约可见的方尖碑。

调整方向后,里佐利朝着方尖碑走去,下一秒,她就差一点儿被绊倒。那是科尔萨克的腿。

科尔萨克蜷缩在一块墓碑旁,庞大的身躯几乎与花岗岩石碑融为一体。里佐利立刻跪下查看他的状况,朝着人群大声呼救,同时将他放倒,摆成平躺的姿势。只看了一眼科尔萨克肿胀而灰暗的脸,里佐利就明白了,他是心脏骤停。

她伸手探向他的颈边,希望能感知到一丝脉搏。她绝望地祈求着,差点儿将自己手指的脉搏误以为是他的。然而什么都没有。

她握紧拳头大力捶打他的胸膛，但即使如此，她也未能唤醒他的心脏。

她把他的头往后仰，掰开他的下巴，疏通气管。科尔萨克有多惹人厌啊，他身上的酸臭汗味儿，呛人的烟味儿，呼吸时发出的恼人声音，还有汗湿肥厚的手掌。但此刻这些东西都不重要了，里佐利趴下，给他做人工呼吸，用力往他的肺里吹气。她能感觉得到，他的胸膛起伏了一下。她听到了肺部挤压出空气时他鼻间发出的声音，熟悉的、烦人的声音。她双手交叠，压在他的胸口上，开始做心肺复苏，一下又一下，试图唤醒他罢工的心脏。她一直不停地按压着，直到四周围满了警察，她的胳膊开始变得无力、颤抖，汗水在防弹背心里淌下来。她还在一下又一下地按压，想要救活他，心里不断地自责。她怎么会忽略了他，让他一个人躺在这里？为什么她没有发现他不见了？她的肌肉开始热辣辣地疼起来，跪在地上的膝盖也传来刺痛，但她依旧继续着。她亏待他太多，绝不会再一次抛下他。

救护车的警笛声越来越近。

医护人员赶到时，里佐利还在做急救。直到有人挽起她的胳膊用力把她拉开，她才停下来。医护人员接替她的位置后，她退到后面站着，双腿还不停地发抖。医护人员给科尔萨克插上了静脉注射管，挂上一袋生理盐水，而后，他们将科尔萨克的头向后倾斜，将喉镜刀片插入他的喉咙。

"我看不到声带！"

"天哪，他脖子可真粗。"

"帮我复位。"

"好。再试一次！"

医护人员再次给科尔萨克插入喉镜，用力撑开他的下巴。

此刻他粗壮的脖子和肿胀的舌头让他看起来像一头刚刚被宰杀的公牛。

"管子进去了!"

他们撕开了科尔萨克的衬衫,露出他浓密的胸毛,在身上贴上除颤贴片。心电图监视器上出现了锯齿状的线条。

"室性心动过速!"

电极板放在了科尔萨克的胸口上,一股电流穿过他的胸膛,他的身体被电流带动,猛地从草地上弹起。在警员照过来的手电筒光线下,科尔萨克身上每一个毫无尊严的、屈辱的细节都暴露了出来。苍白的啤酒肚,因为肥胖而变得有些女性化的胸部,这些是许多肥胖男人具有的特征,令人难堪。

"好了!他有心跳了,窦性心动过速——"

"血压?"

环绕在科尔萨克肥胖胳膊上的血压计袖套变得紧绷。"收缩压九十!把他带走吧。"

直到他们将科尔萨克抬上救护车,开车离去,车尾灯也消失在夜色中,里佐利还是站在原地没有动。她已经疲惫到麻木了,看着救护车离开的方向,想象着接下来会发生什么。急诊室刺眼的灯光,科尔萨克的身上还会出现更多的针头和各式各样的管子。里佐利突然想起,也许该给科尔萨克的妻子打个电话,但又发现自己还不知道他妻子的名字。事实上,她对他的个人生活几乎一无所知。接着她有些悲哀地发现,相比起科尔萨克,她对死去的耶格尔一家了解得更多。这一认知令她无比难过。她对身边活生生的人漠不关心,甚至不如对待死人殷切。她愧对自己的同伴。

里佐利低头看着科尔萨克躺过的草地,那上面还留有印记,是他超重的身躯压出来的。她想象着,他追在自己身后跑,最终却气喘吁吁地越落越远。但男性的虚荣心和骄傲令他无论如何也不会停下脚步,他一定是硬逼着自己继续跑下去的,直到倒下的那一刻。他倒地时是不是抓着自己的胸口?有没有试过呼喊求救?

即便他呼救了我也不会听到的。我正忙着追踪一个模糊的人影,忙着挽救自己可笑的自尊。

"里佐利警探?"杜德警官喊道。他走过来时悄无声息,以至于里佐利都没发现他已经站在了她的身边。

"怎么了?"

"很遗憾,我们又发现了一具。"

"一具什么?"

"尸体。"

她愣住了,一句话也说不出,只是沉默地跟在杜德的身后,穿过沾满露水的草地。杜德的手电筒在黑暗中照出了一条路。前方不远处灯光闪烁,标明了他们的目的地。当她开始闻到腐烂气息时,他们已经距离发现保安尸体的地方几百米远了。

"是谁发现的?"

"迪恩探员。"

"他怎么会一路找到这里?"

"我猜他想把整个墓园都巡查一遍。"

迪恩这时转过身,向她走过来。"我觉得,我们找到卡伦娜·根特了。"他说道。

女人的尸体躺在一处墓穴上方,她的黑发散在身侧,一簇簇落叶点缀在发间,像是诡异的装饰。她已经死去多日,腹部都膨胀起来,鼻孔中流出尸液。但这一切细节的冲击与尸体下腹部的恐怖景象相比，已经不值一提了。里佐利定定地看着女人的下腹，那里有一道张开的伤口，一条横切的刀口，向两旁裂开。

里佐利脚下的土地似乎也裂开了，她踉跄着后退了几步，胡乱地伸手寻找支撑，却什么也没抓住。

是迪恩扶住了她，坚定地握住她的手肘。"这不是巧合。"他说道。

里佐利没有说话，目光还落在那条恐怖的刀口上。她想起了在另一个女人身上曾看到的熟悉的伤口，想起了那个比今年更热的夏天。

"他一直在关注着新闻，"迪恩说，"他知道是你在主导案件调查。他知道如何反客为主，如何把猫捉老鼠的游戏变成老鼠戏猫。现在这一切对他来说不过如此，一场游戏而已。"

尽管她听见了迪恩的话，却不明白他想告诉她的是什么。"什么游戏？"

"你没有看到墓碑上面的名字吗？"迪恩将手电筒对准了花岗岩墓碑上的字：

深爱的丈夫与父亲
安东尼·里佐利
1901—1962

"这是个嘲讽，"迪恩说道，"针对你的。"

13

坐在科尔萨克床边的那个女人长着一头棕色的头发，看上去似乎已经好几天没有梳洗过了。她没有碰他，只是呆呆地望着床，双手搁在大腿上，像一个人体模特一样毫无生气。里佐利站在重症监护室的外面，犹豫着要不要进去。就在这时，女人终于抬起了头，透过窗户，与她的目光相接。里佐利知道，自己不能就这样轻易离开了。

她走进隔间，试探性地招呼道："科尔萨克太太？"

"什么事？"

"我是里佐利警探，您可以叫我简。"

女人的表情依旧与先前一样，显然她没听过这个名字。

"很抱歉，我不知道您的名字。"里佐利说道。

"黛安娜。"女人说完沉默了片刻，随后皱起了眉头，"抱歉，你刚刚说你是谁？"

"简·里佐利。我是波士顿警察局的，和您丈夫在同一个案件调查组工作，他也许提起过。"

黛安娜无意识地耸了耸肩，而后再次看向自己的丈夫。她的脸上既没有悲伤，也没有恐惧，只有筋疲力尽后的麻木与认命。

里佐利静静地站在床边看着科尔萨克。那么多的管子和机器围绕在科尔萨克周围，他自己却毫无知觉，只剩肉体躺在床上。医生确诊他当时是心脏病发作，虽然现在心律已经恢复并稳定下来，但他依旧昏迷不醒。他的嘴巴大张着，蛇一样的塑料管从口中伸出。床边挂着一个尿袋，接着他慢慢渗出的尿液。被单虽然遮住了科尔萨克的生殖器官，但他的胸部和腹部都是裸露在外的。一条毛茸茸的腿从被单下伸出来，露出没有修剪的发黄的趾甲。眼前的这一切都毫无遮掩地映入里佐利的眼帘，让她觉得自己侵犯了科尔萨克的隐私，看到了他最脆弱的样子。她为此感到羞愧，却无法将目光移开，眼睛被这私密的画面吸引住了。这是科尔萨克清醒时绝对不会让她看到的东西。

"他该刮胡子了。"黛安娜说道。

如此微不足道的担忧，黛安娜不假思索地就说了出来。她依旧纹丝不动地坐着，双手无力地放在原处，表情毫无变化，像是一块石头。

里佐利想要说点儿什么，比如一些宽慰的话，最后却只是俗套地说了句："他是个战士，不会轻易放弃的。"

她的话像是一块石头被扔进深不见底的池塘，没有涟漪，没有声响。很长一段的沉默过后，黛安娜蓝色的眼睛终于落在了她的身上。

"很抱歉，我好像又把你的名字忘记了。"

"简·里佐利。您的丈夫和我一起出过监视任务。"

"哦，是你啊。"

里佐利顿住了，被突然袭来的愧疚感击中。对，就是我，是我抛弃了他，让他一个人倒在黑暗里。因为我只在乎自己可笑的自尊，忙着给自己的愚蠢寻找回旋的余地。

"谢谢你。"黛安娜说。

里佐利眉头皱起。"谢我什么？"

"你做的一切。谢谢你帮过他。"

里佐利看进女人有些迷蒙的蓝色双眼，这时她才注意到，女人的瞳孔紧缩着。这是被麻醉后的瞳孔的状态，黛安娜·科尔萨克正处于药物造成的恍惚状态中。

里佐利看向科尔萨克，想起那晚她打电话给他，告诉他关于根特的死亡现场的事，他出现时带着一身的酒气。她又想起，同样是在晚上，两个人在法医办公室外的停车场里，科尔萨克看起来并不想回家。是因为他每晚回家都会面对这样的妻子吗？一个眼神空洞，语气冰冷，石头一样的女人？

你从来没对我说过。而我也从来没想过去问问你。

里佐利来到床边，握了握他的手。她想起之前他汗湿的手掌有多么令她反感，但今天不一样，今天她希望能感受到科尔萨克回握的力量。但她手中的那只手，依旧只是无力地垂在那里。

上午十一点，里佐利终于回到了自己的住处。她转动两个固定门闩，按下锁，然后挂上链条。之前，她总认为一扇门上要是挂了这么多锁，那应该是一种偏执的病态表现。那时候她觉得一个简单的门锁，加上床头柜里的手枪，就可以给她足够的安全感。但一年前，沃伦·霍伊特改变了她的生活，从那以后，她的门就多了这些闪闪发光的黄铜配件。她看着自己那一连串的门锁，忽然有些震惊地意识到，她变得和其他暴力犯罪的受害者一样，拼命地将自己锁在这小小的空间里，将世界拒之门外。

是"外科医生"把她变成了这副模样。

现在又出现了另一个恶鬼——"主宰者"——大张旗鼓地加入了怪物表演中。加布里埃尔·迪恩当时就明白了，凶手将卡伦娜·根特的尸体放在那里绝非偶然。虽然墓穴的主人安东尼·里佐利并不是她的亲戚，但他们有着相同的姓氏，这显然是专门表演给她看的。

"主宰者"知道我的名字。

她要彻底地检查一遍房间才能摘下枪套。房间并不大，她花了不到一分钟的时间就检查完了厨房和客厅，然后穿过走廊来到卧室，打开壁橱，再看一眼床底。直到这时，她才解开枪套，把枪塞进床头柜的抽屉里。她脱去衣服，走进浴室，又锁上了浴室的门——另一种本能反应，完全没有必要，但这是她能够鼓起勇气拉上浴帘的唯一办法。过了一会儿，她的头发还涂着护发素，无比光滑，她突然有种感觉，自己并不孤单，房间里还有其他人。她猛地拉开浴帘，凝视着空荡荡的浴室，心怦怦直跳，水顺着她的肩膀流到地板上。

她关上了水龙头，背靠在铺着瓷砖的墙上，深深地呼吸着，等待心跳平复。透过脉搏的跳动声，她听到了换气扇发出的嗡嗡声和公寓楼里管道中传来的隆隆声。平日里她从来没有注意过这些琐碎的声音，直到现在，多亏了这些平凡的声音，她才能集中注意力，将自己拉回到现实世界。

她的心跳慢慢回到正常的频率，水滴已经在她的皮肤上冷却了。她走出来，用毛巾擦干身体，然后跪下身，将地板也擦干。尽管在工作时，她时刻表现出干练女警的样子，走路都是带风的，现在的她却只是一个普通的女人，身体因为冷意而微微颤抖。里佐利抬起头，在镜子中看到了自己。镜中的女人回望过来，无声地告诉她，恐惧正如何一点一点地蚕食着她。她原本纤细的身材变得更为消瘦，曾经鹅蛋形的坚毅脸庞此刻也凹陷下去，眼睛又黑又大，深陷在眼窝里。她憔悴得像是一个鬼魂。

里佐利从镜子前逃开，走进了卧室。尽管头发还是湿漉漉的，可她毫不在意，只是大睁着双眼躺在床上。她知道自己应该趁现在赶紧睡上一觉，哪怕只是几个小时也好。但看着从百叶窗的缝隙里照进来的日光，听着楼下街道上川流不息的嘈杂，她无法入睡。现在是中午了，她已经将近三十个小时没有合眼，快十二个小时没有吃东西了。然而她现在既没有胃口，也没有睡意。今天早上发生的事情依旧历历在目，电流一般在头脑中轰鸣。记忆像是电影里循环播放的画面，不断闪现。她看到保安的喉咙被割开，头与身体以一个不可思议的角度扭转着。她看到了卡伦娜·根特，她的头发里散落着树叶。

接着，她看到了科尔萨克，身上插满管子和电线。

三幅画面不断闪回，在她的脑海中循环交错。她无法停止它们，也无法隔绝脑内的嗡鸣。这就是疯狂的感觉吗？

几周之前，朱克医生曾竭力劝说她接受心理咨询，她当时很气愤地回绝了他。但现在里佐利怀疑，朱克是否早已感知到了什么，从她的举手投足间、眼神姿态中发现了不对劲的地方，而她自己都没有意识到。经历了"外科医生"的磨难后，她的精神状况出现了问题。这种崩溃如此诡异，起初只是一条细小的裂缝，现在却在渐渐变深变宽。

电话铃声把她吵醒了。里佐利觉得好像上一秒刚闭上眼睛，这一秒就醒了。她一边摸索着手机，一边感受到难以言喻的气恼，她就连闭会儿眼睛的时间都没有。拿到电话后，她简短地说道："我是里佐利，您哪位？"

"呃……里佐利警探，我是法医办公室的吉岛。艾尔斯医生希望您能过来,看一下根特的尸检。"

"我这就过去。"

"嗯,她已经开始了,而且——"

"现在几点?"

"快四点了。我们之前给您打了传呼,但您没有回。"

里佐利猛地坐了起来,立刻感觉整个房间都在旋转。她摇了摇头,盯着床边的钟表:三点五十二分。她睡过了头,闹钟都没能叫醒她,传呼机的声音也没听到。"抱歉,"她说,"我会尽快赶过去。"

"稍等一下,艾尔斯医生有话要跟您说。"

电话那头传来器械放到金属台上发出的锵锵声,随后,艾尔斯医生的声音响起:"里佐利警探,你会来的,对吧?"

"我大概半个小时后到。"

"那我们等你。"

"我不是故意要让你们等的。"

"蒂尔尼医生也会过来,你们两个都需要看看这个。"

里佐利不太明白。法医办公室有那么多法医可以协助尸检,艾尔斯医生为什么要把最近刚退休的蒂尔尼医生叫来呢?

"出了什么问题吗?"里佐利问。

"被害人的下腹部,有问题。"艾尔斯医生回答道,"这不单单是一道伤口那么简单,这是外科手术的刀口。"

里佐利来到法医办公室时,蒂尔尼医生已经换好了防护服,站在尸检室中了。和艾尔斯一样,蒂尔尼医生通常不会佩戴口罩,而今晚他戴上了塑料口罩,里佐利可以看到他冷酷的表情。

房间里所有人都是如此。里佐利走进来时，他们都沉默地看向她，气氛压抑，令人不安。这其中还有迪恩探员，现在里佐利看到他已经丝毫不会感到意外了，她只是微微点了点头，算是回应他的目光，同时在想，他是不是也短暂地休息过了。毕竟这还是头一次，她在迪恩的眼睛里看到了疲倦。案件调查扑朔迷离，连加布里埃尔·迪恩也倍感压力。

"我错过什么了？"里佐利问道，还没有做好面对尸体的准备，于是将目光看向艾尔斯。

"尸体外部的检查已经做完了。刑侦学专家提取了尸体身上的纤维，收集了指甲和头发。"

"阴拭子也做过了吗？"

艾尔斯点了点头："发现了还有活性的精液。"

里佐利做了一次深呼吸，终于将注意力转移到了卡伦娜·根特的身上。尸体的酸腐恶臭直冲面门，甚至盖过了薄荷醇的气味。是的，就在刚才，里佐利第一次在鼻子下方涂了薄荷醇，她对自己的胃没什么信心了。最近几周出了太多问题，在之前案件调查中支撑她的种种力量现在似乎都不见了，令她怀疑自己是否足够强大。几分钟之前，她走进尸检室的时候，害怕的并不是尸检本身，而是自己接下来的表现。她无法预测，也没有把握，这种对自己失去控制的感觉才是最可怕的。

里佐利来之前吃了一把饼干，不至于空腹面对这种折磨。尽管尸体散发着难闻的气味，但她并没有感到恶心，这让她松了一口气。即便是看着尸体膨胀的淡绿色腹部，她也能暂时保持镇定。尸体尚未被切开检查，但下腹部有一道她无法直视的伤口。里佐利将注意力集中到尸体的脖子上，那上面清晰可见环状的瘀痕。即使尸体已经变色，下颌角下方依旧能看到凶手手指的压痕,深深地掐进死者的脖颈。

"绞杀,"艾尔斯说道,"和盖尔·耶格尔一样。"

最为亲密的杀人方式。朱克博士这样说过。多么亲密的肌肤接触。你的双手勒住她的皮肉,挤压她的喉咙,亲眼看着她的生命流逝殆尽。

"X光片的扫描结果呢?"

"左侧甲状腺软骨骨折。"

蒂尔尼医生插话道:"我们想不透的不是脖子上的问题,而是那个伤口。我建议你戴上手套,警探,你还是自己去检查一下看看吧。"

里佐利走到放置手套的橱柜前,慢条斯理地戴上橡胶手套,尽量拖延时间,让自己做好心理建设。终于,她准备好了,转身回到尸检台前。

艾尔斯医生已经为她调整好了灯光,手术灯照着尸体下腹部的位置。伤口两边泛黑,像是两片黑色的嘴唇。

"伤口表层皮肤这里,是一刀造成的,手法干净。"艾尔斯解释道,"凶手用的是无锯齿刀刃,一刀切开皮肤,就会造成很深的伤口。他先是割开浅筋膜,然后是肌肉,最后是盆腔腹膜。"

里佐利瞪着那道深深的伤口,想象着握刀的手,冷酷而利落,稳稳地一刀便划出了这样的伤口。

她轻声问道:"凶手做这一切的时候,被害人还活着吗?"

"没有。凶手没有给刀口做缝合处理,伤口处也没有出血,说明这是在被害人死后进行的,那时死者心脏已停止跳动,血液循环也停止了。从手法来看,因为这几层切口是按顺序进行的,证明凶手有过进行外科手术的经验。他之前就做过这种事。"

蒂尔尼医生在一旁说道:"继续吧,警探,检查一下伤口。"

里佐利犹豫了，戴着橡胶手套的双手变得僵硬而冰冷。她缓慢地抬起手，顺着伤口伸进卡伦娜·根特的盆腔里。她知道会发现什么，但事实真正摆在面前时，她还是忍不住颤抖起来。里佐利抬头看向蒂尔尼医生，从他的眼中，她证实了自己的预判。

"死者的子宫被摘掉了。"他说道。

里佐利将手从尸体的小腹里抽出。"是他，"她低声道，"这是沃伦·霍伊特做的。"

"但凶手的其他作案手法和'主宰者'一致。"加布里埃尔·迪恩说道，"绑架、绞杀，还有奸尸——"

"但这一项不是。"里佐利盯着那道伤口说，"这是沃伦·霍伊特的幻想，是他的兴奋点。他会切割、夺取赋予女性身份意义和生育力量的器官，因为他永远也无法拥有这种力量。"她直直地看向迪恩，"我认得他的手法。我曾亲眼见过。"

"我们都见过。"蒂尔尼医生对迪恩说道，"去年霍伊特的那些被害人都是由我进行的尸检，这确实是他的手法。"

迪恩并不相信："难道是两个不同的凶手？融合了作案手法？"

"'主宰者'和'外科医生'，"里佐利说道，"他们找到彼此了。"

14

她坐在车里，空调通风口不断地吹着暖风，汗珠顺着脸颊淌下来。即便是炎炎夏夜的温热，也无法驱散她在尸检室里染上的寒意。我一定是感冒了。她一边按压着太阳穴一边想。也难怪，这几天她一直马不停蹄地忙来忙去，终于被病毒追上了。此刻她头痛欲裂，只想爬到床上，睡上整整一周。

她驾车直接回到了家，走进公寓后，例行检查室内，然后锁门。对她来说，这是保持精神稳定的重要一环。她加倍谨慎地推上螺栓锁，挂上链条锁，然后进行安全检查——锁上所有的锁，检查所有衣柜。做完这一切之后，她才踢掉了鞋子，脱掉衣服，只穿内衣坐在床上，揉着自己的太阳穴。不知道药柜里还有没有阿司匹林，但她实在太累了，懒得去找了。

就在这时，有人按响了她的门铃。她猛地坐直，脉搏加速，精神紧绷，脑中警铃大作。她没有邀请任何访客，也不想接待任何访客。

嗡鸣声再度响起，如同厚重的车轮碾轧过她的神经。

里佐利站起身来，走到客厅，按下了通话键。"哪位？"

"加布里埃尔·迪恩。我可以上去吗？"

她预想过很多可能出现的访客，唯独没想到会是他。她被他的到来惊得有些愣神，一时间什么都没说。

"里佐利警探?"他呼唤道。

"有何贵干,迪恩探员?"

"有关刚才的尸检,还有些问题我们需要谈谈。"

她按下了开锁键,然后几乎在同一瞬间就后悔了。她不信任迪恩,所以她还没准备好让他进入自己的避风港。就是这么一个不过脑子的动作,让她做出了一个无法挽回的决定,已经不能后悔了。

她刚刚穿上棉质浴袍,门口就传来了敲门声。透过门上猫眼,迪恩的轮廓显得有些扭曲,看上去有种诡异的不祥之感。里佐利开锁的时候,猫眼中看到的那个古怪的形象已经深深地刻在了她的脑海里。然而现实远没有那么可怕。站在她门口的男人眼中有着浓浓的疲倦,脸上的神情表明,他也不眠不休地目睹了太多的惨剧。

即便如此,他开口的第一句话关心的却是她。"你怎么样?还撑得住吗?"

她知道他话中的意思:她的状态很差,需要人过来查看。她是个精神状况不稳定的警察,随时都可能崩溃。

"我好得很。"她回答道。

"刚刚尸检一结束你就离开了,我们没来得及聊一聊。"

"聊什么?"

"沃伦·霍伊特。"

"你想知道些什么?"

"全部。"

"那要说上一整晚,但我已经很累了。"她将身上的浴袍裹紧,突然有些难为情。一直以来,她都很注意自己的形象,对她来说,专业的表现是很重要的,每次去犯罪现场她都会穿上制服外套。现在，她只穿着内衣和浴袍站在迪恩面前，她不喜欢这种感觉，让她觉得脆弱而不安。

她伸手扶住了门，一个很明显的送客的姿势：谈话到此结束了。

他一动不动地站在门口。"我承认，是我判断失误，从一开始我就该听你的。是你先发现的，我没有意识到凶手与霍伊特的相似之处。"

"那是因为你从未了解过他。"

"那就告诉我。我们得合作，简。"

她的笑声尖锐而冰冷。"现在你想要团队协作了？这可真新鲜。"

眼见迪恩并不打算离开，她也不再抗拒，转身朝客厅走去。迪恩跟在她身后进来，关上了门。

"跟我说说霍伊特的事。"

"你可以去看他的档案。"

"我看过了。"

"那你已经知道你想知道的一切了。"

"并不是一切。"

里佐利转过头看着他："你还想知道什么？"

"我想知道你了解的情况。"他走近了一些，她突然有些惊慌，因为现在的情形对她很不利。她光脚站在他面前，疲惫乏力，挡不住他任何一击。他提出的问题，还有他似乎看透一切的目光，都让她觉得无处遁形。

"你们之间似乎有什么情感联系，"他继续说道，"一种牵绊。"

"别说那是什么该死的牵绊。"

"那你管它叫什么？"

"他是个杀人凶手，我是捉到凶手的警察。仅此而已。"

"但我听说事情并没有这么简单。不管你愿不愿意承认，你们之间确实有某种联系。他特意再次回到你的生活里。他们抛尸卡伦娜·根特的地方并不是随便选择的。"

里佐利什么也没说，这一点她无法反驳。

"他是个猎人，你也是。"迪恩说道，"你们都以人类为猎物，这是你们之间的牵绊，你们的共同点。"

"我和他没有任何共同点。"

"但你们彼此了解。不管你是何种感受，你和他都是心意相通的。你比任何人都更早发现了他对'主宰者'的影响，比我们所有人都快了一步。"

"但你觉得，我需要去看心理医生。"

"是的，当时我确实这么想。"

"现在呢？你又觉得我没有发疯，反而绝顶聪明。"

"你知道他在想什么，你可以帮我们推断出他的下一步动作。他想做什么？"

"我怎么知道？"

"比起其他警察，你和他更亲密。"

"亲密？你觉得那叫亲密是吗？那个畜生差一点儿杀了我。"

"没有什么比谋杀更亲密了，不是吗？"

那一刻里佐利对迪恩产生了强烈的恨意，因为他说出了她一直不愿面对的真相，那个她无法接受的事实：她和沃伦·霍伊特之间有着无法斩断的牵绊。恐惧和憎恨是比爱更强大的情感。

她缩在沙发上，不发一语。换作以前，她一定会反驳回去。换作以前，她无所畏惧，不管与谁争辩，从来都是针锋相对。然而今晚,她累了,太累了,无力与迪恩周旋。他一定会不断施压、试探,直到得到想要的答案。既然失败无可避免,她还不如早早投降,至少这样能早些结束这一切,他就能还她一份安宁。

里佐利坐直了身体,看着自己的双手,盯着两个手心处的疤痕。这是霍伊特给她留下的最显眼的勋章。其他的伤痕就没有这么明显了:骨折的肋骨和面部骨骼已经长好,但在 X 光下还是可以看到疤痕。最不明显的,是她生活中处处可见的裂痕,像是地震后地面留下的裂缝一样。几周前开始,她感觉这些裂痕在扩大,仿佛她脚下看似坚实的土地随时都会有坍塌的危险。

"我当时不知道他还在那里,"她低语,"就在那栋房子里,地下室里,就站在我的身后……"

迪恩坐在她对面的椅子上。"是你找到了他,只有你知道他会藏在哪里。"

"没错。"

"为什么?"

她耸了耸肩,笑道:"狗屎运吧。"

"不,肯定不止这样。"

"你太高看我了。"

"我觉得,我是小看你了,简。"

她抬眼看去,发现他就那样直直地看着她,眼里的直白令她想要躲藏。但她已经无路可退,没有任何东西可以挡住他尖锐的目光。他都看到什么了?里佐利好奇。他知道她现在有多么难堪吗?

"告诉我,在那个地下室里都发生了什么。"他说。

"你知道发生了什么,都在我的证词里写着。"

"人们不会把所有事都写进证词。"

"我没什么好补充的。"

"你连试着回忆一下都不愿意，就说没有了吗？"

愤怒如同弹片一样穿透她的身体。"我一点儿都不想回忆。"

"但你控制不了，总会想起来，对吗？"

里佐利瞪着他，心里捉摸着：他又在玩什么把戏？为什么她这么容易就中了他的圈套？她也认识其他魅力非凡的男人，女人们总是被他们迷得神魂颠倒，任其予取予求。里佐利很有自知之明，对于这样的男人，她向来都会保持距离。对于这类人，她有着清醒的认知：他们是上天的宠儿，比其他凡人更受命运之神的眷顾。对于这类男人来说，她没什么用处，正好，里佐利也不需要他们。但今晚，她身上有加布里埃尔·迪恩需要的东西，所以他施展魅力，蛊惑她，要她屈服。显然，他的手段奏效了。从来没有一个男人能让她如此困惑，又如此不受控制地被其吸引。

"他设计，把你引到了地下室。"迪恩说。

"我自己送上门，走进他的陷阱里。我什么都不知道。"

"为什么你什么都不知道？"

这个问题让里佐利愣住了。她回想起那个下午，站在敞开的地下室门口，看着黑黝黝的地下，有些惊恐于它的深度。她记得屋内令人窒息的炎热，以及汗水如何浸透了内衣、衬衫。她记得恐惧将她的每根神经点燃。是的，她明明意识到了，觉得有哪里不对劲。她那时已经知道消失在黑暗中的台阶会把她引向何处。

"是哪里不对劲，警探？"

"被害人。"她喃喃道。

"凯瑟琳·科德尔？"

"她在地下室里，被绑在一张帆布床上……"

"那就是引你上钩的饵。"

里佐利闭上了眼睛,鼻尖似乎闻到了科德尔的血腥味、潮湿的泥土气味,还有自己的汗味,那是恐惧的味道。"我上钩了,咬住了鱼饵。"

"他知道你会的。"

"我本应该察觉到的——"

"但你的注意力都在被害人的身上,在科德尔的身上。"

"我想要救她。"

"那便是你的失误。"

里佐利睁开了眼睛,有些愤怒地看着他:"失误?"

"你没有先排查现场,把自己暴露了,变成了活靶子。你犯了最低级的错误。很难相信你这样的人会犯这种错误。"

"你又没在那里,你不知道我当时面临的状况。"

"我看了你的证词。"

"科德尔躺在那里,流着血——"

"所以你做出了和普通人一样的反应——试着去救她。"

"没错。"

"接着你就掉进了陷阱,你忘了要像一个警察一样思考。"

她愤怒的表情没有对他造成丝毫影响。他只是回望着她,表情毫无变化,平静而坚定,反倒是里佐利越来越不安。

"我从没有忘记要像一个警察一样思考。"她说道。

"但在那个地下室里,你忘记了。被害人让你分心了。"

"我的首要关注永远是被害人。"

"就算这会让你们两个都身处险境?这合理吗?"

合理。是的,这就是加布里埃尔·迪恩。她第一次见到像他这样的男人,用绝对的理性去衡量生者和死者。

"我不能对她见死不救。"她说道,"那是我当时第一个,也是唯一的念头。"

"你认识科德尔?"

"认识。"

"你们是朋友吗?"

"不是。"她回答得极快。迪恩的眉毛扬起,无声地询问。里佐利深吸了一口气,随后说道:"她是'外科医生'案件调查组的一员,仅此而已。"

"你不喜欢她?"

里佐利顿住了,被迪恩敏锐的洞察力吓了一跳,说:"我对她没什么好感,你可以这样理解。"我嫉妒她,嫉妒她的美貌,嫉妒她对托马斯·摩尔的吸引。

"但她还是案件的被害人。"迪恩说道。

"我不知道她是谁,最开始的时候不知道。直到后来,案件逐渐清楚了,她就是'外科医生'的目标。"

"你一定感觉很愧疚,因为曾经怀疑过她。"

里佐利什么也没说。

"是因为这样,你才急切地想要救她吗?"

里佐利有些僵硬,感觉被他的问题侮辱了:"她当时情况危急,我救她不需要别的理由。"

"但你那样做是有些冒险的,一点儿也不谨慎。"

"我以为'冒险'和'谨慎'不该在同一句话中出现。"

"'外科医生'设了陷阱,你中招了。"

"是,好吧,我犯了错误——"

"一个他知道你会犯的错误。"

"他怎么可能会知道?"

"他很了解你。因为之前说过的,你们之间的牵绊。你们心意相通。"

里佐利再也忍不住,站起了身。"都是他妈的扯淡。"她说道,走出客厅。

迪恩也站了起来,跟着她来到厨房,不厌其烦地用他的理论说服她,那些她根本听都不想听的理论。任何表明她与沃伦·霍伊特之间有情感联系的理论都让她觉得恶心,根本不愿去想,也不想再听。可迪恩依旧在这儿,本就不大的厨房因为他的存在更显拥挤,无路可退之下,里佐利只能听完他要说的话。

"就像你能直接看穿沃伦·霍伊特的病态一样,"迪恩说道,"他也能看穿你。"

"他那时候根本就不认识我。"

"你确定吗?他很可能一直都在关注案件调查的进展,很可能早就知道你是调查组的一员。"

"他知道的也就只有这么多了。"

"我觉得他对你的了解比你想象的要多。他喜欢女人的恐惧,在他的精神鉴定报告上写着的,那些受过伤的、情感受挫的女人会吸引他。女人的痛苦会引发他的欲望,而他对于这种目标又十分敏感,很容易就能察觉到。他可以通过蛛丝马迹找到目标。一个女人讲话时的声调,她的头部动作,或是躲闪的眼神,所有我们这些常人会忽略的心理表现,他都会注意到。他知道哪类女人是受过伤害的,他要的就是她们。"

"我不是被害人。"

"你现在是了,他把你变成了被害人。"迪恩靠得更近了,几乎碰到了她。这一刻,她突然涌起冲动,想要扑进他的怀里,紧紧地依偎住他,看看他会如何反应,但矜持与理智还是让她保持着全身僵硬。

她故意大笑道:"你说谁才是被害人,迪恩探员?不是我。别忘了,是我把他抓起来的。"

"是你。"他轻声回答道,"你抓住了'外科医生',但你也付出了代价,受到了极大的伤害。"

她看着他,陷入沉默。伤害。没错,她经历的一切都可以用这个词概括。一个双手留有伤疤的女人,把房间武装成堡垒的女人,只要在炎炎八月就会想起夏日噩梦和血腥气味的女人。

她不发一语,转过身走出厨房,回到了客厅。她再次窝进沙发里,沉默地坐着。迪恩没有立刻跟过去,所以她难得地耳根清净了片刻。她希望眼前的人能够立刻消失,离开她的公寓,留给受伤的动物一个舔舐伤口的洞穴。然而她并没有这么幸运。她听到迪恩从厨房走出来的动静,抬头一看,只见他手中拿了两个杯子。他将其中一杯递给了她。

"这是什么?"

"龙舌兰,我在你的橱柜里找到的。"

里佐利接过杯子,皱眉看着它。"我不记得我还有龙舌兰,不知道放了多久了。"

"嗯,还没开封。"

因为她根本不喜欢喝龙舌兰酒,那瓶酒是她哥哥弗兰基旅行后带回家的没用礼物之一。像这样的东西,还有从夏威夷岛带回来的甘露咖啡力娇酒,从日本带回来的清酒。这就是弗兰基炫耀自己的方式,表明自己曾游历四海,是走南闯北的男子汉。当然了,这全是借了美国海军陆战队的光。这瓶龙舌兰是他从阳光明媚的墨西哥带回来的,是他的纪念品。里佐利浅浅地抿了一口,将辛辣口感逼出来的眼泪用力眨掉。随着龙舌兰一路火辣辣地烧到胃里,她突然想起沃伦·霍伊特案子里的一个细节。他早期的被害人最初都是被他下药制伏的,他在她们的酒里下了迷奸药,让她们失去行动能力。想要在毫无防备的情况下制伏一个女人有多容易啊,尤其是当她正处于情绪低谷,心烦意乱的时候,她会对递过来的酒水来者不拒,根本无暇顾及对方是否别有用心,就这样变成一只待宰的羔羊。就连她自己刚刚也是问都没问,就接过了迪恩手里的酒杯。她明明不了解这个男人,还是让他走进了自己的公寓。

里佐利再次看向迪恩。他正坐在她的对面,两人的目光在同一高度相遇。刚刚空腹喝下的酒已经开始发挥效用,她的四肢开始舒展。这是酒精的麻痹作用。她现在很放松,也很平静,这该有多危险啊。

迪恩倾身靠近,她没有像往常一样防备地躲闪。一个男人入侵了她的私人空间,很少有人这样做,而她居然没有反抗。她对他屈服了。

"我们现在面对的凶手不是单个人了,"迪恩说道,"而是一个双人组合。这其中的一个,你比任何人都要了解。不管你想不想承认,你和沃伦·霍伊特之间都有着特殊的联系。这也把你和'主宰者'连接在了一起。"

里佐利深深地吐出一口气,柔声说道:"只有这种状态下的沃伦·霍伊特才能最大限度地施展他的能力。这是他一直以来的渴望——找到一个伙伴、一位导师。"

"他在萨凡纳有过这样的同伙。"

"是的,一个叫安德鲁·卡普拉的医生。卡普拉死后,就只剩沃伦一个人了。也是在那个时候,他来到了波士顿,但一直没有停止寻找新的伙伴。他需要有人分享他的渴望和幻想。"

"很不幸,他真的找到了。"

他们对视一眼，明白这一进展将带来怎样严峻的后果。

"现在他们的效率翻倍了。"迪恩说，"独狼凶狠难缠，群狼可战猛虎。"

"合作狩猎。"

迪恩点了点头。"一起作案会更容易。跟踪，堵截，控制被害人……"

里佐利突然坐直了身体。"茶杯。"她说道。

"茶杯怎么了？"

"在根特的死亡现场没有发现茶杯，现在我们知道为什么了。"

"因为有沃伦·霍伊特在一旁帮忙。"

里佐利点头："'主宰者'不用准备警报装置了。如果丈夫有异动，他的同伙会告诉他。一个站在一旁，围观整个犯罪过程的同伙。对沃伦来说，这种美差求之不得。他喜欢旁观，喜欢看着女人受辱，这是他幻想的一部分。"

"而'主宰者'渴望观众。"

里佐利点头，接着说道："所以他才会选择对夫妻下手。这样他在作案时，就能有一个人做他的观众，见证他对女人身体的终极掌控。"

里佐利所描述的暴行是一种对女性极为亲密的侵犯，让她感觉直视迪恩也是一种痛苦，但她还是没有移开目光。强奸案会引发男性心底淫秽的探知欲。作为晨间调研会上唯一的女性，她每次都能看到那些男同事们讨论此类案件的种种细节，听到他们声音里盎然的兴味。尽管他们努力表现得专业和冷静，但他们的目光在病理学家提交的伤情鉴定报告上徘徊了太久，他们盯着犯罪现场拍摄的女人双腿大张的照片看了太久。他们的反应让里佐利感觉自己也受到了侵犯。多年以来，她已经变得极其敏感，每当有强奸案被害人出现时，她都会留意男同事的反应，哪怕只是眼神的轻微变化她也能捕捉到。现在，她看着迪恩的眼睛，试图寻找那令人不安的闪烁，但是并没有找到。当他低头看向盖尔·耶格尔和卡伦娜·根特被侵犯的尸体时，里佐利只在他的眼中看到了坚定的决心。迪恩对这种暴行毫无兴趣，只有深深的憎恶。

"你是说霍伊特渴望找到一个导师。"迪恩说道。

"是的，一个可以为他引路、教他的人。"

"教他什么？他已经知道怎么杀人了。"

里佐利停下来，又喝了一口龙舌兰。当她再次看向迪恩时，发现他靠得更近了，似乎是怕漏听她最轻微的低语。

"变换主题。"她说道，"女人和痛苦。玷污一副身体能有多少种方式？折磨一个人能有多少种方式？沃伦已经遵循他自己那一套模式好多年了，也许他已经准备好要打破局限了。"

"又或者是另一位想要打破局限。"

里佐利愣了一下："你是说'主宰者'？"

"我们也许搞反了。也许是这次案件的凶手想要找一位导师，而他选择了沃伦·霍伊特。"

里佐利盯着迪恩，被这种可能惊得浑身发冷。"导师"这个词代表主导、权威。这会是霍伊特这几个月来在监狱里进化出的新角色吗？监禁是否壮大了他的幻想，磨砺了他疯狂的冲动？被捕之前的霍伊特已经不容小觑，里佐利不敢想象进化后的沃伦·霍伊特会有多么强大，多么可怕。

迪恩身体靠后，倒在椅子上，蓝眼睛看着手中的龙舌兰。他只在刚刚抿了一小口，现在他把杯子放在了咖啡桌上。在里佐利的印象中，迪恩一直是一个不会轻易动摇、能够克制私欲的人，但是疲惫还是对他造成了影响，此刻他的肩膀耷拉着，双眼通红。他用手揉了揉脸。"波士顿这么大，这两个怪物是如何联系到一起的？"他说道，"他们是怎么找到对方的？"

"而且这么快就找到了。"里佐利补充道，"沃伦越狱两天后，根特夫妇就遇害了。"

迪恩抬起头看着她："他们早就认识。"

"或者是早就听说过彼此。"

"主宰者"肯定知道沃伦·霍伊特的事情。只要看过去年秋天的报纸，就不可能不知道他犯下的暴行。即便他们没有见过对方，哪怕只是通过新闻报道，霍伊特也会知道"主宰者"的存在。他得知了耶格尔夫妇的死亡，知道波士顿还有一个和自己很像的怪物。他肯定会想知道他的嗜血同类——另一个掠食者是谁。他们通过谋杀进行沟通，靠电视新闻和《波士顿环球报》传递信息。

他也在新闻里看到我了。霍伊特知道我在耶格尔的死亡现场，而现在他是在试着跟我打招呼。

迪恩的触碰吓了她一跳。他正皱眉看着她，甚至比之前靠得还要近，从来没有哪个男人如此专注地看过她。

除了"外科医生"。

"和我玩游戏的不是'主宰者'，"她说，"是霍伊特。监视任务的失败也都是他们故意设计的，为了打击我。这是他接近一个女人的唯一方法：先是打击她，让她消沉，再逐渐摧毁她的生活。所以对待被害人，他会先奸后杀。某种意义上来讲，强奸就是对女人的毁灭。在他发起攻击之前，他要先让女人变得软弱、惊恐。"

"你是我见过最坚强的女人。"

她因为他的称赞红了脸，因为她知道自己配不上这样的评价。"我只是在跟你解释他的作案模式，"她说道，"他如何追踪自己的猎物，如何提前使其丧失行动力，然后发动袭击。他就是这样对付凯瑟琳·科德尔的。在最后出击之前，霍伊特先运用心理战术恐吓她，传递可怕的信息，让她觉得他可以随意进出她的生活，而她什么都不知道。他像个看不见的鬼魂，会穿墙而过。她不知道他会在什么时候出现，也不知道他会从什么地方出现，不知道他会如何伤害她。但是她知道，他来了。他就是用这种方法击垮你的神经。你要时刻警惕着，不能有一刻的放松，否则他就会在你意想不到的地方突然出现，找上你。"

尽管说着令人毛骨悚然的事情，但她的声音很平静，平静得有些诡异。在她诉说的时候，迪恩一直注视着她，一动不动地看着她，似乎要在她的脸上寻找一丝裂痕，从中窥探她真实的情绪以及弱点。但她并没有让他得逞。

"现在他有帮手了。"她说，"他们会互相学习，组成一个猎杀队。"

"你认为他们两个会一直在一起。"

"沃伦肯定会这样想，他想要一个伙伴。他们已经合作杀过人了，这是很坚固的羁绊，歃血为盟。"她最后一次抬起酒杯，将杯中酒一饮而尽。这杯酒可以麻木她的神经吧？让她一夜好眠，远离噩梦纠缠。还是说这黑压压的痛苦已经无法麻痹？

"你申请人身保护了吗？"

迪恩的问题让她有些惊讶："保护？"

"至少安排一个巡逻组在你的公寓外戒备。"

"我是个警察。"

迪恩歪了歪头，似乎是在等她把话说完。

"如果我是个男人，"她说道，"你还会问出刚才的问题吗？"

"但你不是男人。"

"所以我就理所当然地需要被保护了？"

"为什么你听起来好像受到了冒犯一样？"

"为什么你觉得我是个女人就没法保护好自己？"

迪恩叹了口气："你一直都这样要跟男人比个高低吗，警探？"

"我一直在努力工作，希望能受到同等尊重。"她说道，"我不会因为自己是个女人就提出需要特殊照顾。"

"正是因为你在这起案件里是个女人。'外科医生'的性幻想是针对女性的，'主宰者'的攻击也不是针对那些丈夫，而是妻子这一方，他强奸了案件中的妻子。你告诉我，这种情况下，你的性别真的与案件无关吗？"

听到"强奸"这个词，里佐利犹豫了一下。迄今为止，有关性侵的讨论都是发生在其他女性身上的，而她作为一名女性自然也是潜在的被害人。这一事实让案件的讨论变得格外私密，私密到与任何男人讨论都让她觉得不舒服。迪恩本身也让她不自在。他探究地看着她的样子，好像她身上藏着秘密的矿藏，而他急切地想要开采。

"这与你是不是警察，或是能不能保护自己都没关系。"他说道，"你是一个女人，一个也许被沃伦·霍伊特幻想了好几个月的女人。"

"不是我，他想要的是科德尔。"

"他现在找不到科德尔，无法接近她，但你就在这里，在他触手可及的地方。你是一个他只差一点儿就打败的女人，一个被他钉在那个地下室地上的女人。他的刀刃都架在你的脖子上了，他甚至都已经闻到你的血腥味了。"

"别说了,迪恩。"

"某种意义上来说,你已经被他打上了烙印,你早就属于他了。而你就这样毫无防备地站在光天化日之下,在他留下的犯罪现场工作。每一具被害人的尸体都是他留给你的信息,他在告诉你,这些都是为你准备的预演。"

"我说了,你不要再讲了。"

"而你还觉得你不需要保护?你觉得,人活着只要一颗坚强的心脏和一把枪就够了?那么你就是在忽略自己的真实感受,在自欺欺人。你知道他接下来要做什么,也知道他渴望什么,什么会让他兴奋。是你,你会让他兴奋。那些他要对你做的事情,会让他兴奋。"

"你他妈的闭嘴!"她突然爆发的吼叫把两个人都吓了一跳。她瞪着他,讶异于自己突然的失控和莫名冒出来的眼泪。该死!该死!她不能哭。她从来没让任何男人见过她崩溃的样子,迪恩绝对不能是第一个。

她深深地吸了一口气,低声说道:"我希望你马上离开。"

"我只是要你听从自己的直觉,接受一些保护。换作任何别的女人,你也会这样劝说她们的。"

她站起身,走向门口。"晚安,迪恩探员。"

迪恩并没有立刻动身,里佐利开始想,到底要怎么做才能把他赶出去。他终于还是站起身,打算离开了,但走到门口时又停了下来,低头看着里佐利。"你并不是坚不可摧的,简。"他说道,"也没有人要求你这样。"

迪恩离开之后,里佐利背靠着紧锁的门站了许久,闭着眼睛,试着平息他的来访留下的混乱。她知道自己并非坚不可摧,早在一年前就知道了。她看着"外科医生"的脸,等待手术刀的利刃刺穿身体,那时她就知道了。她不需要别人来提醒她这一点,她憎恨迪恩以如此粗暴的方式将这一事实摆在她面前。

她回到沙发前坐下,拿起了边桌上的电话。现在的伦敦天还未亮,但她不想再等了。

铃响第二声后,摩尔接了电话,睡梦中被吵醒的他声音低沉而沙哑,但依旧很警觉。

"是我,"里佐利说道,"抱歉吵醒你。"

"等一下,我去别的房间。"

里佐利等待着。电话那头传来摩尔起身时弹簧床发出的吱呀声,然后是房门在他身后关上的声音。

"出了什么事?"他问。

"'外科医生'又开始作案了。"

"发现被害人了?"

"几个小时之前,我参与了尸检。是他的手法。"

"他可真是一点儿时间都不浪费。"

"情况越来越糟糕了,摩尔。"

"还能更糟糕吗?"

"他找到了同伴。"

电话那头是长久的沉默,然后传来摩尔低沉的声音。"是谁?"

"我们推测是在牛顿市杀害耶格尔夫妇的凶手。不管怎么样,他们找到了彼此。现在他们两个会一起展开杀戮。"

"这么快?他们怎么会这么快就勾结在一起?"

"他们应该是认识的,一定是之前就认识的。"

"在哪里认识的?什么时候?"

"这是我们接下来要调查的,很可能就是找出'主宰者'身份的关键。"突然间,她想起了沃伦·霍伊特逃走的那间手术室。手铐并不是警卫给他打开的,而是有其他人来到手术室,放了霍伊特。那人或许穿着手术服伪装成护理人员,或许穿了从医生那里借来的实验服。

"我应该回去的。"摩尔说,"我应该回去和你一起——"

"不,你不应该。你应该老老实实地待在那儿,和凯瑟琳在一起。我觉得霍伊特应该找不到她了,但他不会放弃的,他从来都不会放弃,你知道的。而且现在他们是两个人了,我们还完全不知道他的搭档长什么样子。如果那人出现在伦敦,你也认不出来。你们一定要有所防备。"

挂了电话之后,里佐利嘲笑自己:好像只要有所防备就能抵挡"外科医生"的袭击一样。一年前,凯瑟琳·科德尔也以为自己做好了防备。她把自己的家变成了一个堡垒,像只困兽一样在牢笼中生活,但霍伊特还是渗透了她的防卫,在她最意想不到的时候,在她自认为安全的家中,袭击了她。

就像我也以为自己的家里很安全一样。

她站起身,来到窗边,看着窗外的街道,心里想着,此时此刻任何人都能看到她,屋内的灯光将窗子映成一个相框,而她是相框中的女人。想要找到她并不难,"外科医生"只要动动手指,就能在电话簿上看到:简·里佐利。

楼下的街道上,一辆汽车缓缓减速,停在了街边。那是一辆警用巡逻车。里佐利盯着它看了一阵子,车子一直没有动,引擎灯也熄灭了,这说明它要在这边停一会儿。她并没有要求保护性监视,但她知道谁会这样做。

加布里埃尔·迪恩。

女人的尖叫声贯穿人类的历史，连绵不绝。

教科书上极少描述我们渴望了解的那些耸人听闻的细节，相反，我们看到的全是枯燥的描述，关于军事战略和侧翼袭击，还有那些狡诈的将军和大规模的军队。书中的插图都是一些男人，他们身披铠甲，手执利剑，与敌人英勇搏斗，肌肉隆起，定格成战争场面。艺术画作中也多是身骑战马的领袖，目光遥望着田野，身旁是面目模糊的士兵，一排排整齐地站立着，像是等待收割的小麦。我们看到标着箭头的军事图，指向征战部队前进的方向，还读过描述战争的歌谣，歌词颂扬君王和国家。在士兵的鲜血中闪耀着男人们的胜利。

女人却无人谈起。

但我们知道，她们就在那里，有着柔嫩的血肉和光滑的皮肤，香气萦绕在历史的书页中。我们都知道，虽然无人谈起，但战争的残酷并不局限于战场。两军交战，至死方休，胜利果实就是无人守护的、敌方的女人们。

向来都是如此，历史书中很少提及这些残酷的真相，反而是战争本身被大肆称颂着，镀着金光，闪着荣耀。我读过诸神关注的希腊人的战争，读过特洛伊城的陷落，古罗马诗人维吉尔曾写到，特洛伊之战是英雄的战斗：阿喀琉斯和赫克托耳，埃阿斯和奥德修斯，他们都在后世受到万人敬仰。维吉尔笔下，金戈交鸣，飞箭流矢，血染大地。

但他忽略了最精彩的那部分。

剧作家欧里庇得斯为我们描绘了特洛伊战争后女人的故事，但也只是用了非常谨慎的笔触。他并没有详述那些令人兴奋的细节，仅仅告诉我们惊恐万分的卡桑德拉被希腊酋长从雅典娜神庙中拖了出来，但接下来的事情只能留给我们自己想象。卡桑德拉的外袍被撕裂，肌肤暴露在外。他插入她贞洁的腿间，她发出痛苦而绝望的尖叫。

沦陷的特洛伊城内，女人们都遭受了同样的痛苦，她们的尖叫声在整个城池回响。希腊人在被征服的女人身上夺取他们的战利品，以此来纪念胜利。特洛伊的男人们呢？都死绝了吗？有没有幸存者目睹这一切呢？对此古人并没有说明，但还有什么比糟蹋战俘的心爱之人更能证明胜利呢？还有什么比强迫战俘亲眼见你一遍又一遍寻欢作乐更令他屈辱呢？

这些历史让我明白了：胜利需要被见证。

汽车在联邦大道上顺着车流缓缓行驶，我坐在车中想着特洛伊的女人们。这是一条繁忙的道路，即便是在晚上九点，车辆依然行驶缓慢。这给了我时间，让我得以悠闲地研究这栋建筑。

屋内漆黑一片。凯瑟琳·科德尔和她的新婚丈夫都不在家。

我也只允许自己看这么一眼，然后便驶过了大楼。我知道这片街区有警方的人监视着，但我还是难以抗拒，想要看一眼她的堡垒。城墙看似坚不可摧，但如今城堡空空，对于想要闯入一探究竟的人来说，也就失去了吸引力。

我看着自己的司机，他的脸隐藏在阴影里。我只能看到他轮廓的剪影和闪烁的眼睛，在黑暗中跳跃着饥饿的火花。

我曾在探索频道看过夜晚时狮子的样子，它们的眼睛像黑暗中燃烧的绿色火焰。我想起了那些狮子，想起了它们眼中的饥饿，汲汲于寻觅食物，随时准备一跃而起，发动进攻。此刻我在同伴的眼中看到了同样的饥饿。

就如同他在我眼中看到的一样。

我摇下车窗，深吸了一口城市中温热的空气，如同草原上的狮子，嗅闻着猎物的气息。

15

他们开着迪恩的车前往波士顿西侧七十公里外的雪莉镇。开车的迪恩并没有说什么，但沉默让里佐利更加明显地感觉到了他的气息，还有他的冷静和自信。她几乎不敢看他，害怕他在自己眼中看到因他而起的混乱。

相反，她只是盯着脚下的深蓝色脚垫。她很好奇这材质是不是尼龙66、八〇二号蓝，也好奇到底有多少辆车装有相同的脚垫。这个颜色很流行，好像不管是谁的车，她都能在车中看到这种蓝色的脚垫。数不清的鞋子将这些八〇二号蓝的尼龙纤维带到波士顿的大街小巷。

空调太冷了，里佐利用膝盖关上了排气口。她盯着窗外长满了草的田野，渴望感受外面的热气。车窗外，晨雾迷蒙，像薄纱一样笼罩着绿色的田野。树木一动不动地站着，树叶静止，连一丝微风都没有。里佐利很少来马萨诸塞州的乡下。她是一个土生土长的城市女孩，对空旷的乡村和咬人的虫子毫无好感。现在也是一样。

昨天晚上她睡得并不好，好几次从睡梦中惊醒，心脏狂跳地躺在床上仔细聆听是否有入侵者的脚步声和呼吸声。早上五点她爬起床，感觉头昏脑涨，满身疲惫。直到灌了两杯咖啡后，她才觉得头脑清醒了一点儿，于是打电话给医院，询问科尔萨克的情况。

他还在重症监护室，依旧没有苏醒。

里佐利将车窗打开一道缝隙，外面温热的空气流了进来，带着青草和泥土的味道。科尔萨克也许再也没有机会闻到青草的香气，再也感受不到微风拂面了。她试图回忆他们之间最后的对话是否友好、善意，但她想不起来了。

到了三十六号出口，迪恩转弯，开始朝着马萨诸塞州州立监狱的方向行驶。苏萨－巴拉诺维斯基惩戒中心在他们的右侧时隐时现。那里是六级监禁机构，沃伦·霍伊特曾被关在此处。他在停车场停下，转头看向她。

"一旦你觉得需要离开，"迪恩说道，"就直接走。"

"为什么你觉得我会半路逃跑？"

"因为我知道他对你做过什么，任何处在你的位置的人处理这起案子都会有些障碍。"

她在他的眼中看到了担忧，但她不想被人担心，因为这让她觉得自己的勇气很脆弱。

"办正事吧，好吗？"她说着，推开了副驾驶的车门。骄傲支撑她步伐坚定地走进大楼，通过外围监控台的登记检查。在那里，她和迪恩交出了警徽和武器。在等待狱警的时候，她看到了贴在访客区的着装要求。

> 禁止任何来访者着以下装束：
>
> 赤脚。泳装或短裤。任何显示帮派关系的衣服。与囚服或监狱人员制服相似的着装。双层衣服。有拉绳的衣服。可以快速穿脱的衣服。过大、过肥、过厚或过重的衣服……

列表上的要求写了长长的一串，从发带到钢圈内衣全都禁止。

一名狱警终于出现了，他身材魁梧，穿着马萨诸塞州州立监狱的蓝色夏季制服。"里佐利警探，迪恩探员？我是柯蒂斯警官。这边请。"

柯蒂斯十分友好，甚至有些兴奋地带领二人穿过第一扇紧锁的大门，来到了外部的检查区。里佐利好奇，如果他们并非执法人员，他的态度是否还会一样。柯蒂斯要求他们将腰带、鞋子、外套、手表和钥匙都拿出来，放在桌子上让他检查。里佐利摘下了她的天美时手表，放在迪恩闪闪发亮的欧米茄手表旁边。接着她又脱掉了自己的外套，迪恩也一样。这无声的场景有一种令人不安的亲密感。当她解开腰带并将其抽出来时，她感觉到了柯蒂斯的目光，那是男人看女人宽衣解带的目光。她脱掉低跟鞋，放在迪恩的鞋旁边，然后冷冷地直视柯蒂斯警官的眼睛。直到这时，他才移开了视线。随后她又掏空了口袋，跟着迪恩穿过金属探测器。

"嘿，你们今天真走运，"柯蒂斯对刚走过探测器的里佐利说，"刚好错过了拍打搜身。"

"什么？"

"每天值班指挥官都会随机抽几个访客搜身，你们刚好错过。在你们后面的那个，不管是谁，都得被我们拍打搜身。"

里佐利讽刺道："真遗憾，错过了被人摸遍全身的高光时刻。"

"你们现在可以把衣服穿上了，手表也可以戴上。"

"你说得好像戴手表是什么特权一样。"

"过了这里，只有律师和执法警官才能戴着手表进去，其他人必须把珠宝首饰都留在这儿。现在我得给你们左手腕上盖上印章,然后你们才能进入监视区。"

"我们和奥克斯顿监狱长约在九点钟见面。"迪恩说。

"他有点儿事情耽搁了,叫我先带你们去监视区,然后再带你们去监狱长的办公室。"

苏萨-巴拉诺维斯基惩戒中心有着最新的设施和最先进的电子安防系统,由四十二台电脑终端操控。柯蒂斯指着随处可见的监控摄像头,说道:"这些摄像头二十四小时全天监控。很多访客来了这里之后,一个狱警都见不到,只有语音系统告诉他们接下来该做什么。"

他们走过一扇钢制的大门,穿过一条长长的走廊,又经过好几扇铁栅栏门。里佐利知道他们的一举一动都被监视着。只要伸出手指在键盘上敲两下,警卫就可以打开任何一条通道或任何一间牢房,而无须离开控制室。

在C区囚室入口处,一个声音从音响传来,指导他们如何将左手的印章举到窗口处接受检查。他们再一次报上自己的姓名,柯蒂斯警官说道:"两名探访者参观囚犯霍伊特的牢房。"

钢制大门滑开,他们一起走进了C区囚室的休息室,那里是囚犯们的公共活动区域。墙面漆成了压抑的绿色,和医院一样。里佐利看到了一台壁挂式电视机、沙发和椅子,还有一张乒乓球桌,两个人正在打乒乓球。所有的家具都用螺丝固定在了地上。十来个穿着蓝色囚服的犯人同时转头看向他们。

作为人群中唯一的女性,里佐利受到了特别的关注。

那两个正在打乒乓球的男人也停下了。一时间,休息室内只有电视机里传来的声音。里佐利没有闪躲,瞪着眼睛回视每一个犯人,拒绝被他们的目光吓到,即便她知道这些男人的脑子里都在想象着什么样的画面。她没有察觉到迪恩朝她靠过来,直到他们的手臂碰到一起,她才意识到他就站在自己的身侧。

通话器中传来一个声音:"来访者,你们可以去 C-8 号牢房了。"

"在这边,"柯蒂斯说道,"上面一层。"

他们走上楼梯,鞋子踩在金属台阶上发出锵锵的响声。到达上面一层的走廊后,身旁就是一间挨一间的牢房,他们可以看到下方的休息室。柯蒂斯带着他们走到了八号牢房。

"就是这间,犯人霍伊特的牢房。"

里佐利站在牢门前,看着房间里面。她看不出这间牢房有什么不同——没有照片,没有私人用品,没有痕迹证明沃伦·霍伊特曾住在这里——然而她的头皮在发麻。虽然他已经离开了,但他给这个空间留下了印记。如果恶意能持续存在,那么这个地方肯定已经被污染了。

"你们想的话,也可以进去看看。"柯蒂斯说。

里佐利走进了房间。她只看到三面光秃秃的墙壁、一个铺着床垫的卧铺,还有一个洗手池和一个抽水马桶。一个极简的房间,是霍伊特喜欢的样子。他是个整洁的人,注重细节,一丝不苟。他曾在无菌实验室工作过,在那个世界里,唯一的色彩就是他每天处理的无数个试管中的血液。他不需要张贴任何挑逗张扬的图片,因为他脑海中的世界已经足够血腥暴力。

"这间牢房没有重新分配出去吗?"迪恩问。

"还没有,长官。"

"霍伊特离开之后也没有别的囚犯来过吗?"

"没有。"

里佐利来到床前,掀起床垫的一边,迪恩掀起了另一边,两人合力将床垫抬起查看。什么也没有。他们又将床垫翻转过来,一寸一寸地寻找撕开的裂口，或者可以藏匿违禁品的缺口。但他们只在侧面发现了一个很小的裂口，不足一英寸长。里佐利用手指探了一下，里面什么都没有。

她站直了身体，扫视整个房间，看着曾映在霍伊特眼中的一切，想象着他躺在这张床垫上，瞪着天花板，脑子里幻想着常人无法接受的骇人场景。他会躺在床上，浑身汗湿，被脑内女人的尖叫刺激得欲火焚身。

里佐利转头看向柯蒂斯警官。"他的东西都在哪儿？他的私人物品，还有信件。"

"在监狱长办公室里，我们接下来就会去。"

"你们早上打过电话之后，我就把犯人的东西都拿来了，以便你们检查。"监狱长奥克斯顿说着，指了指桌子上的一个大纸箱，"我们已经全部检查过一遍了，没有发现任何违禁品。"他着重强调了这一点，似乎是想洗脱自己在这次事件中的责任。奥克斯顿给里佐利的印象是一个极其看重规则和秩序的人，因而无法容忍任何人违法乱纪。他肯定会要求彻底搜查犯人的违禁品，严格规定每晚的熄灯时间。里佐利看到了办公桌上奥克斯顿年轻时的照片，照片中他面容严肃，甚至有些凶悍，穿着一身军装。只看这些，里佐利就知道他是个掌控欲极强的人，需要将周围的一切都控制在自己手中。然而尽管他严格地监控着一切，还是有囚犯越狱了，他难辞其咎。奥克斯顿表情僵硬地和他们握了手，算是打过招呼，那双冷漠的蓝眼睛里没有任何笑意。

他打开纸箱，拿出一个很大的密封塑料袋，递给里佐利。"犯人的洗漱用品，"他说道，"都是很普通的个人护理用品。"

里佐利看到塑料袋中有牙刷、梳子、毛巾、肥皂，还有凡士林增强型乳液。她像是被烫到了一样，立刻放下了手中的袋子。一想到这是霍伊特每天都会使用的个人物品，她就觉得很恶心，她甚至还在梳子上看到了一根浅褐色的头发。

奥克斯顿继续从箱子中拿出一些东西：内衣，一摞《国家地理》杂志和几份《波士顿环球报》，两条士力架巧克力，一沓黄色便笺，白色的信封，三支塑料圆珠笔。"还有他的信件。"奥克斯顿说着，拿出了另外一个塑封袋，里面装着一沓信。

"他的信我们每一封都看过了。"奥克斯顿说，"州警那里有信件里所有联系人的姓名和住址。"他将信递给了迪恩，"当然，这些只是他留下的，肯定还有相当一部分信被他扔了。"

迪恩打开塑封袋，将里面的东西拿了出来。差不多有十二三封，都装在信封里。

"州立监狱会审查犯人的信件吗？"迪恩问道，"发给犯人之前，你们会先过滤吗？"

"我们有权过滤信件，但也分类型。"

"类型？"

"如果是特权类信件，警卫只能打开信封检查里面是否有违禁品，但不能读信的内容。信件的内容是私人的，只有寄信人和囚犯知道。"

"所以你们完全不知道寄信人给他写了什么？"

"如果是特权类信件的话。"

"特权类和非特权类信件有什么不同吗？"里佐利问。

听到里佐利插话，奥克斯顿眼里闪过了一丝厌烦。"非特权类信件就是家人、朋友和普通大众寄来的信件。比如，在我们的监狱中，有些犯人在外面交到了笔友，那些人都以为自己是在做善事。"

"和杀人犯做笔友是做善事?他们疯了吗?"

"这些人里很多都是天真且孤独的女人,很容易就被那些行骗大师糊弄住。这类信件属于非特权类信件,警卫有权阅读并审查信件的内容。但我们也没那么多时间每一封都读。来往信件的体量是很大的,就拿霍伊特来说,光他一个人就有许多来信需要审查。"

"是谁寄来的?我没听说他有那么多家人。"迪恩说道。

"去年他的事件引起了极大的关注,吸引了公众的注意,很多人都想给他写信。"

里佐利感到一阵厌恶。"你的意思是他还有粉丝来信吗?"

"是的。"

"天哪,这些人都是傻子吧?"

"很多人在谈论杀人凶手时都会觉得兴奋,大概是想沾沾名人的光吧。很多杀人魔,比如曼森、达莫还有盖西,都收到过粉丝来信,有的犯人还会收到求婚信。女人们给他们寄钱,或是自己穿着比基尼的照片;男人们写信则是出于猎奇,问他们杀人是什么感觉。请原谅我的用词,但这个世界上变态多得是,能认识一个活生生的杀人凶手让他们觉得新鲜又刺激。"

但其中一个人并不是简单地给霍伊特写了几封信,而是真正加入了霍伊特的专属俱乐部。里佐利看着那些信件,感到了一阵愤怒,它们证实了"外科医生"盛名在外,甚至可以像摇滚明星一样拥有崇拜他们的粉丝。她想起了霍伊特在她手上留下的伤痕。这里的每一封信似乎都化作了霍伊特的手术刀,再一次向她刺来。

"特权类信件又是怎么回事?"迪恩说道,"您说不能阅读或是审查,那么怎样判断一封信是否属于特权类信件?"

"从特定州或联邦官员那里发来的信件,法院人员或者律师之类的。总统来信,州长来信,或是执法部门的探员来信。"

"霍伊特收到过这类信件吗?"

"也许有,但我们对信件不做记录。"

"那你们怎么知道一封信到底是不是特权类信件呢?"里佐利问。

奥克斯顿有些不耐烦地看着她。"我已经告诉过你了,如果是从联邦或州政府官——"

"我问的不是这个。我的意思是说,你们怎么知道这封信是不是伪造的,或信封是不是偷来的呢?万一我给你们的犯人写下了逃跑计划,然后装进一个偷来的信封里,比方说,从康韦议员办公室偷来的信封。"她并非随口举了一个例子。她仔细观察着迪恩的反应,果然发现在听到康韦议员时,他的下巴突然紧缩了一下。

奥克斯顿犹豫了一下。"也不是不可能,有针对这种情况的处罚——"

"所以这种状况真的发生过。"

奥克斯顿极不情愿地点了点头。"有过那么几次,犯罪信息被伪造成官方文件传递。我们也特别留意了,但偶尔还是会有漏网之鱼。"

"那寄出去的信件呢?霍伊特写的那些,你们审查了吗?"

"没有。"

"一封都没有?"

"我们没必要审查。他在服刑期间从来没惹过什么麻烦,一直都很配合,很老实,也很有礼貌。"

"模范犯人,"里佐利说道,"名副其实。"

奥克斯顿冷冷地看了她一眼。"我们这里关着的都是穷凶极恶之徒,他们能轻松卸掉你一只手臂还不以为然,警探。他们曾因为饭菜不合胃口就直接扭断了狱警的脖子。像霍伊特这样的犯人还算不上最棘手的,我们有更危险的囚犯需要特别注意。"

迪恩冷静地将话题拉回到眼前的问题上:"所以我们也不知道他可能会写信给谁?"

这答案显而易见的问题无疑是在火上浇油,监狱长已经在努力压制怒火了。奥克斯顿的目光从里佐利转到了迪恩身上,语带敌意地说道:"对,我们不知道。犯人霍伊特可以给任何人写信。"

离开奥克斯顿的办公室后,两人来到了走廊另一头的一间会议室,里佐利和迪恩戴上橡胶手套,将收信人写着"沃伦·霍伊特"的信件散开,摆在了桌子上。信封的样式五花八门。里佐利看到,这其中有一些是粉彩色或是印着花卉图案的,还有一个印着"耶稣拯救世人"的,最滑稽的是那个印着嬉闹小猫咪图样的信封。没错,这种东西最对"外科医生"的胃口了。收到这样的信,连他自己都会觉得荒谬可笑吧。

里佐利打开了印着猫咪图案的信封,那里面有一张照片,是一个微笑的女人,眼里满是期盼。信封里还有一封信,字迹娟秀,装饰着调皮的小圆圈,应该出自一位年轻女性之手:

致:沃伦·霍伊特先生,犯人
马萨诸塞州州立监狱
亲爱的霍伊特先生:

我今天在电视上看到了你,他们带着你去往法庭。我相信自己有着绝佳的判断力,而看着你的脸时,我可以看见满满的悲伤和痛苦。哦,如此沉重的痛苦!你的心底还藏着善良,我知道的。只要有人能够帮助你,发掘那些善良……

里佐利突然意识到,自己的手指在盛怒下正不受控制地攥紧了信纸。她想伸出手摇醒写下这封信的蠢女人,让她睁大眼睛看看那些被霍伊特残害的死者的尸检照片,读一读法医鉴定报告上血淋淋的描述,那些女人在霍伊特大发慈悲解脱她们之前,都遭受了怎样非人的折磨。里佐利强迫自己接着读完信,女人情感泛滥地呼唤着霍伊特的人性和他"藏在心底的善良"。

终于,她伸手去拿下一个信封。这个信封上没有小猫咪,只是一个简简单单的纯白信封,里面装着一封写在格纸上的信。和上一封一样,它也出自一个女人之手,信封里同样放着她的照片。那是一张过度曝光的快照,照片上的女人眯着眼睛,一头长发漂染成金色。

亲爱的霍伊特先生:

可以送给我一张亲笔签名吗?我收集了很多你这样的人的签名。我还有杰弗里·达莫的签名。还有,如果你愿意保持联系的话就太好了。

你的朋友,格洛丽亚

里佐利难以置信地瞪着信上的内容,无法接受一个头脑正常的人会写出这些话。就太好了。你的朋友。"天哪,"她说道,"这些人都是傻子。"

"博眼球罢了。"迪恩说道,"他们没有自己的生活,感觉不到自己的价值,一些无名之辈,所以想和那些名人接近,想借他们的光照亮自己。"

"光?"里佐利看着迪恩,"你管那个叫光?"

"你明白我的意思。"

"不,我一点儿也不明白。我不明白为什么这些女人要给畜生写信。她们是在寻找爱情吗?想和转身就能给她们开膛破肚的男人热恋一场?这样就能给她们可悲的人生带来刺激了?"她推开身后的椅子,站起来,快步走到细长的窗户前。里佐利双臂紧紧地抱着肩膀站在那里,看着透进窗户的窄窄的阳光和玻璃映出的一线蓝天。即便是如此贫瘠的景象,都比沃伦·霍伊特的粉丝信顺眼。霍伊特肯定很享受这些关注。他看着这些信,会觉得欣慰,觉得自己依旧有能力去掌控这些女人。即便是被关在不见天日的高墙之内,他还是可以扭曲她们的想法,操控她们,将她们据为己有。

"这是在浪费时间。"这里关得住丧心病狂的禽兽,关不住鸟鸣。她看着一只小鸟飞过监狱,苦涩地说道:"他并不傻。他会毁掉所有能将他和'主宰者'联系到一起的东西,会想方设法保护他的新搭档。他肯定不会留下任何有用的东西给我们追踪的。"

"这些东西也许没用,"在她的身后,迪恩一边说着,一边翻弄那些信件,"但绝对会带给我们启发。"

"哦,是啊,就好像我愿意读这些蠢货写给他的东西一样。这让我恶心。"

"这会不会就是重点所在?"

里佐利转过头看着他。恰好有一线天光穿过窗子,照在他的脸上,将他的一只蓝色眼睛点亮。她一直都知道,这男人的外表极其出色，但那一刻的光影交错间，坐在桌子对面的他无比俊美。"这话是什么意思？"

"你很生气，读他的粉丝信的时候。"

"我根本无法忍受。这不是很明显吗？"

"对他来说也很明显。"迪恩用下巴指了指桌上的信件，"他知道这些东西会让你愤怒。"

"你觉得他就是为了激怒我、耍我，才留下这些信？"

"这是心理战，简，所以他把这些信留给了你。他从最狂热的崇拜者那里精挑细选，挑出来这些信。他知道你最后肯定会来这里，读到这些信。也许他是想让你知道他有很多爱慕者，即便你看不起他，不代表别的女人也这样想，依旧会有女人被他吸引。他就像一个被抛弃的情人，试图引起你的妒忌，让你心态失衡。"

"别跟我讲这些乱七八糟的。"

"他的方法奏效了，不是吗？看看你自己。他让你心烦意乱，坐立难安。他知道如何操控你，如何扰乱你的大脑。"

"你太看得起他了。"

"是吗？"

她指着那些信。"这些都是为我准备的？怎么，我成了他宇宙的中心了吗？"

"他不也在你宇宙的中心吗？"迪恩轻声说道。

里佐利瞪着他，却找不到话来反驳，因为他直中要害。那一瞬间，她一直回避的真相击中了她。沃伦·霍伊特曾是她宇宙的中心。他像黑暗中的领主，统治着她睡梦中的每时每刻，主宰着她清醒时的每分每秒，隐藏在黑暗的角落，伺机而动，盘旋在她的脑海里。在那间地下室，她被打上了他的烙印，就像每个被害人都被加害者标记了一样,她无法将那些宣示所有权的标记去除。那些痕迹刻在了她的手心,嵌进了她的灵魂。

里佐利回到桌旁坐下,强迫自己镇定,完成接下来的工作。

接下来的这个信封上有着打印上去的地址:马萨诸塞州剑桥市布拉托街一六三四号,邮编〇二一三八,J.P.奥唐纳医生。布拉托街在哈佛大学附近,那一带的住宅区环境优美,房屋华丽,是受过高等教育的精英人士居住的社区。在那里,你可以看见大学教授和退休的企业家在人行道上慢跑,彼此挥手致意,隔着修剪整齐的树篱亲切地问候对方。这种地方不太可能出现嗜血恶鬼的同类。

里佐利展开信件,是六个星期前寄来的。

亲爱的沃伦:

感谢你上次的回信,并签署了两份授权书。你所提供的细节极其重要,让我对你现在所面临的困境有了更深刻的了解。我还有很多问题需要向你请教,很高兴你同意按照计划与我会面。如无异议,我希望录下整个采访过程。如你所知,你的帮助对于我的计划来说无疑是至关重要的。

真挚的,奥唐纳医生

"这个J.P.奥唐纳到底是谁?"里佐利说道。

迪恩有些惊讶地抬起了头:"乔伊斯·奥唐纳?"

"信封上只写了J.P.奥唐纳医生,来自马萨诸塞州剑桥市。她给霍伊特做过访谈。"

迪恩皱眉看向信封:"我不知道她搬到波士顿来了。"

"你认识她?"

"她是一个精神病理学家。简单来说,我们认识的时候并不是很愉快,当时我们站在法庭的两端。不过辩护律师们都很爱她。"

"我知道了,她是个专家证人,替那些坏人开脱。"

迪恩点了点头:"不管你的当事人做了什么,不管他杀了多少人,奥唐纳都很愿意提供减罪供词。"

"我还在想她为什么会写信给霍伊特。"她又看了一遍信上的内容。信件的措辞十分客气,充满尊重,还对霍伊特的合作提出了赞扬。里佐利还没见过奥唐纳,但已经开始讨厌她了。

下一封信依旧是奥唐纳寄来的,但信封里没有信件,只有三张拍立得照片。看得出,拍照的手法很业余。照片中有两张是在白天的室外拍摄的,第三张是室内的场景。里佐利盯着照片看了一会儿,没有说话,脖子后的汗毛却都竖了起来。她看到了照片的内容,但她的大脑无法接受。她猛地向后退去,手中的照片像是烧着的炭火,掉在了地上。

"简,那是什么?"

"是我。"她悄声说道。

"什么?"

"她在跟踪我,给我拍照,然后寄给他。"

迪恩从椅子上站起,绕到她这一侧,越过她的肩膀看过去。"我没看见你——"

"看这个,看。"她指着照片中一辆停在街上的暗绿色本田,"那是我的车。"

"你还没看到车牌号。"

"我能认出自己的车!"

迪恩将拍立得照片翻转。在照片的背面,有人画下了一个诡异的笑脸,旁边用蓝色的毡尖笔写着:我的车。

恐惧在她的胸腔内肆无忌惮地喧嚣。"看下一张。"她说。

迪恩捡起了第二张照片。这张也是在白天拍的，是一座大楼的正面照。不用里佐利告诉他，他也知道这是哪里。他昨晚去过那里。他将照片翻转，背面写着：我的家。下面是另一个笑脸。

他又捡起第三张照片，看上去是在一家餐馆拍摄的。

第一眼看去，照片的画面很奇怪，只有一群顾客坐在桌边，还有一个女服务员手里拿着咖啡壶走过房间，身形有些模糊。里佐利花了几秒钟才将目光锁定在了坐在中间偏左的那个人身上，那是一个黑发女人，照片中只能看到她的侧脸，窗外透进来的强光模糊了她的面貌。里佐利没有说话，等着迪恩自己认出来那是谁。

迪恩轻声问："你知道这是在哪里拍的吗？"

"海星咖啡。"

"什么时候？"

"我不知道——"

"你常去那儿吗？"

"周日会去吃早饭。那是我每周唯一一次……"她的声音渐弱。她看着照片中的自己，那个她肩膀放松，低头看着一页打开的报纸。那应该是周日的报纸，只有周日她才会在海星咖啡犒劳自己一顿早餐——法式吐司和培根，配上漫画专栏。

还有一个跟踪者。她一直不知道有这么一个人在看着她，拍下她的照片，把它们寄给那个萦绕在她的噩梦里折磨她的男人。

迪恩翻过拍立得照片。

背面依旧画着一张笑脸，下面还画着一颗心，旁边只有一个字：

我。

16

我的车。我的家。我。

里佐利饥肠辘辘地回到了波士顿。虽然迪恩就坐在她身旁，但她一直没有看他。她沉浸在愤怒中，怒火越烧越旺，熊熊烈焰吞噬了她。

迪恩开到布拉托街，把车停在奥唐纳的房子前时，她的愤怒更加强烈了。里佐利盯着那座巨大的殖民式建筑，护墙板新刷了白色的漆，在灰色石板护窗的对比下更为显眼。前院有一道锻铁栅栏，草坪修剪整齐，小径上铺着花岗岩。即使以布拉托街的高标准来衡量，这幢漂亮的房子也是公务员做梦都不敢奢望的。然而，正是像她这样的穷酸公务员打败了恶鬼沃伦·霍伊特，却还要咬紧牙关，默默承受着那些余波的折磨。她是那个在晚上锁上门窗的人，是那个从睡梦中惊醒的人。她与恶鬼战斗，并承受了种种后果。而在这幢高雅又气派的房子里，住着一个女人，她同情地倾听恶鬼的谎言，走进法庭，为那些罪有应得的恶鬼辩护。这是一幢建在众多被害人尸骨上的房子。

前来应门的女人有着一头灰金色的发丝，打扮得和这幢房子一样精致而高贵。她的头发梳理得十分整齐，在阳光下像是一顶闪亮的头盔，身上的衬衫和宽松的长裤都熨烫得服服帖帖。乔伊斯·奥唐纳四十岁左右，面色白皙，如同雪花石膏一样。她的表情也像石膏一样毫无温度,眼神里露出冰冷而智慧的光芒。

"奥唐纳医生?我是里佐利警探。这位是加布里埃尔·迪恩探员。"

女人看向迪恩。"我和迪恩探员有过一面之缘。"

而且对彼此都留下了深刻的印象——只不过不是什么好印象,里佐利想。

奥唐纳显然并不欢迎两人的来访,她面无表情地请他们进屋,带着他们穿过开阔的门厅,来到一间正式的会客厅。客厅里有一套花梨木框架的白色缎面沙发,柚木地板上铺着红色的东方地毯。里佐利对于艺术品没什么鉴赏能力,但就连她也能判断出,墙上挂着的画作都是真迹,价值不菲。里佐利心想:被害人的白骨更多了。迪恩与她一起坐在沙发上,对面的奥唐纳并没有端来茶或咖啡,甚至连一杯白水也没准备。很明显,房子的主人希望他们尽快离开。

奥唐纳开门见山地对里佐利说道:"你说本次来访和沃伦·霍伊特有关。"

"你曾和他有过书信往来。"

"是的,有什么问题吗?"

"什么样的通信?"

"既然已经知道我们有过联系,我想你们应该也已经读过信的内容了。"

"你们之间通信的性质是什么?"里佐利语气强硬地重复了一遍问题。

奥唐纳沉默地打量着里佐利。此刻她已经意识到她的对手是谁,随即做出了回应。她调整了姿态,仿佛穿好了盔甲准备开战。

"首先,我想问你一个问题,警探。"奥唐纳说道,"我与霍伊特先生的书信往来与警方有什么关系？"

"你知道他越狱了吗？"

"知道。我在新闻里看到了，当然知道。而且，州警察局的人已经联系了我，问沃伦有没有试图联系过我。他们联系了所有和他通信的人。"

沃伦。他们之间已经熟悉到可以直呼其名。

里佐利打开她带来的牛皮纸信封，将那三张装在塑封袋里的拍立得照片拿了出来，递给奥唐纳。"这些照片是你寄给霍伊特先生的吗？"

奥唐纳瞥了一眼那些照片。"不是，怎么了？"

"你还没仔细看这些照片。"

"不需要，我从来没给霍伊特先生寄过任何照片。"

"这些是在他的牢房里找到的，放在印有你的回信地址的信封里。"

"那他一定是用我寄信的信封装它们了。"她说着，将那些照片又递还给里佐利。

"那你都给他寄了什么？"

"信件，还有需要他签名后寄回的授权书。"

"关于什么的授权书？"

"授权允许我调查他的学校记录、儿科病历和其他帮助我评估他过往历史的信息。"

"你给他写过几次信？"

"四五次吧。"

"他都回信了吗？"

"是的，每封回信我都有存档，你们可以复印。"

"他逃跑之后尝试联系你了吗？"

"如果有的话我会不告诉警方吗？"

"我不知道，奥唐纳医生，我不知道你和霍伊特先生之间是什么关系。"

"我们只是通信，并没有什么关系。"

"但你给他写信了，还写了四五次。"

"所以呢？我还去探访过他。会面全程都有录像，如果你们想要的话，可以拿去看。"

"你为什么要和他交谈？"

"他有故事要讲，有东西要教给我们。"

"教我们如何屠杀女人吗？"里佐利还没来得及思考，这句话已经脱口而出。话中苦涩的个人情绪并没有刺穿奥唐纳的盔甲，即便她同为女人。

奥唐纳不为所动地说道："作为执法人员，你们只看最终结果，只看到了残忍和暴力。但其实，这些恐怖的罪行都是犯人之前的经历引发的自然结果。"

"你又看到了些什么呢？"

"在此前的人生里，他们经历过的事情。"

"现在你又要跟我扯什么'他们所做的一切都是因为不幸的童年'。"

"你了解过沃伦的童年吗？"

里佐利能感觉到血压飙升。她一点儿也不想谈论霍伊特，不想知道他执念的祸根因何而来。"死在他手上的被害人根本不在乎他的童年，我也一样。"

"那你都知道些什么？"

"据我所知，他的童年十分正常。我知道有些人的童年惨得多，但没人像他这样去砍女人发泄。"

"正常。"奥唐纳似乎觉得这个词很好笑。她转头看向迪恩,这还是他们坐下来之后她第一次正视他。"迪恩探员,不如就由你来给我们说明一下'正常'的定义吧。"

两人目光相接,旧恨新仇一触即发。但不管迪恩此刻的心情如何,他的声音中都没有泄露分毫。他平静地开口道:"提问的是里佐利警探。我建议你还是好好回答问题,医生。"

迪恩并没有顺势抓住对话的主动权,这让里佐利有些惊讶。迪恩给她的印象是惯于发号施令的,这次他却将主导权让给了她,自己只做一位旁观者。

是她没能掌控自己的愤怒,让个人情绪分散了谈话的重点,现在是时候收回她的掌控力了。为此,她一定要克制住自己,冷静而有条理地继续接下来的问话。

里佐利问道:"你们是什么时候开始通信的?"

奥唐纳表情未变,一脸公事公办的冷漠:"大概三个月之前。"

"你为什么会给他写信?"

"等一下。"奥唐纳故作惊讶地大笑道,"你们搞错了,主动发起通信的并不是我。"

"你的意思是,霍伊特先写信给你?"

"是的,他先写给我的。他听说了我关于暴力精神病理学方面的工作,知道我在其他案件庭审中做过辩方证人。"

"他想要你帮忙?"

"不。他知道他的审判结果已经无法改变了,尤其是过了这么久之后,但他认为我应该会对他的故事感兴趣。他想得没错。"

"为什么?"

"你是在问我为什么感兴趣吗?"

"为什么要浪费时间给霍伊特这样的人写信?"

"因为他恰好是我想要进一步了解的那类人。"

"已经有七八个心理医生跟他聊过了。他一点儿问题都没有,除了喜欢虐杀女人,他毫无异常。他喜欢把女人绑起来,然后给她们开膛破肚,扮演'外科医生'让他兴奋。只不过他做这一切的时候,被害人还是清醒的,眼睁睁地看着他对自己痛下杀手。"

"但你还认为他很正常。"

"他没有丧失理智。他知道自己在做什么,而且很享受那个过程。"

"所以你认为他就是天性本恶。"

"我只能用这个词来形容他。"里佐利说道。

奥唐纳审视着里佐利,锐利的目光似乎能穿透一切。她都看到了些什么?她受过的那些心理学训练是不是足以让她透过一个人伪装的面具,直接看到内里血肉模糊的创伤?

奥唐纳突然站起了身。"为什么不到我的办公室呢?"她说道,"有些东西应该让你亲眼看看。"

里佐利和迪恩也站起了身,跟着她穿过走廊。三人走在铺满长廊的酒红色地毯上,没有发出任何脚步声。奥唐纳带领两人来到了另一个房间,这里与富丽堂皇的会客厅形成了强烈的反差,是奥唐纳专门用来办公的地方。墙面是整洁的白色,装有书架,上面摆放着各类书籍,还有常见的金属文件柜。里佐利一边打量着房间,一边想着:不管是谁,只要一走进来,就会立刻被影响,进入工作模式。这种影响显然对奥唐纳也起了作用。她径直走到办公桌前,抓起一个装有 X 光片的信封,将胶片拿出,挂在墙上的灯箱上。夹好胶片后,她打开了灯箱的开关。

灯箱亮起,光线穿透胶片,显示出一个人类的大脑。

"这是正面X光片。"奥唐纳说,"来自一个建筑工人,二十八岁的白人男性。据亲人和朋友描述,他一直是个守法公民,还是个好丈夫和一个六岁女儿的慈父。而后有一天,他在施工现场受了伤,一根横梁撞到了他的头。"她看着两位来访者,"迪恩探员或许已经看出什么了。你呢,警探?"

里佐利靠近灯箱。她对X光片没什么研究,只能从整体上认出胶片中的形状:圆顶状的头盖骨、两个空洞的眼窝,还有尖桩栅栏一样的牙齿。

"现在我把侧面图放出来。"奥唐纳说着,将另一张X光片放到了灯箱上,"现在看到了吗?"

在第二张胶片中,里佐利看到了细小的蜘蛛网一样的裂痕,从头盖骨向后呈放射状延伸。她伸手指向那些裂痕。

奥唐纳点了点头:"人们把他送到急诊室的时候,他一直昏迷不醒。电脑断层扫描显示,他颅内出血,硬脑膜下聚集了一个很大的血肿块,压迫着脑额叶。瘀血最终被手术抽取,他也渐渐痊愈,或者说,他表现得像是已经痊愈了。之后他就出院回家,后来又回到了工地。但他像是变了一个人,经常在工作中发脾气胡闹,最后被开除。他还开始猥亵自己的女儿。和妻子的一次争吵后,他把她活活打死了,手法极其残暴,死者的尸体严重毁坏,已经无法辨认。他的暴行一旦开始便停不下来了,就算他的妻子已经被打落了满口的牙齿,头部只剩下牙髓和碎骨。"

"你是在说,这都是这些裂缝造成的?"里佐利说着,指了指胶片中受损的头骨。

"是的。"

"呵,饶了我吧。"

"看看这个胶片,警探。看到这个损伤出现在哪里了吗?想想这个损伤的正下方是什么部位。"她转头看向迪恩。

他面无表情地回视她。"前额叶。"

一丝难以察觉的笑意爬上了奥唐纳的唇角。显然，她很开心能够借机与宿敌一战。

里佐利开口道："这个 X 光片能说明什么？"

"此人的辩护律师联系了我，要我给他的当事人做精神评估。我用了威斯康星卡片分类测验，还有霍尔斯特德－瑞坦神经心理成套测验中的范畴测试法。除此以外，我还申请给他做了核磁共振，扫描他的大脑。所有检测都得出了同样的结果：他的双侧脑额叶严重受损。"

"但你之前说，他的伤已经完全康复了。"

"他表现得像是已经康复了。"

"那他的大脑到底有没有受伤？"

"即便脑额叶出现严重损伤，你依然可以走路、说话，继续日常生活。就算让你和一个做了额叶切除手术的人面对面聊天，你也可能无法看出这人有任何异样。但事实上，他的大脑绝对受到了损伤。"奥唐纳指着胶片，"这种损伤叫额叶抑制解除综合征。额叶会影响我们的预见力和判断力，还有抑制不当行为的控制力。如果这里遭到损伤，人就会变得不受公序良俗的约束，做出各种不当行为，且不会感受到任何愧疚或压力。你会无法抑制自己的暴力冲动。在极端愤怒的瞬间想要狠狠反击的冲动我们每个人都有，堵车的时候看到有人插队，我们都会恨不得直接撞上去。我相信你知道这种感觉，警探，那种愤怒到想要伤害别人的感觉。"

里佐利什么话也没说，因为奥唐纳说的是事实。

"社会上普遍认为，暴力行为是邪恶或不道德的。我们一直被教育说，我们对自己的行为有着绝对的控制权，每个人都有自由意志，可以选择不去伤害他人。但控制我们的不只是道德，还有生物本能。大脑额叶帮助我们整合思想和行动，权衡各种行为的后果。如果失去这种控制，我们就会屈服于每一次狂野的冲动。这就是发生在这个男人身上的情况——他失去了控制自己行为的能力。他对女儿有性冲动，所以猥亵了她；他的妻子惹他生气，他就把她打死了。时不时地，我们都会有一些令人不安或不恰当的想法，虽然这些想法转瞬即逝。比如我们看到一个有魅力的陌生人时，性冲动就会在脑海里闪过，但也仅此而已——只是一个想法。可如果我们屈服于这种冲动呢？如果我们不能阻止自己呢？这种性冲动就会导致强奸，甚至更糟。"

"这就是他的狡辩之词？'我的大脑让我做的'？"

奥唐纳的眼睛里闪过一丝恼怒。"额叶抑制解除综合征是被神经学家广泛接受的诊断。"

"是啊，法庭也接受吗？"

回应她的是一段冰冷的沉默。"我们的司法体系还在沿用十九世纪对精神健康的评估标准，法庭对神经学仍然十分无知。这个男人现在是俄克拉荷马州的死刑犯。"奥唐纳一脸严肃地将胶片从灯箱上扯下，装回信封里。

"这和沃伦·霍伊特又有什么关系？"

奥唐纳来到办公桌旁，拿起了另外一个装 X 光片的信封，从中又取出两张胶片，同样夹在了灯箱上。片子里是另外一副头骨，一张正面图，一张侧面图。那是一个孩子的头骨。

"这个男孩爬栅栏的时候摔下来了，"奥唐纳说，"脸朝下摔到了地上，头撞到了人行道的砖面。看这里，在这张正面图上，你能看见一条极小的裂纹，一直开裂到左眉骨上方的位置。这是骨头的裂痕。"

"看到了。"里佐利说。

"看一下患者的名字。"

里佐利看向片子边上小小的矩形，上面印着鉴定日期，还有让她僵住的一个名字。

"他受伤的时候才十岁，"奥唐纳说道，"一个普通又活泼的男孩，住在休斯敦的郊区，家境殷实。至少他的儿科病历和小学时期的记录是这么记载的。他是一个健康的孩子，智力在平均线以上，和其他人也相处得很好。"

"直到长大之后，他开始残害女性。"

"确实，但沃伦为什么会开始杀人？"奥唐纳指着胶片说，"这次受伤可能是一个因素。"

"喂，我七岁的时候从攀爬架上掉下来过，脑袋砸在了栏杆上，但我从没跑到大街上给人开膛破肚。"

"但你确实是在追捕别人，和他一样。事实上，你们都是专业的猎人。"

怒火将里佐利的脸庞烧得通红。"你怎么能把我和他相提并论？"

"我没有，警探。但考虑到你现在的感受，你应该很想扇我一巴掌，对吧？所以是什么阻止了你这么做？是什么约束着你的行为？是道德吗？礼仪？或是纯粹的理智在告诫你，这么做会有一定的后果？你知道自己会被捕？这些因素结合起来，制止了你攻击我的行为，而这整个过程都在你的脑额叶进行。多亏了这些健全的神经，你才得以控制住破坏一切的冲动。"奥唐纳停顿了一下，用一副了然的神情补充道，"大部分时间是控制住了。"

最后这句话像一支利箭，正中靶心。那正是她的软肋所在。

仅仅一年前，在"外科医生"案件调查过程中，里佐利犯下了可怕的错误，让她悔恨终身。在一次追捕中，她头脑发热，射杀了一个手无寸铁的男人。她再次看向奥唐纳，在这个女人的眼中看到了一丝得逞后的心满意足。

迪恩打破了沉默："你说霍伊特主动联系了你，他这么做的目的是什么？他想要得到什么？关注？同情？"

"纯粹的人类之间的理解不行吗？"奥唐纳说道。

"他只是想从你身上得到理解吗？仅此而已？"

"沃伦也在寻求答案，他不知道是什么促使他展开杀戮。他知道自己和别人不同，并且想知道为什么。"

"他是这样告诉你的？"

奥唐纳走到桌前，拿起了一个文件夹。"他的信都在这里，还有我们的采访录像。"

"你去了苏萨－巴拉诺维斯基惩戒中心？"

"是的。"

"是谁的提议？"

奥唐纳犹豫了片刻。"我们都觉得这样做会比较有帮助。"

"但是谁出的主意，希望你们能够见面？"

里佐利代替奥唐纳回答了这个问题："是他，对吧？是霍伊特提出了见面的请求。"

"虽然建议是他提出来的，但我们都想见面。"

"你完全不知道他叫你过去的真正目的，"里佐利说道，"对吗？"

"我们必须得见上一面。如果不面对面地看到患者，我无法做出评估。"

"那在你们面对面的时候，你觉得他在想什么？"

奥唐纳表情不屑地说:"难不成你知道?"

"是啊,我完全清楚'外科医生'的脑子里在想什么。"里佐利冷静了下来,说出的话冰冷而无情,"他叫你过去见他,因为他想看看你是什么斤两。他对女人向来如此,一脸温柔地笑着,轻声细语地讲话。和他的学校记录一致,不是吗?'有礼貌的男孩。'老师们都这么说。我敢打赌,你见到他的时候,他表现得十分得体,文质彬彬,是不是?"

"是的,他——"

"就像一个正常的、和善的男人。"

"警探,我没有天真到以为他是个正常人,但他确实很好沟通,很配合,并且为自己的行动感到困惑。他想知道促使他做出那些行为的原因是什么。"

"所以你告诉他,这都是因为他小时候摔坏了脑袋。"

"我告诉他,头部的创伤可能是原因之一。"

"他听你这么说一定很高兴吧,终于为自己的所作所为找到了借口。"

"我只是诚实地讲出我的看法。"

"你知道还有什么让他高兴吗?"

"什么?"

"和你同处一室。你们确实坐在同一个房间里,对吧?"

"我们在访客室见的面,房间里到处都是监控。"

"但是你们之间一点儿隔断都没有。没有防护窗,也没有树脂玻璃。"

"自始至终,他都没有威胁到我的安全。"

"他可以倾过身子靠近你,细细研究你头发的纹理,闻到你皮肤上散发的气味。他特别喜欢闻女人的味道,那让他兴奋。最让他情难自禁的是恐惧的味道。狗可以闻到恐惧,你知道吗?当我们害怕的时候,我们会散发一种动物可以闻到的荷尔蒙。沃伦·霍伊特和其他的掠食者一样,他可以闻到恐惧或是软弱的味道,这能滋养他的幻想。而我完全想象得到,和你同处一室,相对而坐的时候,他都在幻想些什么。我见过那些幻想演变成了什么。"

奥唐纳想要大笑却又笑不出来。"你若是想要吓唬我——"

"你的脖子很漂亮,奥唐纳医生。我想这就是人们说的天鹅颈吧。他肯定也注意到了。你有没有发现,哪怕一次,他盯着你的喉咙?"

"哦,拜托。"

"他的目光有没有时不时地向下看过?你也许以为他在看你的胸,像其他男人一样。但他不同,他对女人的胸部似乎不怎么感兴趣,吸引他的是喉咙。女人的喉咙在他眼里就像是甜点。肢解了她们之后,他便迫不及待地切开它。"

奥唐纳涨红了脸,转头看向迪恩。"你的搭档太过分了。"

"并没有,"迪恩轻声说,"我觉得里佐利警探说得完全正确。"

"这简直是恐吓!"

里佐利笑了:"你曾和沃伦·霍伊特同处一室,那时候却没有感觉被恐吓?"

奥唐纳冷冷地瞪了她一眼:"那是一次面诊。"

"那是你以为的,但在他看来可完全是另外一回事。"里佐利走向她,无声的动作中带着一种挑衅。奥唐纳察觉到了,然而即便她个头更高,地位更占优势,却没有与里佐利匹敌的无畏的凶狠。面对里佐利的言语攻势,她的脸更红了。

"你刚才说过,他文质彬彬,好沟通,特别配合。嗯,当然了,他已经得到他想要的了:一个女人,和他坐在同一个房间。一个女人坐在他触手可及的地方,让他欲火焚身。只不过他将这一切都藏得好好的,他相当擅长这个。即便心里想着要把你大卸八块,他也能神色如常地与你谈笑风生。"

"你疯了。"奥唐纳说。

"你以为我是在吓唬你?"

"这不是很明显吗?"

"你真正应该害怕的是这个:沃伦·霍伊特闻过你的味道了。他被你挑起了兴趣,而现在,他逃出来了,再次开始狩猎。你猜怎么着?他从来不会忘记一个女人的味道。"

奥唐纳瞪着她,眼里终于聚集了恐惧。里佐利忍不住从她的恐惧中汲取了一丝心满意足的痛快。她想让奥唐纳也品尝一下过去这一年中自己感受过的滋味。

"尽快习惯害怕的感觉吧,"里佐利说道,"你别无他法。"

"像他这样的人我也不是没有见过。"奥唐纳说,"我知道什么时候该害怕。"

"霍伊特和你之前遇到的任何人都不一样。"

奥唐纳大笑起来,她虚张声势的傲慢又回来了。"他们都很不一样,每一个都独一无二。但我从来不会拒绝伸出援手。"

17

亲爱的奥唐纳医生：

　　您问起了我童年的记忆。我听说，很少有人记得三岁之前的事情，因为尚未成熟的大脑还没有开发出处理语言的能力，而我们需要语言来解释婴儿时期的所见所闻。不管人们如何解释这段童年时期的记忆缺失，似乎于我并不适用，因为我记得自己童年时期的所有细节，我的记忆可以清晰地追溯到我十一个月大的时候。毫无疑问，您会以为这些是我编造的记忆，或是基于从父母那里听来的故事，添砖加瓦，杜撰而成。但我可以向您保证，这些记忆都是真实的，如果我的双亲在世，他们也会告诉你，我的回忆准确无误。虽然从我记忆中的画面来看，我的家人并不大会谈起这些事。

　　我记得自己的婴儿床，木条漆成白色，栏杆上布满了我长牙时留下的牙印。床上有一条蓝色的毯子，上面印着一些小动物，好像是鸟、蜜蜂或是小熊。在婴儿床上方，是一个飞得很高的奇妙的东西，现在我知道那是旋转床铃，但在当时，我只觉得万分神奇。那东西闪闪发光，一直在动。后来父亲告诉我，那是星星、月亮还有其他的星球。他会在婴儿床上挂这些也很正常，毕竟他是一名航空航天工程师。他相信，只要给发育中的大脑相应的刺激，不管是床铃、记忆卡还是他背诵乘法口诀的录音,便可以将任何一个普通的小孩变成天才。

我的数学一直很好。

但我想您应该对这个不感兴趣。是啊,您在寻找更黑暗的东西,不是我的白色婴儿床,也不是我的床铃。您想知道,我为什么会变成今天这个样子。

那么我应该要和您讲讲梅里亚德·多诺霍的事。

几年之后我才知道她的名字,那时我对一个阿姨说起早前的记忆,她说:"哦,你居然还记得梅里亚德·多诺霍啊?"是的,我记得她。每当我回忆起幼儿时的画面,我脑中出现的并不是母亲的脸,而是梅里亚德在婴儿床上方俯视着我。白皙的皮肤被一颗痣破坏了美感,那颗痣像一只苍蝇,落在她的脸颊上。她绿色的眼睛美丽而冷酷,还有那微笑——即便幼小如我,也能看到大人看不到的东西——她的微笑里藏着怨恨。她讨厌雇用她的这户人家,讨厌尿布的臭味,讨厌我饥饿的哭声,因为会吵到她的睡眠。她讨厌当下的状况,让她不得不背井离乡,来到炎热的得克萨斯,这里与她的家乡爱尔兰如此不同。

最重要的是,她讨厌我。

她曾多次无声而隐秘地表明了这一点。她从不在我身上留下任何虐待的痕迹。没错,当然不会,她太聪明了。相反,她的怨恨都变成了一阵阵愤怒的耳语。每当她俯身凑到我的婴儿床边时,蛇吐信子似的嘶嘶声就会响起。我听不懂那些话,但我听得懂那些声音里的怨毒,看得懂她细长双眼中的愤怒。她从不会忽略我的生理需求,我的尿布一直都是干净的,我的奶瓶也一直是温热的。但我总是会被偷偷地掐上一下，皮肤被拧起，或是酒精进入尿道，引起火辣辣的刺痛。感受到痛苦，我自然会哭叫，但我的身上从来不会留下任何瘀青或是疤痕。她还对我的父母说，我天生便有些神经质。所以在人们眼中，梅里亚德是如此辛苦，要照顾这么一个爱哭闹的孩子！多亏了她，我的母亲才能出去工作。母亲身上有着香水味和奶味。

所以这就是我的记忆：突如其来的阵阵痛楚，我自己的尖叫声，还有在我上方的梅里亚德白皙的喉咙——她每次探身过来掐我一把，或是戳我一下时，我都会看到。

我不知道像我那么小的孩子有没有憎恨这种情感。我想我那时更多的感受是疑惑，我不懂自己为什么会遭受这样的惩罚。因为无法理解，我只能将原因和结果联系到了一起。所以即便是在那个时候，我就已经知道了，我痛苦的根源是一个有着冰冷双眼和白皙脖颈的女人。

里佐利坐在桌前，盯着沃伦·霍伊特一丝不苟的笔迹：两端对齐，书写紧凑，字迹小巧，每一行字都排列得整整齐齐，形成一条笔直的线。这封信虽然是用墨水写成的，但是全篇没有任何涂改，每句话都在他下笔之前就已经组织好了。她想象着霍伊特俯身凑近这张纸，修长的手指握住圆珠笔，皮肤在纸上抚过。就在这一瞬间，她突然觉得自己迫切地需要把手洗干净。

于是她来到卫生间，用肥皂和水清洗双手，试图将沃伦·霍伊特的气息彻底清除，一丝一毫都不能留下。但即使在擦干双手之后，她依旧觉得自己被弄脏了。他信上的字句像毒药一般渗透到了她的皮肤里，而接下来还有很多信件要读，还有更多的毒液要侵入她的身体。

一阵敲门声响起,她僵住了。

"简?你在里面吗?"是迪恩。

"在。"她喊道。

"我在会议室里准备好播放录像了。"

"我马上过去。"

里佐利看了一眼镜子,对于镜中自己的模样并不满意,那双疲惫的双眼毫无自信。不能让他看到你这个样子,她想。

她打开水龙头,捧起冷水洗了把脸,然后再用纸巾擦干。站直身体后,她深吸了一口气,看着镜中人此刻的样子。好多了,她想着,永远不要让他们看到你的软弱。

她走进会议室,朝迪恩点了点头。"好了。准备好了吗?"

迪恩已经将显示屏连接好,放映机也接好了电源。录影带是从奥唐纳那里拿来的,装在一个牛皮纸信封中,他将录影带拿了出来,说:"上面标注的日期是八月七日。"

就在三周前。她想着,对这份资料距今如此之近感到不安。

里佐利在会议桌旁坐下,准备好了记录用的笔和本子。"开始吧。"

迪恩将录影带推进去,按下了播放键。

画面中出现的第一个人是梳妆整齐的奥唐纳,她正站在白色的煤渣砖墙前,身穿蓝色的针织套装,十分优雅,与她所处的场景有些格格不入。"今天是八月七日。我现在身处马萨诸塞州雪莉镇,苏萨-巴拉诺维斯基惩戒中心,此次的访谈对象是沃伦·D.霍伊特。"

屏幕变得一片漆黑,随后再次亮起,出现了新的画面。那是一张令里佐利无比厌恶的脸,她整个人不受控制地向后靠去。在别人眼里,霍伊特的长相平平无奇,过目即忘。一头浅棕色的头发梳得整整齐齐，皮肤因为长久的监禁而变得苍白，蓝色囚服松松垮垮地套在他偏瘦的身躯上。平日里，人们都说他为人和善，彬彬有礼。的确，此刻出现在录像带中的年轻人就是这样，温良无害。

他的目光从镜头上移开，看向了画面外的某个地方。他们听到了椅子挪动的声响，接着是奥唐纳的声音："你还好吗，沃伦？"

"我很好。"

"那我们开始吧？"

"随时可以，奥唐纳医生。"他微笑道，"我哪里也去不了。"

"好的。"奥唐纳的椅子发出一阵响动，她清了清嗓子，"在你写给我的信里，你已经讲了很多关于你的家庭和童年的事情。"

"我想要全部告诉您，不要有遗漏。这样有助于您更全面地了解我。"

"是的，谢谢你的配合。我很少碰见像你这样健谈的采访对象，至少没有人会像你这样分析自己的行为。"

他耸了耸肩："嗯，您应该知道那句话吧，'未经审视的人生不值得度过'。"

"但有时候，我们会过度自省。这是一种防御机制，以求知为手段，将自己的原始感受剥离出来。"

霍伊特停顿了一下，然后轻声嘲弄地说道："您想让我说说自己的感受？"

"是的。"

"有什么特别的要求吗？哪种感受？"

"我想知道是什么让你去杀人，是什么样的情感让你诉诸暴力。我想知道你杀害另一个人的时候在想什么，有什么感受。"

他什么也没说，只是思考着这个问题。"没办法简单地描述。"

"试试看。"

"为了科学？"他的声音里再次流露出嘲弄。

"是的，为了科学。你有什么感受？"

长久的沉默后，他说："愉悦。"

"所以你感觉很好？"

"对。"

"具体形容一下。"

"您真的想知道吗？"

"这是我调研的核心问题，沃伦，并不是出于猎奇心理。我想知道你在杀人的时候都经历了什么，你是否有头痛等神经异常的症状，是否闻到了奇怪的气味。"

"血腥味倒是真的不错。"他停住了，又说，"哦，我好像吓到您了。"

"继续。讲讲血吧。"

"我之前的工作就是和血液有关的，您知道。"

"是的，我知道。你曾是实验室的技术人员。"

"在人们眼中，血液就是血管中循环的红色液体，像是机油。但实际上血液十分复杂，有个体差异，每个人的血液都很独特，就像每次杀人一样。但是如果都很特别，也就没什么特别的了，所以我无法具体描述。"

"但每次杀戮都让你愉悦吗？"

"有的体验会更好。"

"那就跟我说说，这其中对你来说最与众不同的体验，最难忘的事件。有吗？"

他点了点头:"确实有一个,我总会想起来。"

"其他的就不会?"

"是的,这一个一直在我脑子里转。"

"为什么?"

"因为我没做完,还没来得及享用,就像隔靴搔痒。"

"听上去也不过如此。"

"是吗?但随着时间一点点过去,最微小的瘙痒也会开始拉扯你的注意。它一直在那里,刺痛你的皮肤,像是另一种折磨。您知道吧,就像是有人在挠你的脚心。虽然一开始没什么危害,但是天长日久,一直如此,从不停歇,渐渐地就会变成最残忍的折磨。我记得我在信中写过,我对人类历史上的酷刑都略知一二,那些制造痛苦的艺术。"

"没错。你确实写信告诉过我,你对这些话题的,嗯,兴趣。"

"自古以来,所有的施虐者都明白一点:即便是最微小的不适,也会随着时间的推移变得难以忍受。"

"你刚刚提到的瘙痒也变得难以忍受了?"

"那些未能实现的想法,没能得到的欢愉,让我夜不能寐。我做任何事都一丝不苟、有始有终,所以这件事让我很难受。我一直在想它,那些画面总在我脑海里徘徊不去。"

"描述一下你会看到什么,感受到什么。"

"我能看到她。她很特别,和其他人完全不一样。"

"为什么这么说?"

"她厌恶我。"

"其他人不会吗?"

"其他人被我剥光了之后都会怕我,全都屈服了,但只有她没有,她还在反抗我。只要伸手抚摸她,我就能感觉到。即便她知道我打败她了,她还是没有放弃,甚至会气得浑身发抖。"他倾过身体,好像要说出自己最隐秘的想法。他的目光不再看向奥唐纳,而是看向镜头,仿佛透过镜头直接盯着里佐利。"我能感受到她的愤怒。"他说道,"只要触摸她的皮肤,我就能吸收到那种愤怒。那就像是白色的火焰,流动的,危险的,巨大的能量。我从来没有感觉如此强大过,我好想再体验一次。"

"这会激起你的性欲吗?"

"是的。我很想念她的脖子。她的脖子很漂亮,非常纤细,还很白。"

"还会想起什么?"

"我想脱掉她的衣服。她的胸部坚实又挺拔,还有她的小腹,漂亮、平坦的小腹……"

"那么你这些关于科德尔医生的幻想都是性幻想吗?"

他顿住了,眨了眨眼,似乎有些恍惚。"科德尔医生?"

"我们刚刚说的就是她,不是吗?那个你没能得手的被害人,凯瑟琳·科德尔。"

"哦,我也很想念她,但我刚刚说的那个不是她。"

"那又是谁?"

"另外一个。"他盯着镜头,带着专注的渴望,里佐利甚至能感受到那种热烈。

"你是说抓到你的那个吗?你幻想的女人是她?"

"是的。她的名字是——简·里佐利。"

18

迪恩站起身，按下了放映机上的停止键，屏幕变成一片空白。沃伦·霍伊特最后那几句话在沉默中不断回响。在他的幻想里，里佐利被脱光了衣服，剥夺了尊严，渺小而不堪，被贬低到只剩下几个身体部位——脖子、胸部和小腹。她很好奇，现在迪恩也是这样看待她的吗？那些霍伊特描述的色情画面是否也印入了迪恩的脑海？

迪恩转过头看向她。里佐利从来都读不懂他的表情，但这一刻，他眼中的愤怒是不容置疑的。

"你明白的，对吧？"他说道，"你注定会看到这盘录影带，一切都不是偶然。他撒下面包屑，铺好了路，就为引你上钩。印着奥唐纳回信地址的信封会把你引向她本人和那些他写的信，最后是这盘录影带。他知道你最终一定会看到这些的。"

里佐利盯着屏幕上的空白。"他是在和我对话。"

"没错，用奥唐纳作为媒介。访谈里，他对奥唐纳讲的那些话，实际上都是讲给你听的。他要告诉你他的那些幻想，恐吓你，羞辱你。听听他说的话。"迪恩按下倒带。

霍伊特的脸再次出现在屏幕中。"那些未能实现的想法，没能得到的欢愉，让我夜不能寐。我做任何事都一丝不苟、有始有终，所以这件事让我很难受。我一直在想它……"

迪恩按下停止键，然后看着她。"听到这些话，知道自己一直被他惦记着，你是什么感受？"

"你他妈的很清楚我是什么感受。"

"他也清楚，这就是他让你听到这些话的目的。"迪恩将录像快进，然后开始播放。

霍伊特热切地盯着那个他看不见的观众。"我想脱掉她的衣服。她的胸部坚实又挺拔，还有她的小腹，漂亮、平坦的小腹……"

再次停止播放，迪恩的目光让她脸红。

"你该不会，"她开口道，"想知道我听到这话是什么感受。"

"赤裸？"

"对。"

"无助？"

"对。"

"受伤？"

她哽咽了一下，看向一旁，轻声说："对。"

"这正是他想让你感受到的。你之前对我说，他容易被受伤的女人吸引，那些被侵犯过的女人最能引起他的兴趣。这就是他现在要对你做的，是他想让你感受到的。不过是几句录像带里留下来的话，就能把你变成他的被害人。"

里佐利的目光立刻对上了迪恩的。"不，"她说道，"不是被害人。你知道我现在真实的想法是什么吗？"

"什么？"

"我想把那个狗杂种撕成碎片。"这完全是她虚张声势给出的答案，但一字一句，掷地有声。迪恩被吓了一跳，皱着眉头，沉默地看着她。他看透她伪装的坚强了吗？听到她声音里的虚无了吗?"

她硬着头皮继续,不让他看穿自己武装的假象:"你是在说,早在那个时候,我就注定会看到这个,是吗?这盘录影带就是他录给我看的?"

"在你看来难道不是这样吗?"

"在我看来他和其他疯子没什么两样,走火入魔罢了。"

"他不是随便哪个不知名的疯子,他说的也不是一个随机的被害人。他在说你,简,他在说他想要对你做的事情。"

神经末梢传来了警报。迪恩又开始把整件事都说成是针对她的个人恩怨了,似乎一切都是为她准备的。他就这么喜欢看她方寸大乱吗?除了不断恐吓她,加深她的恐惧,他还有别的目的吗?

"摄像机架好的时候,他就已经开始了越狱计划。"迪恩说道,"你要记得,是他主动联系了奥唐纳。他知道奥唐纳肯定会去访问他,那是她无法拒绝的邀请。她就是一个传声筒,录下了他说的一切,他想让别人听到的一切,尤其是你。然后,他安排了一系列事件,直到现在这一刻,让你亲眼看到这盘录影带。"

"真有人这么聪明吗?"

"霍伊特难道不是吗?"他问道,仿佛又射出了一箭,再次正中靶心。他说出了显而易见的事情。

"他在监狱里待了整整一年,有一年的时间去丰富那些幻想。"迪恩说道,"都是关于你的幻想。"

"不,他想要的是科德尔,一直都是科德尔——"

"他对奥唐纳可不是这么说的。"

"那他就是在说谎。"

"为什么?"

"为了恐吓我，扰乱我——"

"那么你其实也承认了，这盘录影带注定是要送到你手里的，是他专门留给你的信息。"

里佐利看着空白的屏幕，仿佛霍伊特那张阴魂不散的脸还在那里，紧紧地盯着她。他所做的这一切都是为了打乱她的阵脚，扰乱她的心绪。他对科德尔痛下杀手之前，也做了同样的事情。他就是要让她们在惊恐中耗尽力气，在疲乏不安中精神崩溃，然后在她们被恐惧折磨得快要疯掉时，再出手夺取他的猎物。她再也无法反驳，无力抗辩，因为一切已经如此显而易见，迪恩说得很对。

他在桌子对面坐了下来。"我想你应该退出案件调查。"

里佐利难以置信地瞪着他："退出？"

"案件已经涉及个人恩怨了。"

"我和凶手之间，从来都是个人恩怨。"

"这不一样。他想让你留在案子里，这样他就能继续玩这些小把戏，把自己渗透进你生活的方方面面。作为调查组的负责人，你一直暴露在外，也极容易接近，在狩猎中处于劣势。而现在，他一旦开始犯罪，都会为你专门布置犯罪现场，以便和你交流。"

"那我更应该留下来。"

"不，你更应该退出。我们需要拉开你和霍伊特之间的距离。"

"我从来都不会临阵脱逃，迪恩探员。"里佐利争辩道。

沉默片刻后，他干巴巴地说："我猜也是，你永远不会。"

此刻主动出击的人变成了她，一副挑衅的姿态："你到底是看我哪里不顺眼？从一开始你就针对我，还背着我去找了马凯特。你质疑我——"

"我从未质疑过你的能力。"

"那你在质疑什么?"

面对她的愤怒,迪恩的声音格外冷静而理智。"想想我们这次要对付的人。你曾经打败过他,他被捕都因为你,他还在幻想着要对你为所欲为。而这一年来,你也一直试图忘记他做过的事。他极度渴望能和你再度交手,简。他所做的这一切铺垫,都是为了把你引到他设定好的位置,那太危险了。"

"你真的是在担心我的安危吗?"

"你是在暗示我有别的目的吗?"他问。

"我不知道,我还没搞清楚你这个人。"

他站起来,走向放映机,取出录影带,重新装进信封里。他在拖延时间,想要编造出一个经得起推敲的回答。

再次坐下后,迪恩看向她。"事实上,"他开口道,"我也没看懂你是什么样的人。"

里佐利笑了:"我?就和你看到的一样。"

"你让我看到的只是一个警察。但是简·里佐利作为一个女性是什么样的?"

"都是一样的。"

"你很清楚这不是真的,你只是从来没让别人见到过警察这个身份以外的你。"

"我应该让他们看到什么?我缺了一条珍贵的Y染色体?我的警察身份就是我唯一希望他们能看到的。"

迪恩探身过来,近得已经侵占了她的私人领域。"现在的问题在于,你已经成了一个显眼的活靶子。凶手早就知道要怎样击垮你,怎样接近你,而你当时甚至都不知道他就在你身后。"

"不会有第二次了。"

"你确定吗?"

他们盯着彼此,毫不退让,靠得如此之近,像是一对爱侣。一种炙热的渴望突然出现,让她猝不及防,觉得既甜蜜又痛苦。她猛地退后,脸颊发烫。即便拉开了安全距离,再次与他目光相接,她依旧觉得有些难为情。她本就不擅长隐藏自己的情绪,每次遇上男女之间的暗潮汹涌或是欲说还休的口是心非,她都会觉得局促不安。她努力保持表面的镇定,却无法在对上他的目光时隐去眼中昭然若揭的羞涩。

"你明白肯定会有第二次的。"他说,"这次不仅是霍伊特了,他们有两个人。你感到害怕才是正常的。"

她低头看着装有录影带的信封,那是霍伊特想让她看到的东西。游戏才刚刚开始,霍伊特已经占了优势,的确,她怕得要死。

她沉默地收起自己的笔记。

"简?"

"我听到了。"

"但对你来说毫无影响,对吗?"

里佐利看着他:"你知道吗?我过街的时候可能被大巴车撞到,坐在办公桌前可能中风倒地,但我不会去想这些,不会让这些事扰乱我。我确实差一点儿就被压垮了,光是那些噩梦就足以让我崩溃,但我重新站起来了,或者可能已经变得麻木了,再也感觉不到任何情绪。所以,我最好还是一步一步地向前走。只有这样才能熬过去,继续向前。所有人都是。"

传呼机恰在此时响了起来,她感到一丝如释重负,终于有理由不再和迪恩对视。她低头查看传呼机,拿出手机拨打电话,能够感受到迪恩的目光一路追随她走到会议室。

"毛发和纤维化验室,沃尔奇科。"一个声音回应道。

"我是里佐利,你找我?"

"是那些尼龙纤维,从盖尔·耶格尔皮肤上取下来的那些。我们在卡伦娜·根特的皮肤上发现了同样的纤维。"

"所以他是用同一块布料包裹了两名死者,这不算什么惊喜。"

"哦,但我确实有个给你准备的小惊喜。"

"什么惊喜?"

"我知道他用的是什么布料了。"

埃琳指着显微镜说:"载玻片都给你们准备好了,看看吧。"

里佐利和迪恩面对面坐在一起,眼睛贴在目镜上。他们看到了相同的东西:两根纤维,并排摆在一起。

"左边是从盖尔·耶格尔身上取下来的,右边则来自卡伦娜·根特。"埃琳跟两人解释道,然后又问,"你们怎么看?"

"看起来是一样的。"里佐利回答。

"确实一样,都是杜邦尼龙66,纤度为三十旦,极细。"埃琳拿出一个文件夹,从中抽出两张图表,放在工作台上,"这还是两张ATR光谱。一号是耶格尔的,二号是根特的。"她看了迪恩一眼,"你知道ATR吧,迪恩探员?也就是衰减全反射。"

"是一种红外线模式,对吧?"

"没错。我们用它来分析纤维的表面涂层和纤维本身,检测布料有没有做过化学处理。"

"这个纤维有吗?"

"有的,树脂硅胶涂层。上周我和里佐利警探讨论了一下这种涂层可能会应用在哪里。我们当时不知道这种布料是用来做什么的,只知道它耐热,而且遮光性很好。这些纤维十分纤细,编织成布可以防水。"

"我们猜想可能是帐篷布或是防水布。"里佐利说道。

"加上硅胶涂层之后会有什么效果?"迪恩问。

"防静电。"埃琳回答道,"还能增加韧性,防止撕裂,防水。另外,涂层还能将这种织物的孔隙率降至几乎为零,换句话说,空气无法穿透它。"埃琳看着里佐利,"猜猜它是什么?"

"你不是早就知道答案了?"

"我也找了一些外援,从康涅狄格州州立警察实验室那里得到了帮助。"埃琳在工作台上又放下了一张图表,"这是他们今天下午传真过来的。康涅狄格的乡村发生过一起谋杀案,这是那起案子相关的 ATR 光谱图,检测的纤维是从犯罪嫌疑人的手套和羊毛外套上提取的。你们看看这个,再看看卡伦娜·根特那张。"

里佐利来回看着两张图表:"光谱图显示一致,这是同一种纤维。"

"没错,只有颜色不同。在我们的案件中,两种纤维都是蓝色的。康涅狄格州的谋杀案中发现的纤维有两种颜色,有些是霓虹橙,有些是明亮的石灰绿。"

"你是在开玩笑吧?"

"听起来很艳俗,是吧?但是除了颜色,康涅狄格州发现的纤维与我们这边发现的一模一样,都是杜邦尼龙66,三十旦纤度,织造后做了硅胶涂层处理。"

"说说康涅狄格州的那起案子吧。"迪恩说。

"最开始警方以为是跳伞事故,被害人的降落伞没能打开。

直到后来，警方在犯罪嫌疑人身上发现了这种橙色和绿色的纤维，案子才被定性为谋杀案。"

里佐利盯着 ATR 光谱图。"是降落伞。"

"正是。在康涅狄格州的谋杀案中，凶手在前一晚破坏了被害人的降落伞。这种 ATR 光谱图形是降落伞材质的特点——防撕裂，防水，不用的时候也很好整理，叠好收起来就行了。你们要找的凶手，就是用这个东西包裹了被害人的尸体。"

里佐利抬头看着她。"降落伞，"她说道，"完美的裹尸布。"

19

敞开的文件夹一个挨一个地在会议室的桌子上摊开，随处可见散落的文件纸，还有各式各样的犯罪现场照片，像光滑的瓦片一样摆在桌面上。尽管已经是电脑时代了，但只有寥寥几台笔记本电脑还通着电，屏幕发着光。在信息爆炸的时代，还是有很多警察喜欢纸笔记录带来的安慰，所以钢笔在黄色的便笺簿上沙沙地写着，声音一直未停。

里佐利将自己的笔记本电脑留在了办公桌上，她更喜欢在纸上写下潦草的笔记。这一页纸上密密麻麻写着许多单词，画着七拐八拐的箭头，还有表示强调突出某些内容的方框。虽然看上去乱糟糟的，但乱中有序，而且墨水能给她带来安全感。她将笔记翻到了新的一页，试着将注意力集中到朱克博士耳语般的声音上，不要被加布里埃尔·迪恩分心。他此刻就坐在她旁边，同样在记笔记，只是字迹要工整得多。里佐利的目光游移到了他的手上，握笔时手背上血管清晰可见，灰色西装的袖口露出一截白色的衬衫，笔挺而干净。

迪恩是在里佐利之后来的，选择坐在她的旁边，这是否说明了什么？不，里佐利，这只说明你旁边有一个空位而已。纠结这些没有意义，都是在浪费时间。里佐利有些心不在焉，她的注意力被分散到不同的方向，就连写下的词句都开始歪歪斜斜。会议室里除了迪恩，还有另外五个男人，但只有他吸引了她的注意。她现在认得出他的气味，即便混杂在其他各种须后水和香水中，她还是能认出他身上的气味，清爽而干净。里佐利从来不喷香水，但她周围的男人们都在用。

她低头看了看自己刚刚写下的笔记：

互利共生：对涉及的双方或多方均有益处的共生关系。

朱克博士以此描述沃伦·霍伊特与其搭档之间的关系。"外科医生"和"主宰者"，他们相互合作，组团狩猎，以腐肉为食。

"身边有同伴协助时，沃伦·霍伊特的危险性是最高的。"朱克医生说道，"他喜欢这种狩猎方式。他曾和安德鲁·卡普拉合作狩猎，直到卡普拉死亡。实际上，对他来说，第三方的参与是他完成杀戮仪式的必备要素。"

"但去年他一直是独自作案。"巴里·弗罗斯特说道，"那时候他还没有搭档。"

"某种意义上来说，他有。"朱克说道，"想想他在波士顿选择的那些被害人，全都是遭受过性侵害的女人——但不是被霍伊特，而是被其他男人。他就喜欢受过伤害的女人，被强暴过的女人。在他眼里，那些女人已经脏了，被玷污了，所以他能够接近。在霍伊特心底，他其实是害怕正常女性的，这种恐惧让他不举。只有在认为女人低他一等时，他才感觉自己能够掌控她们。和卡普拉一起作案时，他也是在卡普拉强暴了那些女人之后才开始动手。他觉得女人只要被强暴了，就是被象征性地摧毁了。只有在那之后，霍伊特才会拿起他的手术刀；只有在那之后，他才能在接下来的杀戮仪式中得到彻底的满足。"朱克说完，看了看会议室围坐的众人，大家都了然地点着头。这些细节，房间里的警察都是知道的。除了迪恩，他们都参与了去年"外科医生"案件的调查，对于沃伦·霍伊特的犯罪手法已经非常熟悉。

朱克打开桌上的另一个文件夹。"现在我们来说说第二位凶手，'主宰者'。他的杀戮仪式与沃伦·霍伊特几乎完全相同。他不害怕女人，也不害怕男人。实际上，他挑选的女性被害人都是有男性伴侣的，而且被害人的丈夫或男友都不是碰巧出现在犯罪现场。是的，'主宰者'似乎就是想要他们在场。他事先做好了对付他们的准备——先用电击枪制伏他们，然后用胶带捆绑，再把他们的姿势固定好，强迫他们看着接下来要发生的事情。'主宰者'不像常规案件里的凶手那样，喜欢直接把男人杀掉。他希望有人做观众，让别的男人见证他夺取战利品的过程，这让他感到兴奋和满足。"

"而沃伦·霍伊特会在旁观中感到兴奋和满足。"里佐利说道。

朱克点了点头。"正是如此。一个喜欢表演，另一个喜欢观看，完美的互利共生。这两个男人是天作之合，他们的渴望与对方的需求完美互补。只要他们在一起，就不会浪费任何一丁点儿资源，创造最高效的谋杀。他们能更好地控制住自己的猎物，将彼此的杀人技巧结合。沃伦·霍伊特还在监狱里的时候，'主宰者'就已经开始模仿霍伊特的技巧，借鉴'外科医生'的行凶手段了。"

是里佐利最先看出了这一点，但当时他们并不接受这一细节线索。也许他们忘了，但里佐利没有。

"我们知道，霍伊特在狱中的时候从大众那里收到过很多信件，甚至还有从监狱里寄来的。在这些人中，他挑选了一位崇拜者，培养他，也许还指导了他。"

"一个学徒。"里佐利轻声说道。

朱克看向她。"你用的这个词倒是很有趣。学徒，在导师的指导下习得某种技能或手艺的人。在本案中，特指狩猎技巧吧。"

"但哪一个才是学徒呢？"迪恩说道，"哪一位又是导师？"

迪恩的问题令里佐利感到不安。在过去这一年里，沃伦·霍伊特代表着她所能想象到的最邪恶的存在。在一个猎人横行的世界，没有人能比得上他。而现在，迪恩提出了一个她想都不愿意想的可能性："外科医生"不过是个助手，真正恐怖的另有其人。

"不管是什么关系，"朱克说道，"他们两个人在一起会比单独一个破坏性更强，更难对付。而作为一个团队，他们的作案手法也会发生相应的变化。"

"为什么这么说？"斯利珀问。

"在两人合作之前，'主宰者'选择的被害人都是情侣。他需要男性作为观众，观看他强奸。他希望有另一个男人在场，看着他夺取战利品。"

"但现在他有了一个搭档，"里佐利接话道，"一个可以在现场看他表演的男人，一个喜欢旁观的男人。"

朱克赞同地点了点头："霍伊特会成为'主宰者'幻想中极为关键的角色，一个观众。"

"这也就意味着，他下一次犯案时，也许不会再挑情侣下手了。"里佐利说道，"他会挑……"里佐利停下了，不愿将想法说出来。

但朱克就等着她说出答案，那个他早已得出的答案。他歪着头，清冷的双眼略带紧张地看着她。

迪恩说了出来："他们会选择独居的女人。"

朱克点了点头。"容易被制伏，容易被控制。不用担心其丈夫打扰，他们可以将所有的关注都放在女人身上。"

* * *

我的车。我的家。我。

里佐利把车停在了朝圣者医院的一个车位上，关掉了引擎。她没有立刻下车，而是将车门紧锁，坐在那里，扫视着车库。作为一名警察，她一直认为自己是一个战士，一个猎人，从未想过自己是谁的猎物。但现在她发现，自己真的变成了猎物，警惕得像一只准备离开巢穴的兔子。一向无所畏惧的她，在追捕人犯时总是第一个破门而入，率先冲进嫌犯家里。现在她却只能蜷缩在车子里，紧张地向车窗外张望。里佐利在后视镜里瞥见了自己，几乎认不出镜中的那个女人——脸色苍白，眼神忧郁。那不是一个征服者，而是受害者，一个里佐利向来不齿为之的女人。

里佐利推开车门，下了车。她站得笔直，后胯上别着枪套，沉甸甸的配枪给了她安全感。放马过来吧，狗杂种们，她准备好了。

里佐利独自乘车库电梯上楼。她挺起胸膛，骄傲战胜了恐惧。迈出电梯时，她看到了其他人，现在她腰间的武器就显得有些没必要，甚至多余了。她一边朝着医院走去，一边用西装外套将枪套盖住。她再次迈入一部电梯，电梯中已经站了三个青春洋溢的医学生，口袋里插着听诊器，叽叽喳喳地用医学术语聊着天，炫耀着刚刚学到的知识，完全忽略了他们身边那个满脸倦容的女人。是的，就是那个腰间还带着枪的女人。

在重症监护室，她径直走过病房值班人员的办公桌，走向五号隔间。在那里，她停了下来，目光穿过玻璃，眉头皱起。

一个女人正躺在科尔萨克的病床上。

"抱歉，女士？"一个护士上前询问道，"访客需要登记。"

里佐利转过头："他在哪儿？"

"谁？"

"文斯·科尔萨克。他应该在那张床上才对。"

"对不起，我三点钟才换班——"

"如果出了什么事情，你们应该先打电话通知我！"

此时，她激动的表现引起了另外一位护士的注意，她连忙走了过来。这位护士显然已经习惯了面对焦躁的病患家属，用安抚的语气说道："科尔萨克先生在今天早上拔管了，女士。"

"什么意思？"

"插在他喉咙里的那根管子，帮助他呼吸的管子，我们把它摘掉了。他现在已经恢复了自主呼吸，所以我们将他转到了普通护理区，在走廊的另一边。"随后，她又辩解似的补充道，"我们也给科尔萨克先生的妻子打过电话了。"

里佐利想起了黛安娜·科尔萨克，还有她那双空洞的眼睛。不知道那通电话有没有接通，又或者她接到了这个消息，不过如同泥牛入海，毫无反应。

走到科尔萨克的病房时，里佐利已经平静下来，恢复了冷静。轻轻地，她探身看向房内。

科尔萨克醒着，盯着天花板。他的肚子在被单下鼓起来，胳膊一动不动地贴在身体两侧，好像不敢轻举妄动，唯恐弄乱那堆乱七八糟的电线和管子。

"嘿。"她轻声说。

他看着她，嗓音嘶哑地回答道："嘿。"

"能进来看看你吗？"

作为回应，他拍了拍床，邀请她进来待会儿。

里佐利拉过一把椅子，放到他的床边，随后坐下。科尔萨克的目光再次抬起，不过并不是像她以为的那样看向天花板，而是看向了放在角落的心脏监护仪。心电图轨迹划过屏幕，发出

"哗"的响声。

"那就是我的心脏。"他说道。之前插着的呼吸管让他的喉咙沙哑，讲出来的话都带着耳语一样的气音。

"看上去跳得还可以。"里佐利说道。

"是啊。"然后他便没再说话，目光定在了监护仪上。

那天她送来的花束放在他的床头柜上，那是房间里唯一一瓶花。就没有别人想到要送花给他吗？他妻子也没有吗？

"我昨天见到黛安娜了。"她说。

科尔萨克看了她一眼，不过马上移开了目光，但她还是捕捉到了他眼里的沮丧。

"她没告诉你吧？"

他耸了一下肩膀："她今天还没来。"

"哦，那她晚一点儿可能会到吧。"

"我怎么知道？"

他的回答让她有些意外。也许他自己也感到意外，所以忽然脸红了。

"我不该那么说。"他说道。

"你想说什么都可以。"

他再次抬头去看监护仪，随后叹了口气："那也好，糟透了。"

"什么糟透了？"

"全都糟透了。像我这样的人，一辈子本本分分，赚钱养家，给孩子想要的一切，没有收过一次贿赂，一次都没有。然后转眼间，我就五十四岁了，心脏开始出毛病。现在我躺在这里，什么都不能做，心里想着：这一切都他妈的是为了什么？我一辈子循规蹈矩，女儿却养成了废物，还在和她老爸要钱。老婆在药房里转来转去，不管什么药，只要她能搞到手，就敢往嘴里塞，吃药吃得昏头昏脑。我在她心里的地位还不如止疼药，我就是个给她地方住的东家，还得为那些处方药买单。"他笑了笑，苦涩而无奈。

"你们为什么还在一起？"

"还有别的选择吗？"

"各过各的。"

"你的意思是，孤单一人。"在他口中，孤单一词似乎是最坏的结果。有的人做选择是为了得到最好的结果，科尔萨克却是为了避免最坏的结果。他看着心脏监护仪，那条弯曲的绿色线条是他的生命。不论是什么选择，是好是坏，他都走到了今天这一步。在这间病房里，陪伴他的只有恐惧和悔恨。

等我到了他这个年纪的时候，我又会在哪儿？里佐利想。躺在医院的病床上，后悔自己做过的选择，渴望那些从未走过的路吗？她想着自己寂静的公寓，空空的墙壁，孤单的床。她的生活又能比科尔萨克的好到哪里去呢？

"我一直担心它停下来。"他说道，"你知道吧，就是变成一条直线。那得吓死我。"

"别看了。"

"如果我不看，谁会帮我看着？"

"护士们在办公桌前看着呢。她们那边也有监护仪，你知道的。"

"但她们真的在看吗？她们会不会只是在混时间，聊着购物和男朋友什么的？毕竟，那可是我的心脏啊。"

"她们还有警报系统。要是心跳真的出了问题，机器就会开始响。"

他看着她:"还能这样?"

"怎么,你不信我?"

"我不知道。"

两人对视了几秒,里佐利觉得羞愧难过,她没有权利要求他的信任,发生在墓园里的一切让她失去了这个资格。那个画面还是会出现在她的脑海里,让她愧疚不已。心脏病发作的科尔萨克孤身一人躺在黑暗中,而她就像脑子里缺根筋一样,除了追捕什么都不知道。她无法直视他的眼睛,于是移开了目光,看向他粗壮的手臂,上面贴着医用胶布和静脉注射管。

"对不起。"她说道,"天哪,对不起。"

"为什么对不起?"

"没有看顾好你。"

"你在说什么?"

"你不记得了吗?"

科尔萨克摇头。

里佐利愣住了。她突然间意识到,他是真的一点儿也不记得了。她现在可以什么都不说,而他也永远不会知道她如何辜负了他。沉默也许是最好的选择,但是她知道自己无法承受这些愧疚。

"那天晚上在墓园的事,你还记得些什么?"她问道,"你印象中最后一件事是什么?"

"最后一件事?我在跑。我猜我可能是在跑,不是吗?我们两个在追嫌犯?"

"其他的呢?"

"我记得我很生气。"

"为什么?"

他冷哼了一声:"因为我追不上一个小丫头片子。"

"然后呢?"

他耸了耸肩。"没了,这就是我记得的最后一件事。然后就是那些护士,开始把管子插到我的……"他没再继续,"我已经醒了,好吧?我肯定得让她们知道知道。"

短暂的沉默。科尔萨克咬着牙,固执地看着心脏监护仪上那条线。然后他开口了,带着一丝厌恶:"我把追捕搞砸了吧?"

里佐利没料到他会这么说,惊讶道:"科尔萨克——"

"看看这个。"他指着自己的肚子,"我他妈的像是吞了个篮球,谁看见都会这样说,就像怀孕十五个月似的,连个小姑娘都跑不赢。我以前跑得很快的,你知道吗?我以前的身材就像一匹赛马,可不是现在这样。你真该看看我当年的样子啊,里佐利,你肯定认不出来。你现在肯定不信我说的这些,是吧?因为在你眼里,我只是现在这副熊样。烟抽多了,饭也吃多了。"

酒也喝多了。她在心里无声地补了一句。

"……就是一肚子恶心人的猪油吧。"他生气地拍了自己的肚子一巴掌。

"科尔萨克,你听我说。搞砸的人是我,不是你。"

他看着她,一脸不解。

"在墓园里,我们俩都在跑,追着我们以为的凶手。你当时就在我身后,我能听见你大口喘气,想要跟上来。"

"你就非得再给我伤口上撒点儿盐是吧?"

"然后你就不见了。你就是不见了,但我还是接着往前跑,其实都是在浪费时间。我们追的那个根本就不是凶手,而是迪恩探员。他在墓园周围查看情况,凶手早就已经走了。我们追的就是个影子,科尔萨克。"

他没再说话，等待里佐利接着说下去。

里佐利强迫自己继续。"我那时候就应该去找你的，我应该早点儿发现你不在我身边了，但当时一团乱，我没想到这一点。我没有停下来想过你去哪儿了……"她叹了一口气，"我不清楚又过了多久才注意到，可能也就几分钟，但我觉得像是更长的一段时间。那段时间里你就倒在那儿，靠着一块墓碑。我耽搁了很久才想起来找你。"

一阵沉默。里佐利不知道科尔萨克是否听到了她说的话，因为他正不耐烦地摆弄着输液管，调节着药液的流速，好像根本不想看她，所以把注意力放到了别的地方。

"科尔萨克？"

"嗯。"

"你不想说些什么吗？"

"哦，不用放在心上。我就想说这个。"

"我觉得自己太差劲了。"

"为什么？就因为你在尽职地做自己的工作？"

"因为我本应时刻照顾好自己的搭档。"

"我是你的搭档吗？"

"那天晚上，你是。"

他笑了："那天晚上我就是个累赘，是个两吨重的链条负重，拖累着你。你因为觉得没照顾好我而烦恼，我呢，躺在这儿因为没做好工作生闷气。我要是倒在地上，地都该震了。我最近在想我之前骗自己的那些鬼话。看到这个大肚子了没？"他又拍了拍自己的肚子，"我总说这东西肯定能减下去。真的，我居然也信了，相信总有一天我会开始节食，把这些赘肉甩掉。结果呢？我买的裤子越来越肥，还安慰自己是那些制造商瞎他妈标尺码。再这样下去，等过几年，我就得穿小丑的裤子了。吃再多利尿剂和泻药也没用，我再也过不了每年的体检了。"

"你真的那么干了？吃药糊弄体检？"

"我可什么都没说，我在和你说我的心脏。这不是一天两天的毛病了，我自己也不是没有心理准备，但现在真就这么倒下了，我还是有点儿生气。"他气愤地冷哼了一声，又一次看向监护仪。仪器显示他的心跳比之前更快了。"看吧，这玩意儿跳得可欢了呢。"

他们都没再说话，只是静静地看着监护仪，等待着他的心跳缓和下来。里佐利从来没有注意倾听过自己的心跳声，看着科尔萨克的心跳折线时，也开始留意自己的脉搏。她一直将心脏的跳动视为理所当然的事情。那么担惊受怕地数着每一次跳动，生怕下一次心跳不会到来，恐惧着胸腔里生命的悸动会突然停止，又是什么样的感觉？

看着科尔萨克躺在床上，眼睛紧盯着监护仪，里佐利想：他不光是生气，他还很害怕。

突然间，科尔萨克坐直了身体，他的手快速捂住自己的胸口，瞪大眼睛，惊恐地喊道："快叫护士！叫护士！"

"什么？怎么了？"

"你没听到警报声吗？我的心脏——"

"科尔萨克，那是我的传呼机。"

"什么？"

里佐利将腰间别着的传呼机取下来，关掉了它的鸣叫声，举到科尔萨克面前，让他看到屏幕上显示的来电号码。"看见没？不是你的心脏。"

科尔萨克向后瘫靠在枕头上。"上帝啊，快把那玩意儿拿出去，心脏病都让它给吓出来了。"

"那我能不能用一下手机？"

他躺在那里，手还捂在胸口，整个人却放松了下来。"行，随便吧。"

里佐利拿起手机拨打号码。

熟悉的烟嗓接通了电话："法医办公室，我是艾尔斯。"

"我是里佐利。"

"弗罗斯特警探在我这里，我们正在研究我电脑里的一套牙齿X光片。国家犯罪情报中心发来了新英格兰地区的失踪女性报告。这份档案是缅因州警察局用邮件发送来的。"

"什么案件？"

"今年六月二日的一起绑架谋杀案，死者是肯尼思·韦茨，三十六岁。被绑架的是他的妻子，马莱尔·琼，三十四岁。我现在正在看的就是马莱尔·琼的X光片。"

"找到佝偻病女士了？"

"结果匹配。"艾尔斯回答道，"你们的被害人现在身份已经能够确认了：马莱尔·琼·韦茨。他们现在正把案件卷宗传真过来。"

"等等，你刚刚是不是说这起绑架谋杀案是在缅因州发生的？"

"在一个叫蓝山的镇子上。弗罗斯特说他去过那里，四五个小时的车程。"

"那么凶手的狩猎区域比我们想的要大得多。"

"来，弗罗斯特要跟你说话。"

弗罗斯特欢快的声音从那头传来。"嘿，你吃过龙虾卷吗？"

"什么？"

"我们可以在去的路上买龙虾卷。林肯维尔海滩上有一家超棒的午餐小馆,咱们明天早上出发,刚好能赶到那里吃午饭。开我的车还是你的?"

"开我的吧。"她沉默片刻,不受控制地又加了一句,"迪恩也许会想和我们一起去。"

电话那头也是片刻的沉默。"行吧,"弗罗斯特终于勉强同意,兴味索然地说道,"你同意就好。"

"我会打给他的。"

随后里佐利挂断了电话,她能感受到科尔萨克的目光落在她身上。

"所以联邦探员先生也是团队一员了呗。"他说道。

里佐利假装没听到他的话,低头按下迪恩的手机号。

"这是什么时候的事啊?"

"多个人多分力量。"

"你之前对他可不是这么个看法。"

"后来我们一起工作了一阵子。"

"别告诉我说你看到了他的另一面。"

她摆手示意科尔萨克安静,电话那头已经接通。但响起的并不是迪恩的声音,而是忙音通知:"您拨打的用户目前无法接通。"

里佐利挂断电话,看着科尔萨克。"有什么问题吗?"

"你看起来才是有问题的那个。你刚得到个线索,还热乎着呢,就迫不及待地打给你的联邦新伙伴了。什么情况?"

"没什么情况。"

"我看可不像啊。"

里佐利脸颊一阵发烫。她没对他说实话,他们都知道。即使只是拨打迪恩的手机号,她都感觉脉搏加速,而她也知道这意味着什么。她觉得自己像个犯了毒瘾的瘾君子,又忍不住打给迪恩入住的酒店。她转过身背对着科尔萨克,躲避他灼灼的眼神,看着窗子等待那头接起电话。

"科罗纳德酒店。"

"能请您帮我联系一位住在你们那里的客人吗?他的名字是加布里埃尔·迪恩。"

"请稍等。"

在等待的时候,她一直搜肠刮肚地想着要用什么措辞、什么语气和他说话,应该言简意赅,公事公办。警察。你是一个警察。

酒店的接线员再次回到了线上。"很抱歉,但是迪恩先生已经不在我们这里了。"

里佐利皱眉,握着电话的手不自觉地收紧。"他有留下联系方式吗?"

"记录上没有显示。"

里佐利依旧盯着窗子,视线被阳光晃得有些模糊。"他什么时候离开的?"她问。

"一个小时之前。"

20

里佐利合上了缅因州警察局传真过来的案宗，看向车窗外路过的树木，还有树丛间偶尔闪过的白色农庄。在车上阅读总是让她感到恶心，而马莱尔·琼·韦茨的失踪只会加剧她的不适，他们在那家小餐厅吃的午饭更是雪上加霜。弗罗斯特一直想要尝试一下路边摊的龙虾卷，虽然当时她也吃得很开心，但此刻，蛋黄酱正在胃里翻滚。她盯着前面的路，等着恶心的感觉过去。弗罗斯特是个很冷静且专注的司机，不会做出什么意外之举，此刻他的脚稳稳地踩在油门上。里佐利一直很欣赏他循规蹈矩的沉稳，尤其是现在，在她心烦意乱的时候。

待她感觉稍好一些，便开始注意窗外的自然美景。她还从未如此深入缅因州。只有十岁那年夏天，她和家人曾开车去过老果园海滩，那是她到过的缅因州最北的地方。她还记得木板路和临时游乐场，记得蓝色的棉花糖和玉米棒，也记得走进海里的感觉。海水冰冷刺骨，但她还是走了进去，正是因为妈妈的警告。"对你来说太冷了，珍妮。"安吉拉远远地对她喊道，"在沙滩上待着吧！舒服，还暖和。"简的兄弟也在一旁阴阳怪气地附和："是啊，可不能进海里啊，简，当心你那小鸟腿，怎么受得了啊！"想都不用想，里佐利必然是要走进去的。她板起脸，朝着海浪走去。海水轻柔地拍打着沙滩，溅起层层泡沫，一脚踏进去，她便倒吸了一口凉气。但这么多年以来，她深深记得的并不是海水冰冷的刺痛，而是兄弟两人的眼神。他们在沙滩上凝视着她走向海水的背影，揶揄地起哄，让她在冷得让人打战的海水中蹚得更深。所以她凭着一口气，毫不犹豫地继续向更深处走去，甚至不需要鼓起勇气，直到海水没过她的大腿、腰和肩膀。她不断前进，因为令她恐惧的从来都不是痛苦，而是羞辱。

时至今日，老果园海滩已经被他们远远地抛在身后一百英里外，她从车内看到的风景也与儿时记忆中的缅因州大相径庭。现在他们已经远离了海岸，早已看不见木板路和临时游乐场，取而代之的是郁郁葱葱的树木和绿色的田野，间或可见几处村落点缀其中，每个村落的中心都是白色的教堂尖顶。

"我和爱丽丝每年七月都会开车来这边。"弗罗斯特说道。

"我还从来没来过这里。"

"从来没有？"弗罗斯特有些难以置信地瞥了她一眼，这让她感觉有些烦躁。他的表情似乎是在说：你是从来不出门吗？

"也没理由来。"她说道。

"爱丽丝的亲戚在小鹿岛上有个营地，我们在那里落脚。"

"有趣。真没看出来爱丽丝还是喜欢露营的类型。"

"哦，他们只是管那个叫营地，其实就是一般的住房，有卫生间也有热水。"弗罗斯特笑道，"要是让爱丽丝在林子里上厕所，她肯定得抓狂。"

"动物才会在树林里撒尿。"

"我喜欢树林。如果可以的话，我想住在林子里。"

"放弃大城市里的所有享乐吗？"

弗罗斯特摇了摇头。"那不叫放弃，不过是远离一些阴暗的东西，那些让你忍不住去想'人怎么会变成这样'的阴暗东西。"

"你觉得在这里就会好些吗？"

弗罗斯特没有回答，他看着前方，树木织就的屏风在车窗外划过，绵延不绝。

"不会。"他最终还是说出了答案，"毕竟这就是我们来这里的原因。"

里佐利看着窗外的树木出神：这里的路也许凶手也走过。在寻找猎物的途中，"主宰者"可能也曾开车经过这里，看过这里的风景，目光也曾在同一棵树上短暂停留，在同一个路边摊上吃了龙虾卷。不是所有掠食者都在大城市，有些人会在偏僻的小路上游荡，还有的会在县城村落里徘徊。毕竟这里人烟稀少，住户彼此相熟，也就容易出现夜不闭户的现象，给了恶鬼可乘之机。他为什么会来这里，是来度假吗？还是单纯地认为天赐良机，不容错过？和大家一样，掠食者当然也会度假，也会开着车来到乡村，享受海风的气息。毕竟从外表看来，他们也是有血有肉的普通人。

车窗外，透过茂密的树林，里佐利可以瞥见大海和黄岗岩岬角，若是不去想这些美景也曾出现在凶手的眼中，她肯定能更好地欣赏这自然的粗犷与壮丽。

弗罗斯特将车子减速，探头探脑地看向前方的路。"我们是不是错过转弯了？"

"什么转弯？"

"我们应该在蔓越莓岭路右拐。"

"我没看到。"

"我们已经直行太久了，按理说现在应该看到那个路口了。"

"看时间的话我们已经迟到了。"

"我知道，我知道。"

"最好还是联系一下戈尔曼吧，告诉他咱们两个乡巴佬儿在林子里迷路了。"里佐利打开手机，看着微弱的信号皱起了眉头，"你觉得离这么远，他的传呼机能收到吗？"

"等一下，"弗罗斯特说道，"我觉得咱们好像走了狗屎运。"

就在前面，一辆挂着缅因州官方车牌的车正停在路边。弗罗斯特开了过去，挨着它停了下来。里佐利摇下副驾驶的车窗，想要和司机搭话。还没等她开口，对方便先问道："你们是波士顿警察局的吗？"

"你是怎么猜到的？"

"马萨诸塞州的车牌。我想你们八成是迷路了。我是戈尔曼警探。"

"里佐利和弗罗斯特。我们刚刚还想联系你问路。"

"在这山脚下手机基本没用，这一片都没信号。你们还是跟着我上山吧。"说着，他便发动了车子。

要不是戈尔曼带路，他们绝对会错过蔓越莓岭路。那是条树林里开辟出来的土路，路边只有一个不起眼的小路标，写着：防火林道二十四号。他们沿着车辙一路颠簸，钻过由茂密树木围起的隧道。树木遮天蔽日，登山沿途看不到外面的风景，只有眼前蜿蜒曲折的小路。突然之间，树木消失了，前路豁然开朗，阳光普照，接着他们便看到了梯形的花园，田野之上是一栋宽敞的豪宅，矗立在山顶。弗罗斯特不由得一愣，放缓了车速，两人都目瞪口呆地看着眼前的景象。

"事情总是出乎意料。"他说道，"来时走泥泞的土路，你以为终点会是什么破屋烂房。谁能想到会是这样呢？"

"也许那条土路就是个障眼法。"

"为了劝退那些地痞流氓？"

"是啊。不过并没有奏效,对吧?"

等两人将车子停好,戈尔曼本人已经站在一旁的车道上,等着跟他们握手。和弗罗斯特一样,戈尔曼也穿着西装,不过不怎么合身,像是买了西装之后他又暴瘦了很多。他的脸上也带着久病初愈的倦怠,皮肤有些松垮下垂。

他将一个文件和录像带递给了里佐利。"这是犯罪现场的录像,"他说道,"剩下的文件还在复印。有一些已经在我的后备厢里了,待会儿你们走的时候可以拿上。"

"艾尔斯医生会将尸检的最终报告发给你的。"里佐利说道。

"死因?"

里佐利摇了摇头,说:"已经白骨化了,无法确定死因。"

戈尔曼叹了一口气,看向一旁的房子。"至少我们现在知道马莱尔·琼在哪儿了。这个问题快把我们折磨疯了。"他指了指房子,"其实里面没什么好看的了,现场已经清理过了,不过既然你们要求,就看看吧。"

"现在是谁住在这里?"弗罗斯特问。

"没有人住,凶案之后就没人住了。"

"这么好的房子,就这么空着?"

"卡在遗嘱认证程序上。就算能放到市场上,这房子也不好卖。"

他们走上台阶,来到门廊,上面已经堆满了风吹过来的落叶,还有几盆枯萎的天竺葵从廊檐上垂下去。这栋房子看起来已经好些日子没人打理了,破败的气息犹如屋檐上的蛛网,逐渐蔓延。

"我上次来还是七月。"戈尔曼说着拿出了一个钥匙环,翻找前门钥匙,"我上周才回来工作,现在还在努力恢复状态。跟你们说吧,肝炎真是太伤身体了。好在我得的只是最轻微的甲型,不至于要了命。"他抬头看着两人，说道，"友情建议：不要在墨西哥吃贝类海鲜。"

终于，他找到了正确的钥匙。走进去后，里佐利闻到了新鲜的油漆和地板蜡的味道，那是整个房子被扒掉一层皮，彻底大清洗之后留下的味道。然后它就被弃置一旁了，她想。蒙着白色布单的家具矗立在客厅里，如同鬼魅。白色的橡木地板光洁得像是抛光玻璃，阳光从落地窗照进来，明亮耀眼。蓝山顶上，丛林枝头，韦茨夫妇幽静而舒适的栖息地就在这里，视野广阔，可以直接看到蓝山湾。一架喷气式飞机在蓝天划出白线，天空之下，船舶航行，摇曳的水波荡出悠然的痕迹。里佐利站在窗边，看着马莱尔·琼生前也曾享受过的美景。

"和我们说说这对夫妇的事情吧。"里佐利说。

"你们看过我发过去的案宗了吗？"

"看过了，但我还是不太了解他们的性格。是什么让他们变成现在这样的？"

"我们还有可能了解他们吗？"

里佐利转身面向他，有些惊讶地发现他有着亮黄色的瞳仁。午后的阳光似乎加深了这病态的颜色。"那就从肯尼思开始说说吧。这都是他的钱，对吗？"

戈尔曼点点头："他就是个浑蛋。"

"报告里可没写这个。"

"有些事情是没法写到报告里的，但这镇上的人都知道，这是事实。我们这里有很多肯尼[1]这样的信托投资人，蓝山就是波士顿富人的避难所。他们大部分人都还不错，很好相处。但是每

---

[1] 肯尼（Kenny），肯尼思（Kenneth）的昵称。

隔一阵子，总会出现一个肯尼·韦茨这样的人，自大得很，恨不得逢人就问'知道我是谁吗？'对，大家都知道他是谁。他是个有钱人。"

"他的钱是哪里来的呢？"

"祖父母，做船运的吧，我猜。总之，虽然钱不是他赚来的，但他花得倒是很爽快。他在港口有一艘欣克利游艇，之前还总开着一辆红色的法拉利往波士顿跑。后来他的驾照被吊销了，车也被扣押了，因为酒驾太多次。"戈尔曼咕哝道，"肯尼思·韦茨三世就是这样。一句话：人傻钱多。"

"苍天无眼啊。"弗罗斯特说道。

"你有孩子吗？"

弗罗斯特摇头："还没有。"

"你要是想养出一群没用的废物，"戈尔曼说道，"只要留给他们一大笔钱就行了。"

"马莱尔·琼呢？"里佐利问。她还记得佝偻病女士躺在尸检台上的遗骸——弯曲的胫骨和畸形的胸骨，证明她有着一段贫困的童年时期。"她并不是生来富贵吧？"

戈尔曼摇头。"她出生在西弗吉尼亚州的一个煤矿小镇，来这边打暑期工，做侍应生，就这样认识了肯尼。要我说，肯尼娶她就是因为她能忍，纵容他那些狗屁勾当。他们的婚姻好像并不幸福，尤其是出了那起事故以后。"

"事故？"

"就在前几年。肯尼开车，和往常一样，喝多了，撞到树上了。他一点儿事都没有——这运气也是没谁了，对吧？——但是马莱尔·琼被送进了医院，住了足足三个月。"

"她的大腿骨肯定就是在那次事故中骨折的。"

"什么?"

"她的股骨上有手术钢钉,还有两节脊骨也融合了。"

戈尔曼点了点头:"我倒是听说了,她走路有点儿一瘸一拐的。真可惜啊,那么好看的一个女人。"

丑女人就不介意变瘸了吗?里佐利腹诽,但并没有说什么。她走到一个内嵌式的书架前,仔细看着一张照片。照片中是一对情侣,穿着泳装,站在海滩上,淡青绿色的海水冲刷着他们的脚踝。照片中的女人十分娇小,看上去甚至有些稚气,一头深棕色的头发披散在肩膀上,如今却变成了死尸上的毛发。男人发型精致,腰围已经开始变粗,肌肉也有些松弛了。原本清俊迷人的面容被他脸上若隐若现的不屑破坏了。

"他们两个并不幸福?"

"管家是这么跟我说的。那起事故之后,马莱尔就不太喜欢出门了,肯尼最远也只能把她带到波士顿。但是肯尼不一样,他放浪惯了,每年一月都会去圣巴特,所以他就把马莱尔一个人丢在这儿。"

"她一个人留在这里?"

戈尔曼点头:"好男人啊,是吧?她身边只有一个管家,帮她做点儿杂事,打扫卫生,开车带她出去买东西,因为马莱尔·琼自己并不喜欢开车。这地方一个人待着冷冷清清的,会很孤独吧。但是管家说,肯尼不在身边时,马莱尔·琼反倒更开心一些。"戈尔曼停顿了一下,继续说道,"实话实说,我们刚发现肯尼的尸体时,我确实想过,有没有可能是……"

"马莱尔·琼杀害了他?"里佐利说道。

"头号嫌疑人永远是配偶。"他伸手从口袋里拿出一条手帕,擦了擦脸,"你们不觉得这里很热吗?"

"很暖和。"

"我这几天有点儿受不了热,身体还没恢复过来吧。这就是在墨西哥吃蛤蜊的下场。"

他们穿过客厅,经过那些幽灵一样的家具,走过巨石垒砌的火炉,还有一旁码放整齐的木柴。这是缅因州寒冷冬夜中火焰的燃料。戈尔曼带他们来到了一个空房间,里面除了地板和洁白的墙壁什么都没有,没有任何装饰。里佐利盯着新刷好的墙漆,后颈的汗毛根根竖起。她低头看着脚下的橡木地板,显然被重新打磨并抛光了,但血渍是无法轻易去除的。如果将房间的光源遮住,在黑暗中的地板上喷洒鲁米诺试剂,就可以看到血液的痕迹,渗入木头的缝隙和纹理中,永远无法被完全抹去。

"当时肯尼的尸体就在这里,"戈尔曼指着新粉刷的墙壁说道,"腿伸直,手背到身后,手腕和脚踝都用胶带绑着,被一刀割喉,兰博刀。"

"尸体上没有其他伤口吗?"里佐利问。

"只有脖子上那一道,像是被处刑一样。"

"电击枪的伤痕呢?"

戈尔曼沉默了片刻,说道:"是这样的,管家发现他的时候,他已经死了两天了。那几天气温也很高,皮肤已经不太像样,更不用说气味了。就算有电击枪的痕迹,也不大可能被发现。"

"你们用多波段光源检查过地板吗?"

"当时现场的血流得到处都是,我们也不知道紫外光还能照出什么,但应该都在犯罪现场录像里了。"他四下看了一眼房间,发现了电视机和放映机,"我们直接看看录像吧,应该能找出你们大部分问题的答案。"

里佐利来到电视机前，按下开关，将录影带放了进去。家庭购物网站的广告出现在屏幕上，一条锆石吊坠的项链，仅售九十九点九五美元。项链戴在模特的天鹅颈上，锆石的切面闪烁着七彩的华光。

"这些玩意儿真是快逼疯我了。"里佐利手里摆弄着遥控器，"就连我自己的电视我也没设置明白。"说着，她看了弗罗斯特一眼。

"喂，别问我。"

戈尔曼一声叹息，接过了遥控器，戴着锆石项链的模特从屏幕中消失，取而代之的是韦茨家的车道。风擦过麦克风，发出嘶嘶的声音，将摄影师的声音变得模糊不清。嘈杂中，他表明了自己的身份、录像的时间和地点。他是帕代罗警探，录像时间是六月二日的下午五点。狂风大作，树木摇曳。帕代罗将镜头对准房子，走上台阶。画面不断抖动，里佐利看到了盛开的天竺葵，正是他们进门时看到的那些，现在已经无人看顾，逐渐枯死。接着画面外传来一阵呼喊声，有人在叫帕代罗警探，屏幕出现了几秒的空白。

"最开始是管家发现的，房子的前门没有锁。"戈尔曼说，"管家说这也很正常，这边的人一般都不锁门。她以为家里有人，因为马莱尔从来不出去，于是先敲了敲门，但是没人应。"

这时，全新的画面出现在屏幕上，摄像机穿过正门，直直地拍摄着客厅里的场景。管家打开门时面对的就是这样恐怖的画面，血腥与恶臭迎面扑来，恐惧席卷了她。

"她可能只走近了一步，就看见肯尼靠墙坐着，血流得到处都是。她不记得还看见了什么，只知道应该立刻离开，所以转身跑回车里，发动车子，狠狠地踩下油门，在沙砾路上蹭出了一条车胎印。"

镜头走进房间，转动着拍摄了客厅里的家具，随后聚焦在屋内最不容忽视的主角身上。肯尼思·韦茨三世只穿了一条四角内裤，头垂在胸前，五官因为腐败而肿胀变形，脸部严重扭曲，气体在腹腔聚集，腹部鼓胀，已经不成人形。但里佐利关注的并不是那张脸，而是摆放在尸体大腿上的精致瓷器，精美而脆弱，与现场非常不协调。

"我们不知道那个东西是怎么回事。"戈尔曼说，"在我看来，好像是有什么象征意义的艺术品，我认为可能是用来嘲讽被害人的。'看看我吧，被人绑得动弹不得，大腿上还能放一个茶杯。'一个妻子很有可能会对丈夫这么做，表达对他的蔑视。"他叹了口气，"不过当时马莱尔·琼还是我的怀疑对象，所以我才会先入为主地那么想。"

镜头从尸体上离开，转向走廊，顺着凶手的脚步来到了肯尼和马莱尔居住的卧室。画面摇晃着，像是从一艘摇晃的船的舷窗向外看一样，让人忍不住有些眩晕恶心。摄像机在走廊上的每一个门口都停留了片刻，录下房间内的情况。先是浴室，然后是客房。当镜头继续前进时，里佐利的脉搏加快了。不知不觉中，她向电视走近了几步，仿佛走在长廊上的不是帕代罗，而是她。

画面一转，主卧室内部的样子突然出现在屏幕上。室内的窗户上挂着绿色的锦缎窗帘，梳妆台、衣柜和壁橱门都被漆成白色。房内还摆放着一张四柱床，床单敞开着，几乎露出床垫。

"他们是在睡梦中被偷袭的。"戈尔曼说，"肯尼的胃里几乎没有食物，他被杀的时候至少已经有八个小时没有进食了。"

里佐利更加靠近电视，快速地扫视着屏幕。帕代罗再次带着摄影机回到了走廊。

"倒带。"她对戈尔曼说道。

"为什么?"

"倒带就对了,回到一开始卧室那里。"

戈尔曼将遥控器递给了里佐利。"你自己来吧。"

里佐利按下倒带键,录像开始回退。帕代罗又一次从走廊走到主卧门口。再一次,画面突然右转,慢慢地扫过梳妆台、衣柜、橱柜门,然后聚焦在床上。弗罗斯特也来到了里佐利身旁,看着画面中的卧室,和她寻找着同样的东西。

里佐利按下暂停。"没有。"

"没有什么东西?"戈尔曼问。

"叠好的睡衣。"里佐利转身看着他,"你们在现场也没发现吗?"

"这个东西很重要吗?"

"那算是'主宰者'的标志性签名。他把女人的睡衣叠起来,放在卧室,展示自己的掌控权。"

"如果凶手是他,那他在这个案子里没这么做。"

"其他细节都与他的作案手法相吻合:胶带捆绑、茶杯预警,还有男性被害人的死状。"

"我们发现的都在这儿了,就是你们看到的这些。"

"你确定在拍摄之前,现场是保持原样的吗?"

里佐利的问题十分直接,毫不委婉,戈尔曼不由得语气一僵。"嗯,我想第一个来到现场的警察通常会直接走进来整理一番,好让随后的调查更有乐趣吧。"

向来比较圆滑的弗罗斯特立刻介入,缓和气氛。"行凶手法倒也不一定完全一致。从这起案子来看,他的作案手法还是有些改变的。"

"如果真的是同一个凶手的话。"戈尔曼说。

里佐利的视线从电视移开,再次看向肯尼在高温中逐渐膨胀时倚靠的墙壁。她想起了耶格尔和根特,凶手也是偷袭熟睡的被害人,再用胶带捆绑。蜘蛛网般的细节将几起案件联系到了一起。

但是在这里,这栋房子里,"主宰者"少做了一个步骤。他没有把睡衣叠起来,因为那时候他和霍伊特还不是一伙的。

她记得那天下午,在耶格尔的家中,她看到盖尔·耶格尔叠好的睡衣时,整个人都僵住了,因为那让她毛骨悚然的熟悉感。

到了耶格尔一家的案子中,"外科医生"和"主宰者"才开始结盟。也就是在那一天,他们用一件折叠整齐的睡衣将我引入游戏中。即使身在监狱,沃伦·霍伊特依旧设法给我发来了一张名片。

她看向一旁的戈尔曼,他坐在一张盖着白布的椅子上,再次举起手臂擦拭额间的汗水。才这么一会儿,他的身体就已经开始吃不消了,渐渐显露出疲弱之色。

"你们没有锁定的犯罪嫌疑人吗?"里佐利问。

"没有一个是有把握的,已经找四五百人问过话了。"

"那韦茨一家的交友情况呢?据你所知,他们认识耶格尔或是根特一家吗?"

"这两个名字在调查中一次都没出现过。是这样的,再有一两天,你们就能拿到案件的所有复印件了,到时候你们可以重新核查。"戈尔曼将手帕叠好,揣进口袋,"你们也应该去联邦调查局那边问问,"戈尔曼又说,"看看他们还有没有什么要补充的。"

里佐利愣住了。"联邦调查局?"

"我们给暴力犯罪逮捕计划交过一份报告。他们的行为分析小组来了一个人，那几个星期一直旁观我们调查，后来这人就回华盛顿了。那之后就再也没有听到有关他的消息了。"

里佐利和弗罗斯特对视了一眼。她在对方的眼睛里看到了与自己一样的震惊。

戈尔曼缓慢地从椅子上站起身，从口袋里掏出钥匙，表明他觉得已经没必要继续下去了，想要终止这次会面。直到戈尔曼走到了门口，里佐利才明知故问地问出了那个问题，即便她很抗拒听到答案。

"那个联邦调查局的人，"她说道，"你还记得他的名字吗？"

戈尔曼的脚步停在了门口，宽大的衣服在他的身上有些空空荡荡地摇晃着。"记得，他的名字是加布里埃尔·迪恩。"

21

里佐利一直在开车,从下午到晚上,此刻她看着前方黑暗的高速公路,脑子里想着加布里埃尔·迪恩。副驾驶上的弗罗斯特已经打起了瞌睡,夜色中只剩下她的思考与愤怒。她忍不住想,迪恩还对她隐瞒了什么?当他沉默地看着她磕磕绊绊地追寻线索时,内心还藏匿着哪些信息?从调查的最开始,他就总比她领先几步。最先发现墓园保安死亡的是他,最先发现卡伦娜·根特尸体的是他,盖尔·耶格尔尸检时提出做阴拭子的也是他。因为他早就知道了,比所有人都要早,他知道阴拭子会检测出存活的精子。因为他早在这之前就已经遇到过"主宰者"。

但是迪恩没有料到的是,"主宰者"会找到一个搭档。也就在那时,他第一次出现在我的公寓门外。那是他第一次对我产生兴趣,因为我有他想要的东西。我是他的向导,帮助他探寻沃伦·霍伊特的大脑。

副驾驶座的弗罗斯特打起了鼾。她瞥了他一眼,看到他睡得下颌微张,一副毫无防备的样子。他们已经一起共事这么久了,里佐利从没在他身上看到过阴暗的一面,一次都没有。但是被迪恩如此彻头彻尾地欺骗后,她现在对弗罗斯特也会产生怀疑。他是不是也一样欺骗着她?是否也有着无人知晓的残忍一面?

差不多晚上九点,里佐利终于回到了公寓。和往常一样,她耐心地花时间锁好门。但这一次,她挂上锁时萦绕在心头的不再是恐惧,而是愤怒。将最后一道插销狠狠地插上后,她径直走回了卧室,没再例行检查衣柜和每一个房间。迪恩的背叛让她暂时忘却了沃伦·霍伊特,挣脱了恐惧的桎梏。里佐利解开皮套,将手枪放进床头柜的抽屉里,又使劲关上。她转过头,看到了镜中的自己。镜中人让她厌恶——美杜莎一样蓬乱的头发,受伤的眼神,因为被男人的魅力蒙蔽了双眼,所以没能发现显而易见的事实。这是个蠢女人的样子。

突然响起的手机铃声吓了她一跳。她看着来电号码归属地:华盛顿特区。

铃声响了两次,三次。她没有接,竭力控制住自己的情绪。终于按下接听键时,她已经可以用冷静的声音讲道:"我是里佐利。"

"听说你一直在试着联系我。"迪恩的声音传来。

里佐利闭上了眼睛说道:"你在华盛顿。"尽管她已经努力克制声音中的敌意,但说出的话依旧像是某种指控。

"我昨晚接到命令,需要回来。抱歉走之前没机会和你聊聊。"

"你想聊什么呢?告诉我事实?"

"你得明白,这是高度敏感的案件。"

"这就是你从来没跟我提过马莱尔·琼的原因吗?"

"对于你们的调查来说,马莱尔的案子并不重要。"

"你以为你是谁?凭什么由你来决定是否重要?哦,对了!我忘了。你他妈的可是联邦探员。"

"简,"他轻声说道,"我希望你能来一趟华盛顿。"

里佐利僵住了,被对话中突如其来的转折搞得有些愣神。

"为什么？"

"因为有些话不能在电话里讲。"

"你连原因都不告诉我，就想让我跳上飞机飞过去？"

"若是没有这个必要的话，我不会这么要求你。这件事已经通过警察局局长办公室告知了马凯特警督，会有人打电话告诉你接下来的安排的。"

"等等，我不明白——"

"你会明白的。等你到了这里，就明白了。"然后电话便被挂断了。

她缓缓地将电话放下，眼睛还盯着手机，不敢相信自己刚刚听到的话。电话铃声再次响起，里佐利第一时间接通了。

"请问是简·里佐利警探吗？"听筒里传来一个女人的声音。

"正是。"

"我打电话来是想跟您说一下您明天去华盛顿的行程安排。我可以给您定美国航空飞往华盛顿的机票，航班号为六五二一，起飞时间是明天中午十二点，抵达时间是下午一点三十六分。您觉得可以吗？"

"先等一下。"里佐利抓过笔和笔记本，写下了航班信息，"听起来没问题。"

"返回波士顿的时间暂定在周四，还是美国航空的飞机，航班号为六四〇六，在华盛顿的起飞时间是上午九点三十分，抵达波士顿的时间是十点五十三分。"

"我需要在那边过夜？"

"迪恩探员是这么要求的，我们给您预定了水门酒店，如果您有其他的酒店选择也可以告诉我们。"

"不用麻烦，呃，水门就可以。"

"明天上午十点钟会有一辆豪华轿车到您的公寓去接您,送您去机场。在您到达华盛顿特区后,也会有另外的接机人员等候您。麻烦您告诉我您的传真号码,可以吗?"

几分钟后,里佐利的传真机开始打印。她坐在床上,盯着整整齐齐的日程安排,对这出乎意料的展开有些莫名。在那一刻,她迫切地想和托马斯·摩尔谈谈,比任何时候都需要听听他的建议。里佐利拿起了电话,但是又缓缓放下了。刚刚的电话中,迪恩对于此事表现出了极大的谨慎,这让她也紧张起来,不再信任电话通讯的安全性了。

里佐利突然想起来,她今晚还没有例行检查过整个公寓。此刻强烈的不安驱使她确认自己堡垒的安全。她从床头柜抽屉里拿出手枪,然后像过去这一年的每天晚上那样,逐个检查房间,搜寻恶魔的踪迹。

亲爱的奥唐纳医生:

在上一封信中,您问我是从什么时候开始知道自己与众不同的。说实话,我不确定自己是否与众不同。我觉得我只是更加诚实,更清醒。每个人都会听到原始冲动的低语,我不过是比旁人更直白地面对自己的冲动。我很确定,您也听到过这种欲望的催促声吧?那些禁忌的画面也曾时不时地照进您的脑海吧?虽然只有一瞬间,但您也能清楚地看到黑暗潜意识中的血腥景象。就像您走在林间,发现一只色泽明亮、与众不同的鸟,在被道德阻止之前,您的第一反应一定是去狩猎,抓住它,杀掉它。

那是刻在我们基因中的本能。我们是天生的猎手,在大自然的血腥熔炉中经过千万年的淬炼,有着先天的残暴。这一点上，我与你们没有丝毫不同。我觉得很有趣，在过去这一年里，有很多心理学家和精神病学家在探索我迄今为止的人生，试图去了解我，打探我的童年时期。好像我之所以变成今天的我，只是因为过去生命里的某一瞬间或某一起事件。很遗憾，我让他们失望了，因为根本没有这样具体的瞬间。我会反客为主，问他们为什么觉得自己与我有任何不同。诚然，他们会想起自己羞于告人的秘密，那些令人难以启齿、羞于描述，又无法控制的黑暗想法吓坏了他们。

我看着他们否认的样子，觉得很有趣。他们欺骗我，也欺骗着自己，但我能看出他们眼中的动摇。我喜欢将他们逼上绝境，逼迫他们看向断崖下方，俯视黑暗的幻想深渊。

我与他们之间唯一的不同是，我从不会对自己的阴暗幻想感到耻辱和恐惧。

然而，被定义成"变态"的是我，需要被分析和研究的也是我。所以我会说出他们最想听到的事情，我知道他们喜欢听什么。在面谈的一小时中，我会满足他们的好奇心，因为那才是他们来见我的真正原因。没有人会像我一样，活灵活现地演绎出他们的幻想；没有人会像我一样，带领他们涉足禁忌之地。他们在试着给我做侧写的时候，我也在给他们做侧写，试探他们对鲜血的渴望。如我所说，我会一边讲故事，一边观察他们的脸，寻找兴奋的反应：扩大的瞳孔，前倾的脖子，泛红的脸颊，突然的屏息。

我对他们讲述圣吉米尼亚诺的事。那是一个意大利小镇，位于托斯卡纳起伏的丘陵之间。我曾在那里的街道散步，漫步于纪念品店和室外餐厅之间。有一次，我碰巧走进了一家专门展示各种酷刑器具的博物馆。是的，如您所想，它正对我的胃口。室内光线暗淡，微弱的光重现了中世纪地牢的阴暗氛围。这种光线也隐藏了游客的表情，遮蔽他们兴奋的目光。

　　有一个展品吸引了所有人的注意。那是一个来自威尼斯的刑具，时间可以追溯到十七世纪，专门用来惩罚那些与魔鬼通奸的罪妇。刑具是铁制的，被打造成梨形，行刑时，将它塞进不幸女人的阴道。只要拧动外部的螺丝，苦刑梨就会逐渐张开，直到阴道被撑破，造成致命的伤害。其实这种苦刑梨不过是酷刑中的冰山一角，自古便多的是宗教人士以神圣的名义来迫害女性，切割她们的乳房，毁掉她们的生殖器，因为神圣教堂无法征服女性强大的生育能力。我本着实事求是的态度，向那些精神病学专家描述这些刑具。他们大都没有去过这样的博物馆，毫无疑问，任何一丝想要亲眼见见这类刑具的渴望都让他们觉得羞耻。但就在我向他们生动描述那四瓣苦刑梨如何撑开阴道时，禁锢阴道的贞操带如何折磨女性私处时，我一直在观察他们的眼睛，寻找他们嫌恶与恐惧表象之下的东西，寻找暗涌的兴奋和向往。

　　哦，是啊，他们都很喜欢听那些细节。

飞机落地了，里佐利放下了手中沃伦·霍伊特的信件，看向飞机窗外。外面的天空是灰色的，下着大雨，停机坪上的工作人员脸上淌着汗。外面一定又湿又热，但里佐利想要感受这样的热度，因为霍伊特的信让她感到了彻骨的寒冷。

　　在乘坐豪华轿车去往酒店的路上，里佐利透过被雨点斑驳的车窗看向这个她只来过两次的城市。上一次来华盛顿，还是来参加联邦调查局在胡佛大厦召开的跨部门会议。那次她是晚上抵达的，她仍记得在夜晚的灯光中闪闪发光的纪念碑，高大肃穆，令人敬畏。她还记得那些持续了一周的疯狂派对，她和男人们一杯接一杯地拼啤酒，讲着笑话。狂热的酒精，乱涌的荷尔蒙，陌生的城市，所有混乱汇聚在一起。她在放纵中经历了一次绝望的性爱，对方也是个参会的警察，来自普罗维登斯。毫不意外地，他已婚。这就是华盛顿对于里佐利的意义：满腔的悔恨和脏乱的床单。这个城市告诉她，俗套的艳遇可能发生在任何人身上。在这一点上，她与其他男人并无不同。但当清晨来临，却只有她会感到脆弱。

在酒店柜台前排队等候办理入住的间隙，她看着前面的时髦金发女郎。女人的头发梳得整整齐齐，脚上穿着一双红色的高跟鞋——一个看起来与水门酒店相得益彰的高雅丽人。里佐利有些难堪地看了看自己那双破旧的蓝色女警鞋。她上班时就是要穿这种鞋，也确实一直穿着它。没必要找借口了，她想，这就是我，一个从里维尔走出来的姑娘，专门猎杀怪物的猎人。猎人是不会穿高跟鞋的。

"有什么需要帮忙的吗，女士？"一个工作人员对她说道。

里佐利将自己的包甩到柜台上。"应该是有预定的，查一下里佐利。"

"是的，有您的名字，还有一条迪恩先生留给您的信息。您的会议定在三点三十分。"

"会议？"

前台工作人员将眼睛从电脑屏幕上抬起，看了她一眼。"您不知道吗？"

"我大概知道吧，有地址信息吗？"

"并没有，女士，但三点会有一辆车来接您。"说着，他递了一张门卡给她，微笑道，"看来已经有人将一切都安排好了。"

外面乌云密布，里佐利站在酒店大堂外，手臂上汗毛竖起。沉闷的阴雨天里，她的汗水肆意流淌。她没有等来安排好的豪华轿车，却等来了一辆深蓝色的沃尔沃。车辆驶入门廊，停在了她的身旁。

里佐利从副驾驶的窗子向内望去，看到开车的人正是加布里埃尔·迪恩。

车门锁"咔嗒"一声打开了，她没有说话，安静地坐进了副驾驶座。里佐利没想到会这么快再见到他，猝不及防。她有些愤愤不平，为什么他可以表现得如此云淡风轻，而她还因为上午的旅行感到晕头转向。

"欢迎来到华盛顿，简。"迪恩说，"旅途怎么样，还顺利吗？"

"很顺利，坐豪华轿车还是很舒服的。"

"酒店房间呢？"

"比我之前住过的都好多了。"

迪恩的嘴角浮起一丝若有若无的笑意，他继续专注开车。"所以对你来说，也不算太受罪吧。"

"我有说过是受罪吗？"

"你好像不太愿意到这儿来。"

"如果知道为什么来，我就会高兴些了。"

"等到了那里你就清楚了。"

里佐利看着路过的街道名称，发现他们正在往西北方向走，与联邦调查局总部所在的位置正相反。"我们不是去胡佛大厦吗？"

"不去。我们去乔治敦，他想在家里见见你。"

"谁要见我？"

"康韦议员。"迪恩看了她一眼，"你没带配枪吧？"

"我的枪还在行李箱里没拿出来。"

"很好，康韦议员不允许别人携带枪支入室。"

"出于安保考量吗？"

"为求心安罢了。他参加过越战，不想再看到枪了。"

就在这时，第一滴雨落在了挡风玻璃上。

她叹了口气："多希望我也能说出这样的话。"

康韦议员的办公室中装饰有深色的家具，都是木制和皮制的——典型的男人的房间，墙上挂着成排的日本武士刀——典型的男人钟爱的藏品。藏品的主人是个银发男人，他亲切地与里佐利握手问好，语调温和，但如墨般漆黑的眼睛直勾勾地看着她。里佐利能感受到他毫不掩饰的审视，却忍受着他的检验，因为她知道，如果他有丝毫的疑虑或不满，那么接下来的一切都无法继续。康韦看到里佐利坚定地回视，她不在乎政治，只关心事实。

"请坐吧，警探。"他说，"我知道你是刚从波士顿飞过来的，需要调整状态。"

一位秘书走了进来，手中端着一个托盘，上面有咖啡和瓷杯。里佐利按捺住心中的急躁，看着秘书将咖啡倒入小小的杯子，拿过牛奶，再准备好方糖。终于，咖啡准备好了，秘书起身离开，关上了门。

康韦放下自己的杯子，一口未动。他其实并不想喝，只是为了对来客略表地主之谊。此时一切都已准备妥当,他将注意力放在了里佐利身上。"你能来太好了。"

"我好像也没有选择的余地吧。"

里佐利的直白令他莞尔。尽管康韦表现得彬彬有礼,又是握手又是招待,但里佐利觉得,他应该和大多数土生土长的新英格兰人一样,喜欢有话直说。里佐利自己就是这样的人。"我们还是开门见山吧。"

她也放下了咖啡杯:"正有此意。"

迪恩这时站起了身,走到桌子前,拿起一个文件夹又走回来。他从文件夹中取出一张照片,放在了里佐利面前的咖啡桌上。

"一九九九年六月二十五日。"迪恩说道。

里佐利看着照片中蓄着胡须的男人。他毫无生气地坐在地上,头部后面的白墙喷溅了一片鲜红的血迹。他穿着一条黑色裤子,上身的白色衬衫已经被撕烂。他光着脚,大腿上放着瓷质的茶杯和茶碟。

她还有些发蒙,努力消化着照片中的内容,迪恩又放下了第二张照片,两张照片并排摆放着。"一九九九年七月十五日。"他说。

照片中的被害人依旧是一位男性,他没有留胡须,脸上打理得干干净净。和第一张照片中的男人一样,他也是倚靠着墙壁死去的,喷溅的鲜血将墙壁染红。

迪恩又放下第三张照片。这张照片中,第三名被害人的尸体已经开始出现轻度的腐烂肿胀,他的肚皮鼓起,充满气体。"九月十二日,"他说,"同一年。"

里佐利呆坐在原地,被整齐且直白地摆在樱桃木咖啡桌上的这一连串死亡事件震惊得说不出话来。雅致的咖啡杯和茶匙之间是恐怖而血腥的死亡，如此诡异。迪恩和康韦都没有说话，只是安静地等待着。里佐利依次拿起每一张照片，强迫自己仔细观察，查看照片中的三处凶案现场有无不同，好证明这三起案件出自不同的凶手。但越看她便越能确定，这三起案件与耶格尔家和根特家的惨剧一样，只有细微之处的差别而已。沉默的目击者，被制伏，被逼迫，目睹难以启齿的羞辱和痛苦。

"那些女人呢？"她问，"案件中肯定涉及女人。"

迪恩点了点头："只找到一个，可以确认死者身份，就是三号案件中被害人的妻子。就在拍摄了这张照片一周后，死者妻子的尸体也被发现埋在树林里。"

"死因？"

"勒死。"

"有奸尸痕迹？"

"在死者的阴道中提取到了具有活性的精液。"

里佐利深深地吸了一口气，然后轻声问道："另外两个女人呢？"

"尸体被发现时已经高度腐烂，所以无法确认死者身份。"

"但是你们找到尸体了？"

"对。"

"那为什么会无法确认死者身份？"

"因为我们面对的不仅仅是两具尸体，而是很多，特别多的尸体。"

里佐利抬起头，直直地盯着迪恩的眼睛。他一直在看她，就等着看她此刻惊惧的表情吗？面对她无声的询问，迪恩递过来三份案件材料。

里佐利打开第一个文件夹，发现那是其中一位男性被害人

的尸检报告。她直接翻到最后一页,看最后的结论:

死亡原因:单一割裂伤造成失血过多,左颈动脉、静脉均被割断。

"主宰者",里佐利想,这是他的手笔。

她将材料翻回到第一页。突然间,她的目光死死盯在了那里。因为急着看报告的结论,她忽略了一个重要的细节。

那行字写在第二段:验尸时间为一九九九年七月十六日二十二点十五分,验尸地点为科索沃贾科沃市的移动设施内。

里佐利又拿起下一个尸检报告,直接去看验尸的地点。

科索沃,佩奇。

科索沃,贾科瓦。

"这些验尸工作都是在战场上进行的,"迪恩说,"有时条件极其简陋。在帐篷里只有提灯照明,甚至没有流动水,需要处理的尸体又太多,我们不堪重负。"

"这些都是在调查战争罪的时候才会出现的情况。"里佐利说。

迪恩点头:"我是一九九九年第一批到达科索沃的联邦探员之一。那次行动是应前南斯拉夫问题国际刑事法庭,也就是前南法庭的要求进行的。负责执行第一任务的共有六十五个人,我们的工作就是针对历史上最大的犯罪现场之一进行搜寻并保存犯罪证据。我们在大屠杀现场搜寻了大量的弹道痕迹证据,挖出上百具阿尔巴尼亚人的尸体,并做了尸检,但是未被发现的尸体或许更多。因为即使是在执行调查任务期间,杀戮还在持续。"

"血债血偿,"康韦说,"也是可以预料到的。想想那场战争,别的战争也一样。我和迪恩探员都是前海军陆战队的成员。我曾参加过越战,迪恩探员参加过沙漠风暴行动,我们经历过的事情,看到过的东西,都绝不想再对别人提起。那些无法启齿的事情会让你深深地怀疑，人类真的如同我们自诩的那样，比别的动物高级吗？在那场战争中，塞尔维亚人杀害阿尔巴尼亚人；战争结束后，阿尔巴尼亚的科索沃解放军又反过来屠杀塞尔维亚平民。没有人是干净的，双方都满手血污。"

"我们当初以为这几起案子也属于这种战争双方的复仇凶杀。"迪恩指着咖啡桌上的犯罪现场照片，"战后的复仇谋杀调查并不在我们的任务范围内，我们无须处理当地的不法活动。我去那里的唯一任务，就是按照前南法庭的要求搜集战争罪的证据。"

"但你们还是去处理了。"里佐利看向尸检报告文件纸的抬头，上面是联邦调查局的标志，"为什么？"

"因为我分辨出了案件的性质，"迪恩回答说，"这些谋杀案并非种族渊源造成的。三起案件中，两位被害人是阿尔巴尼亚人，还有一位是塞尔维亚人。但他们有着其他的共同点，就是都娶了年轻貌美的妻子，而且美丽动人的妻子都被人从家中绑走了。在第三次袭击中，我知道凶手的作案特征，知道我们要对付的是什么人了。但是这些案子属于当地司法系统的管辖范围，并不属于派遣我们去那里的前南法庭管辖。"

"所以最后是什么结果？"里佐利问。

"没有结果。没有逮捕任何人，因为根本没有确定任何犯罪嫌疑人。"

"当然，当时还是做了排查的。"康韦说，"但也要考虑到当时的情况。上千名战争遇难者被埋在一百五十多处大型墓坑里，国外的维和部队努力想要维持当地秩序，武装的不法分子叫嚣着要炸毁村落，变着法子杀人，就连平民自己也心怀仇恨。那边就像是早些年的美国西部，任何事情——毒品交易、家族冲突或私人恩怨——不管什么问题总能擦枪走火，造成暴力冲突。但最终几乎所有的冲突,都会被说成是种族关系紧张造成的。而且,你又怎么能说得清呢?死了那么多人,单单拿出一起案子,如何能证明它与其他案件有所不同呢?"

"对于一个连环杀手来说,"迪恩说道,"那个地方就是人间天堂。"

22

里佐利看着迪恩。他曾在军中服役，这一点里佐利并不觉得意外，她早就在他的举手投足间看出了一些端倪。他是一个惯于发号施令的男人，知道战区的情形，而且了解军中征服者一贯的做法：对敌方彻底羞辱，对战利品无情掠夺。

"凶手去过科索沃。"她说道。

"他在那种地方简直如鱼得水。"康韦说，"在一个暴力死亡事件成了家常便饭的地方，凶手可以混迹其中，大开杀戒，再若无其事地脱身，不会有任何人发现异常。我们无法知道有多少谋杀被定性为战争行为。"

"所以凶手很有可能是近期来到美国的移民，"里佐利说，"从科索沃来的难民。"

"确实有这种可能。"迪恩说道。

"你一直都知道凶手可能是科索沃难民。"

"是的。"他并未迟疑地回答道。

"你隐藏了至关重要的信息，在一旁袖手旁观，看着我们这群蠢货警察徒劳地兜着圈子调查。"

"我只是想让你们自己得出调查结论。"

"但我们知道的真相并不全面。"里佐利指着桌子上的照片，"如果知道这些信息，案件调查方向肯定会大为不同。"

迪恩和康韦彼此传递了一个眼神，随后康韦说："很抱歉，还有一些事情我们没有告诉你。"

"还有？"

迪恩拿起文件夹，取出另一张犯罪现场照片。虽然里佐利早就准备好接受第四次视觉冲击，但照片的内容还是令她有些难以忍受，甚至出现了生理反应。她看到一个金发碧眼的年轻男人，瘦骨嶙峋，肋骨清晰可见，瘦弱的肩胛骨耸立凸起。她可以清晰地看到男人死亡时凝结在脸上的表情，面颊上肌肉收紧，咧着嘴的笑容被死亡冻结，这个狞笑令她头皮发麻。

"这个被害人是在去年十月二十九日发现的。"迪恩说，"我们现在还没找到他的妻子。"

里佐利喉头发紧，忍不住吞咽口水，将视线从被害人的脸上移开。"还是在科索沃吗？"

"不是。是在费耶特维尔，北卡罗来纳州。"

里佐利抬头，惊疑地看着迪恩，面带怒容。"你到底还有多少事情没告诉我？天杀的，到底还有多少起案子是我不知道的？"

"我们知道的就这么多了。"

"也就是说，实际上可能比这还要多？"

"可能是的，但我们无权获得那部分信息。"

她难以置信地看了他一眼。"联邦调查局都没有权限吗？"

"迪恩探员的意思是，"康韦介入对话，说道，"有些案件可能超出了我们的管辖权限，还有些国家缺乏准入的犯罪数据库。你要知道，我们现在谈论的可是战区。那种地方政局动荡，管理混乱，凶手被吸引过去很正常。对他来说，简直就像回家一样自在。"

一个可以自由跨越大洋，在海外国家作案的杀手。他的狩猎区域没有国界。里佐利仔细回忆她所知道的关于"主宰者"的全部信息：能够快速制伏被害人，渴望与死者亲密接触，惯常使用兰博刀，还会携带降落伞纤维。思考时，她能感受到两个男人都在注视着她，看着她消化康韦刚刚说的话。他们在测试她，想知道她够不够格让他们破例透露更多机密。

里佐利看着最后被放到咖啡桌上的那张照片："你说这次案件发生在费耶特维尔？"

"没错。"迪恩说。

"有个军事基地就在那附近，对吧？"

"布拉格堡，位于费耶特维尔西北部大概十英里处。"

"基地有多少驻军？"

"差不多四万一千名现役军人。那里是第十八空降军、第八十二空降师陆军，还有特种作战司令部的总部。"迪恩的回答毫不犹豫，这让里佐利意识到，他也觉得这些信息与案件有关，因此早就准备好了答案，就等着她问出口。

"这就是你一直对我有所隐瞒的原因，对吗？我们要找的人有作战技巧，以杀人谋生。"

"我们和你一样，也一直被蒙在鼓里。"迪恩身体前倾，与她靠得如此之近，令她眼中只有他，康韦和这间屋子都好像消失了，"我读到费耶特维尔提交的暴力犯罪逮捕计划的报告，还以为又回到科索沃了。犯罪现场太特别了，凶手相当于留下了自己的签名。被害人死亡时的姿态，造成致命伤的刀锋形状，放在被害人大腿上的瓷杯或是玻璃杯，以及被绑架的妻子。看到报告后我立刻飞到费耶特维尔，花了两周的时间协助当地警方调查，但最终没有锁定任何犯罪嫌疑人。"

"这些事情你之前为什么不告诉我？"里佐利问。

"因为凶手潜在的真实身份。"

"我不管他是谁，就算是四星上将也不行。我有权知道费耶特维尔的案子。"

"如果对波士顿的案件调查有帮助，如果是很关键的信息，能帮助你们确认凶手身份，我一定会告诉你的。"

"你说在布拉格堡基地的驻军有四万一千人。"

"是的。"

"这里面有多少人曾受命去过科索沃？我想你其实也问过这个问题了吧？"

迪恩点了点头："我向五角大楼申请过一份服役军人名单，想知道有哪些人的服役记录与凶案的案发地和时间重合。名单里没有这样的人，仅有几个人住在新英格兰，但都不是我们要找的人。"

"这一点上，我可以相信你吗？"

"当然。"

里佐利却笑了："怪不得有'盲目的信任'这么一说。"

"现在我们对彼此都在冒险，简。我也在赌，赌我可以相信你。"

"相信我什么？到现在，你还是没告诉我任何真正的机密。"

里佐利话音落地，随之而来的却是一阵沉默。迪恩看了康韦一眼，后者微微对他点了点头。这番无声的交流过后，他们已经决定将揭开谜团最关键的信息告诉她。

康韦开口："你听说过'涮羊'吗，里佐利警探？"

"我猜这个词和羊一点儿关系都没有吧。"

康韦微笑："确实，和羊没关系，这是个军事术语。中央情报局偶尔会向军方借用特种部队的军人去执行一些黑色任务，在尼加拉瓜和阿富汗就有过这种行动。那时候，中央情报局自己的行动部门人手不足，需要外援。在尼加拉瓜，所属海军的海豹突击队就做过中央情报局的'涮羊'，在当地港口布下了水雷。阿富汗行动中，绿色贝雷帽特种部队也参与了，负责训练伊斯兰武装圣战士。被借调期间，这些特种部队的人基本上就变成了中央情报局的专案人员，脱离了国防部的管辖，军中也不会留下他们的行动记录。"

里佐利看向迪恩。"那五角大楼给你的那份名单，在费耶特维尔和科索沃服役过的军人——"

"名单是不完整的。"他说。

"有多不完整？有多少人是被故意除名的？"

"我不知道。"

"你问过中央情报局了吗？"

"问了，踢了铁板一块。"

"他们不说？"

"他们没必要说。"康韦说道，"如果你们要找的凶手参与过海外的秘密行动，这件事就永远不会被承认。"

"就算他已经开始在自己的国家犯罪了？"

"在自己的国家犯罪，那他们就更不可能承认了。"迪恩说道，"事情一旦暴露，就会引起巨大的公关危机。若是他参与庭审，出庭做证怎么办？他会向媒体泄露些什么敏感信息？你觉得情报局会让我们知道这种事？知道他们的人已经开始在国内残杀守法平民、虐杀妇女，还要死后奸尸？这些事情一旦暴露，就会天下大乱。"

"那中央情报局都跟你说什么了？"

"说他们没有关于费耶特维尔谋杀案的消息。"

"听起来是典型的敷衍。"

"可不只是'敷衍'那么简单。"康韦说道,"就在迪恩探员向中央情报局询问此事后不到一天的时间,他就被移出了费耶特维尔案件的调查,并被召回了华盛顿。这是联邦调查局副局长办公室直接下达的命令。"

里佐利瞪着他,难以相信"主宰者"的身份竟然藏得这么深。

"迪恩探员就是在那个时候找上我的。"康韦说。

"因为您是军事委员会成员?"

"因为我们已经相识多年。军队里的人总是能彼此相认,彼此信任。他要求我替他去调查此事,但很遗憾,我也毫无进展。"

"堂堂议员都不行?"

康韦自嘲一笑:"我不过是一个自由州选出来的民主党议员。就算我曾作为一名士兵保家卫国,国防部里的一些人也永远不会接受我、信任我。"

她的目光落在咖啡桌上的那几张照片上。照片上的死者被残忍割喉,不是政治的选择、种族的纷争、信仰的取舍,而是因为娶了美丽的妻子。"这些事情几周前你们就应该告诉我。"

"警方查案过程中从来做不好保密措施,泄密像泄洪一样容易。"迪恩说。

"我从不会泄密。"

"所有案子,查案的时候都不可能做到滴水不漏。如果这个信息你的团队也知道了,最后就一定会泄露给媒体。这样一来就会打草惊蛇,吸引一些本不该注意到你的目光,而那些人会想方设法阻止你追凶。"

"你们真的认为他们会保护凶手?即使凶手做了那么多丧尽

天良的事？"

"不，我认为他们也想让他尽早伏法，和我们一样。但不同的是，他们不想声张，要秘密行事，避开公众视线。显然他们也不知道凶手在哪儿。此人已经不受控制，正在猎杀平民，就像一个行走的定时炸弹，他们已经无法承受装聋作哑的后果。"

"如果他们抢在我们之前找到凶手，会怎么样？"

"我们永远不会知晓了，不是吗？类似的案件将不再发生，除了这个我们什么都不知道，永远只能猜想凶手的身份。"

"对我来说那不叫圆满。"里佐利说。

"当然，你想伸张正义。你想要亲手抓到他，审判他，让他认罪伏法。完完整整，一步都不能少。"

"你说得好像我是要去九天揽月一样。"

"这起案子里，确实相当于那样。"

"这就是你带我来的原因吗？为了告诉我，我们永远也抓不到他？"

迪恩突然靠近她，表情变得有些急切。"我们和你想要的是一样的，简。伸张正义，一步都不能少。从科索沃开始，我就在追踪这个男人。你觉得我会轻易就被打发走吗？会那么容易妥协吗？"

康韦轻声说道："警探，现在你知道我们把你带到这里来的原因了吧？知道这件事需要小心处理了吧？"

"你们好像有些过分小心了。"

"但对于现在的情况来说，只有这样才能达成最终的目的，将凶手从地下挖出来，让真相大白。这应该是我们共同的目标。"

里佐利目光炯炯地看了康韦议员好一会儿。"我来华盛顿的差旅费都是您出的吧？机票、豪车接送，还有高档酒店，都不是联邦调查局出的钱。"

　　康韦点了点头,苦涩一笑。"真正重要的事情,明面上是不能留下任何痕迹的,私下里行动才最好。"

23

大雨倾盆，雨滴落在迪恩那辆沃尔沃车顶上，如鼓点般喧嚣不止。挡风玻璃上的雨刷一下接一下地刷着，画出一幅带着水渍的油画，前面是停滞不前的车队和淹水的街道。

"还好你今晚没有飞回去。"迪恩说道，"机场现在肯定已经乱成一团了。"

"这种天气，我说什么都不会飞上天的，谢谢。"

迪恩似乎被逗乐了，转头瞥了她一眼。"我还以为你什么都不怕呢。"

"是什么让你有了这种印象？"

"是你。你无时无刻不在展现这一点，一副随时准备战斗的样子。"

"你又在分析我了，你总是这样。"

"习惯而已。我参加海湾战争的时候就是干这个的，打心理战。"

"行吧，但我并不是你的敌人，好吗？"

"我从来没把你看作敌人，简。"

里佐利看了他一眼，忍不住在心里赞叹。她一直觉得他的侧脸干净而清爽，很赏心悦目。"但是你并不信任我。"

"我那时候还不了解你。"

"所以你现在改变主意了？"

"不然你觉得我为什么要叫你来华盛顿？"

"哦，那我怎么知道。"她说，突然有些恶作剧地笑出了声，"因为你想我了，忍不住想要再见到我？"

他的沉默让她双颊如火烧一般。里佐利突然觉得自己又蠢又矫情，成了自己讨厌的那种女人。她望向窗外，回避他的目光，耳边还回荡着她刚刚自作多情的痴话。

前方路上，堵塞的车流终于又开始动了，车轮缓缓在积水中驶过，荡起水波。

"其实，"他开口了，"我确实想见你。"

"哦？"里佐利有些漫不经心地应道。她刚刚已经让自己那么难堪，所以绝对不会再犯这种错误了。

"我想跟你道歉。我之前找过马凯特，跟他说你无法胜任这项工作。我错了。"

"你是什么时候觉得自己错了的？"

"不是在哪一个具体的时间点，就是……日复一日地看着你工作，看到你多专注，多有韧性，努力把每一件事都做好。"接着，他又轻声补充道，"还有后来我才知道的，从去年夏天到现在，你每天都要面对的东西，那些我从没注意到的问题。"

"哇哦。'即使这么艰难她都没有甩手不干呢。'"

"你觉得我是在可怜你？"迪恩说道。

"听到这种话谁都不会觉得开心吧，就像在说'看她多能干啊，明明已经泥菩萨过河自身难保了'。所以要怎么着？给我发一块残奥会奖牌，赞扬我身残志坚，慰劳一下精神受创的警察吗？"

迪恩有些愠怒地叹了口气："你每次听到别人夸奖的时候，

都要去质疑一下背后的动机吗？每一句赞扬？有些时候，人们说的话就是心里话，简。"

"你心知肚明，你知道为什么我会对你说的每一句话都这么挑剔。"

"你觉得我现在还是心怀鬼胎。"

"我已经看不透了。"

"但是我肯定另有所图，对吧？因为你绝对配不上我一句好话。"

"行吧，我明白了。"

"你也许是明白了，但你并不相信。"遇上红灯，他踩下了刹车，转头看着她，"你这疑心病到底是怎么养成的？过着简·里佐利的人生，就那么险恶吗？"

里佐利酸涩地笑道："用不着扯那么远，迪恩。"

"是因为你是一个女警察吗？"

"你自己猜吧。"

"但你的同事看起来都很尊敬你。"

"还是有几个对我不以为然的，表现得相当明显。"

"总有这种人。"

信号灯变绿，迪恩的目光再次回到前方的道路上。

"警察这一行就是这样，"里佐利说，"男人的自尊心脆弱又敏感。"

"那你为什么还选择当警察？"

"因为我实在不会做家务。"

那一刻，两人都笑了。那是他们头一回这样毫无芥蒂地放松大笑。

"其实，"她开口道，"我从十二岁起就想成为一名警察了。"

"为什么?"

"因为警察会得到所有人的尊重,至少在一个孩子眼里是这样的。我也想要警徽和手枪,想让人们一见到我就会注意到我。我不想在某间小办公室里悄无声息地过一辈子,变得默默无闻,微不足道。对我来说,像隐形人一样被忽视,就像被活埋一样。"她曲肘抵在车门上,手支着头,"现在,我倒觉得变成隐形人应该也不错。"至少"外科医生"就不会注意到我了。

"你好像有些后悔做警察。"

里佐利想起那些满是咖啡苦涩香气的漫漫长夜,与肾上腺素为伴,面对人与人之间最丑陋的恶意。接着她又想到了那个飞机男尸,他的案宗仍在她的办公桌上,无声地诉说着一场徒劳。是他的,也是她的。人们总会做梦,有时这些梦境将我们带到心仪的彼端,有时则是意想不到的劫难。比如一个坐落在农场庄园的地下室,空气中还弥漫着血液的甜腥;又或者从万米高空坠落,四肢胡乱地挥动,徒劳地抵抗地心引力的杀意。但这都是我们的梦,我们没有选择,只有顺着梦境中的道路前进。

最终,她开口说道:"不,我并不后悔。这就是我的工作,为之忧心,也为之愤怒。我得承认,让我愤怒的时候更多。每次看到被害人的尸体,我都做不到无动于衷,总是气不打一处来。那时我会被他们的死亡影响,变得暴躁易怒。也许哪一天,我再也不觉得愤怒了,我也就该辞职了。"

"你这副侠肝义胆也不是人人都有的。"迪恩看着她,"我觉得你是我见过最情感充沛的人了。"

"似乎不是什么好事。"

"不,情感充沛是一件好事。"

"意味着你随时随地都可能暴走?"

"你是这样吗?"

"有时候确实有这种感觉。"里佐利看着雨水从挡风玻璃上滑落,留下蜿蜒的痕迹,"如果我更像你一点儿,应该会更好。"

迪恩没有说话,里佐利开始纳闷,自己最后这句话是不是冒犯了他,他是不是以为她在暗讽他冷漠无情。虽然这个男人给她的印象就是如此:冷血动物一样的冷静。这么多天来,他一直让她猜不透。她有些跃跃欲试地想要刺激他,让他展现出真实的情感,就算是负面情绪也好,以此证明她其实对他是有影响的。尽管这一想法听起来如此不切实际。

正是这种不信邪的挑战让女人们做了跳梁小丑,徒增难堪。

当迪恩终于将车子停在水门酒店门廊时,里佐利已经准备好冷静地告别了。

"谢谢你送我回来,"她说,"还有你们的坦白。"她转过身,打开车门,车外湿热的空气涌了进来,"我们波士顿再见。"

"简!"

"嗯?"

"我们不要再彼此隐瞒了,好吗?我说的话就是我要表达的意思。"

"随你吧。"

"你不信我,对吗?"

"这重要吗?"

"重要。"他轻声回答,"对我来说很重要。"

里佐利愣住了,心跳突然加速,目光转回到迪恩身上。长久以来,他们一直相互隐瞒,相互猜疑,彼此都不知道如何在对方眼中读到信任。然而那一刻,他们口中似乎要吐出无数心声,他们之间有着无数种可能。但因为害怕犯错,没人敢迈出第一步。

一道身影走向里佐利，随即车门敞开。"欢迎来到水门酒店，女士！您需要帮忙搬送行李吗？"

里佐利被突然的人声吓了一跳，抬头看去，酒店的门童正微笑地看着她。他以为她正要下车。

"我已经办理过入住手续了，谢谢。"说完，她再次看向迪恩，但刚刚那个微妙的瞬间已经过去了。门童还站在原地，等着她出来。她只好顺势下了车。

她透过车窗看向他，然后挥了挥手。这便是两人的道别，如此匆忙。里佐利转身走进酒店大堂，稍作停留，却只看到迪恩的车开出门廊，消失在雨中。

电梯里，她靠墙站着，闭上了眼睛，回想起刚刚车中的情景，她也许无意间袒露了某种情感，说了某句蠢话。她无声地咒骂着自己的愚蠢。回到房间时，她已经无法忍受再在这里多停留一秒。她要立刻退房，马上离开，回波士顿。今晚肯定还有航班，她肯定能赶上。或者坐火车也行，她一直都很喜欢坐火车。

此时此刻，她不理会心中纷乱，只是迫切地想要逃离这里，将在华盛顿经历的难堪都抛在身后。她打开行李箱，开始收拾。她本来就没带多少东西，所以收拾行李也没用多久，只是把挂在衣柜的备用衣裤拿出来，扔到箱子里的手枪和枪套上，随后快步走进卫生间，将牙刷和梳子装进洗漱包。她拉上行李箱的拉链，正拖着箱子向门口走去时，听到了敲门声。

迪恩站在走廊上，灰色的西装被雨滴淋湿，头发上有一层水珠，微微发着光。"我们的话还没说完。"他说。

"你还有什么要对我说吗？"

"有，我确实有话要说。"他迈步走进房间，关上了门。皱眉看着她打包好的行李，他才发现她正准备离开。

天哪,里佐利想,勇敢一点儿吧,总得有个人打破僵局,迈出第一步。

未等他再开口说什么,她就将他扯向自己。几乎同时,迪恩的手臂环住了她的腰。嘴唇相接的那一刻,两人便明白,这是两相情愿的沉沦,纵使是个错误,他们也会承担相应的后果。她对他几乎一无所知,只知道自己渴望着他,至于后果,留给以后再说。

他的脸被雨水打湿,泛着冰冷的潮气,随着衣衫脱落,他的皮肤上也沾染了潮湿的羊绒气味。她贪婪地闻嗅着,亲吻着他的身体,也享受着他的亲吻。她没耐心去享受温和的灵肉结合,只想酣畅淋漓而不计后果地得到他。但里佐利感受到了迪恩的迟疑,他想要放缓步调,避免这一切失去控制。于是,在两人的首次交锋中,她成了征服者,攻城略地,迪恩则成了投诚方,任取任求。

两人深沉的睡梦中,午后的阳光逐渐西斜。等到里佐利醒来,她看到了睡在身旁的男人,黄昏的光晕里,他的身形有些模糊。直到现在,他对她来说依旧是一个谜。她已经熟悉眼前人身体的每一寸,如同对方熟悉她的。虽然她知道该为这欢愉感到某种羞愧,但此刻真实的感受却是略带疲惫的满足,还有一丝隐隐的新奇。

"你把行李都收拾好了。"迪恩开口。

"我本打算办了退房,今晚就回家。"

"为什么?"

"我已经没有留下来的必要了。"她伸手触摸他的脸,摸着粗糙的胡茬,"直到你出现。"

"我也差一点儿就来不了。我开着车在这个街区转了好几圈,才鼓起勇气。"

里佐利笑了:"说得好像你很怕我一样。"

"实话说吗?你确实有点儿让人畏惧,难以接近。"

"我真的给人这种印象吗?"

"无所畏惧,斗志昂扬。你身上那种燃烧的热烈让我惊奇。"迪恩的手指轻轻抚弄着她的大腿,指尖在她的肌肤上引起一阵战栗,"在车里的时候,你说希望能更像我一点儿,其实,简,我倒是希望自己能更像你。我希望可以有你那种热烈的情感。"

她将手放在了他的胸前。"你这话说得,难不成你真的没有心吗?"

"你难道不是这样想的?"

里佐利没有说话。冷血动物一样冷漠无情。

"确实是这么想的吧,不是吗?"他说。

"我不知道该怎么看待你。"她承认道,"你一直那么超然,不像个真人。"

"麻木罢了。"

这句话如同耳语,轻轻地从他口中吐出,里佐利甚至怀疑他似乎并不是真的想让她听到这个答案,而不过是自言自语。

"我们的反应方式不同,"迪恩说,"对于面对的事情的处理方式不同。你说它让你愤怒。"

"对,大部分时候都是。"

"所以愤怒激励你投身到战斗中。你一往无前地发起冲锋,火力全开,和你面对生活的态度一样。"他轻柔地笑了,补充说,"脾气火爆,做起事来风风火火。"

"面对那些案件,你又怎么能不生气,不愤怒呢?"

"我会克制自己,不让自己情绪失控。这就是我的方式。退后一步,深呼吸,冷静下来,把每次查案都当作是完成一次拼图游戏。"他看着她,"所以你才会让我着迷。你一直拥有那些纷乱的情绪,不管面对什么,一直不屈不挠地燃烧着的样子……迷人又危险。"

"为什么?"

"因为你和我完全不同,和我一直努力做到的完全不同。"

"你害怕我会连你也一起烧起来。"

"是啊,飞蛾扑火一样,无法不受其吸引,即便知道走近它会被焚烧殆尽。"

她吻上他的唇。"一点点危险而已。"她低语,"多刺激。"

天色渐晚,黄昏沉入黑夜。两人洗去身上的汗水,穿着同款的酒店浴袍。他们在镜中对视,咧嘴笑了起来。晚饭叫了酒店服务,然后他们在床上喝了红酒,打开电视机,调到喜剧频道。今晚,他们不要看CNN新闻,杜绝任何坏消息,避免破坏这一刻美好的氛围。今夜,她要将沃伦·霍伊特隔绝到千里之外。

但即便她逃到天边,躲在男人的臂弯里沉沉睡去,也无法摆脱噩梦中霍伊特的纠缠。里佐利从梦中猛然惊醒,让她身体汗湿的不是斗志,而是恐惧。在擂鼓般的心跳声中,她听到手机铃声响起。她花了几秒钟才将迪恩环在她身上的手臂小心移开,然后伸手到他身后的床头柜,拿过自己的手机,接通来电。

"我是里佐利。"

弗罗斯特的声音传来:"我把你吵醒了吧?"

她眯起眼睛看了看床头的闹钟收音机。"凌晨五点?是啊,你猜得可真准。"

"你还好吗?"

"我很好,怎么了?"

"是这样的,我知道你今天就要回来了,但还是想在那之前告诉你一声。"

"怎么了?"

他并没有立刻回答她,这时电话那头传来谈话声,有人正在问弗罗斯特关于证据袋的问题。她明白过来,此时他正身处某个犯罪现场。

身旁的迪恩也醒了,感觉到了她突然紧绷的神经。他坐起身,打开了灯。"发生什么事了?"

弗罗斯特的声音再次传来。"里佐利?"

"你在哪儿?"她问。

"我接到通知,这边有人报警,过来处理一起入室盗窃案。"

"你一个凶案组的人,为什么要去管这种案子?"

"因为案件发生在你家。"

里佐利僵住了,电话贴在耳边,她可以听到自己的心跳声。

"你现在人不在波士顿,所以我们暂时撤去了你住处公寓楼的监护。"弗罗斯特说道,"是和你住在同一层二〇三室的邻居报的警。一位女士,叫什么来着,呃——"

"斯皮格尔。"她轻声说道,"金杰·斯皮格尔。"

"对,看起来是个机灵姑娘。她说她在麦乔拉酒吧做吧台服务员。昨晚回家的时候,她发现消防出口下面有碎玻璃,抬头一看,就发现你家的窗户被打破了,于是立刻拨打了报警电话。最先到达现场的警察发现案发地是你的住处,就打电话通知了我。"

迪恩碰了碰她的手臂,无声地询问她。她并没有理会,只是清了清喉咙,强装镇定地说道:"他带走了什么吗?"她已经知道窃贼是谁了,毫不迟疑地用了"他"。她没有说出男人的名字,但他们都知道这是谁做的。

"那只能等你回来告诉我们了。"弗罗斯特说。

"你现在就在那边吗?"

"就站在你公寓的客厅里。"

里佐利闭上眼睛,怒火中烧,甚至感觉一阵恶心。她想象着陌生人侵入她的家,打开她的衣柜,翻动她的衣物,拨弄着她最为私人的物品。

"在我看来,家里没被翻过。"弗罗斯特说,"你的电视机和CD播放器都在。厨房料理台上有一大罐零钱,也没被动过。还有什么别的他们可能会想要拿走的东西吗?"

我心灵的宁静,我的理智。

"里佐利?"

"我想不出来。"

一阵沉默之后,弗罗斯特开口,柔声道:"等你回来,我会陪你一起找,一寸都不会放过,我们一起面对。房东已经把损坏的窗户钉起来了,所以雨不会飘进来。如果你想的话,也可以在我家住一阵子,我知道爱丽丝不会介意的。我们有一间闲置的客房,从来没人住过——"

"我没事。"她说道。

"没关系的——"

"我没事!"

她的声音里流露出无法掩藏的愤怒,更多的是无法放弃的骄傲。

弗罗斯特是个有分寸的人,知道进退,于是不再坚持,也并没有被冒犯的不满,只是平静地说道:"你回来后就立刻打电话给我吧。"

迪恩看着她挂断电话。突然间，里佐利再也无法忍受被人目睹自己的赤裸与恐惧，这样毫不掩饰地将自己的脆弱展露在别人面前让她无法接受。她爬下了床，走进浴室，然后将门紧锁。

片刻后，迪恩敲了敲门。"简？"

"我想再洗个澡。"

"别把我关在外面。"他又敲了敲门，"出来吧，和我谈谈。"

"等我洗完。"她打开水，走进去。这么做并不是因为她真的需要清洁身体，而是因为嘈杂的水流可以结束这段对话。在这喧闹的幕布后面，是她隐藏起的私人领域。水流顺着她的身体肆意流下，她低着头，双手撑着贴有光滑瓷砖的冰冷墙壁，与恐惧拉扯。她想象着它们像污垢一样，终将被水流冲刷干净，一层又一层，逐渐剥离。洗完澡后，她终于感到了些许平静，似乎已经被净化了。里佐利擦干身体，在雾气朦胧的镜面瞥见了自己的影子。她的脸已经不再惨白，热水的温度给脸颊镀了红晕。她准备好再次扮演那个角色，那个永远不会被打败的简·里佐利。

她走出浴室，迪恩就坐在窗边的扶手椅上。他没有说什么，只是看着她开始穿衣，一件件地从地板上把衣服捡起来。凌乱的床单无声诉说着两人不久前的火热缠绵。不过是一通电话，就散尽了所有温情。现在，她带着伪装的坚毅果决在房间里走来走去，若无其事地系上衬衫的扣子，拉上西装裤的拉链。外面的夜色依旧深重，但对她来说，昨夜已经过去了。

"你打算告诉我吗？"他问。

"霍伊特去了我的公寓。"

"他们确定是他吗？"

里佐利转过来，看着他："还能有谁？"

话音刚落,她就听出了意料之外的尖刻。慌乱间,她红了脸,从床下找出自己的鞋。"我必须得回家了。"

"现在才早上五点,你订的航班要九点半才飞。"

"你不会以为出了这种事之后我还能继续睡吧?"

"这样你回到波士顿会累坏的。"

"我不累。"

"那是你的肾上腺素在作祟。"

里佐利将脚伸进鞋子里。"别这样,迪恩。"

"别哪样?"

"想要照顾我。"

无言的沉默。然后他终于开口,语气中有藏不住的讽刺:"抱歉,我总是忘记你完全能照顾好自己。"

里佐利背对着他,僵住了身体,已经开始后悔刚刚说的话。第一次,她渴望他的安慰,希望他会走过来,伸出双臂抱住她,希望他拥着她回到床上。他们会相拥而眠,直到她不得不离开的最后一刻。

但当她转过身面对他时,迪恩已经从椅子上站起了身,正在穿衣服。

24

她在飞机上睡着了,直到快要落地时才醒来。一睁开眼睛她就觉得头昏脑涨,口干舌燥。坏天气从华盛顿一路跟随她来到了这里,飞机在气流中颠簸,座椅和靠背上的小桌板不断震荡,乘客也都紧张兮兮的。里佐利坐在窗边的位置,可以看到窗外巨大的机翼在灰色的云层里若隐若现。但她太累了,眼前的凶险情形并没有让她焦虑或紧张。她依旧想着迪恩,他不断出现,拉扯她的注意力,让她难以专心思考马上要面对的那些事情。她看着窗外的云雾,想起了迪恩的触碰,还有他的鼻息和留在她皮肤上的温热。

她想起他们在机场告别时最后的交谈,在雨中冷淡而匆忙的道别。那不是爱人之间的告别,而是同事之间的客套,他们都还有自己的事情要忙。她怪自己拉开了两人之间的距离,也怪他就这样任由自己离开。昨日重现般,华盛顿又一次代表了满腔的悔恨和脏乱的床单。

飞机在瓢泼大雨中降落。她看到了地面工作人员穿着连帽雨衣在停机坪忙碌,地上不断被溅起水花。里佐利已经开始抗拒接下来要面对的事情了,她的公寓再也无法给她安全感,因为"他"来过了。

里佐利从行李传送带上找到自己的拉杆箱,拖着它走出了机场，并在出门的瞬间被劈头盖脸的暴风雨击中。远处有一条长长的队伍，人们在等出租车。里佐利环顾四周，看到了街对面停着一排豪华轿车，其中一辆车的车窗外有个写有"里佐利"的名牌，她瞬间松了一口气，放下心来。

她敲了敲驾驶席的车窗，玻璃缓缓落下，露出一张陌生的脸，并不是前天送她到机场的那位年迈的黑人司机。

"有事吗，女士？"

"我是简·里佐利。"

"您要去克莱蒙特大街，对吗？"

"对，是我。"

司机下车，打开了后座车门："欢迎乘车，我来帮您把行李箱放到后备厢里。"

"谢谢。"

里佐利钻进车中，疲惫地叹了一口气，她摊开身体，靠坐在后座奢华的皮椅上。窗外传来阵阵鸣笛声，不断有车在大雨中驶过，传来车胎打滑的声音。豪华轿车里难得的安静，她闭上了眼睛，车子驶离洛根机场，朝着波士顿高速公路开去。

她的手机响了。里佐利努力挣脱疲惫，坐直身体，有些迷糊地在包中翻找手机，钢笔和零钱掉了出来。终于，她拿出了手机，在第四声响铃的时候接通了电话。

"我是里佐利。"

"我是康韦议员办公室的秘书玛格丽特，您的行程是由我负责安排的。我想跟您确认一下，您下飞机之后是有人接机的，对吗？"

"是的，我现在就在车里。"

"哦，"对方停顿了一下，"啊，看来问题已经解决了，太好了。"

"有什么问题吗？"

"负责接送服务的租车公司打电话来确认，说您取消了机场的接机服务。"

"哦，并没有，司机就在外面等着呢。谢谢你。"

里佐利挂断了电话，弯腰捡刚刚从包里掉出来的东西，一支圆珠笔滚到了驾驶座下。就在伸手去够的时候，她摸到了车垫，突然间，她认出了车垫的颜色——海军蓝。

慢慢地，她坐直了身体。

车子正驶进卡拉汉隧道，隧道上方就是查尔斯河。此时的车流已经慢了下来，像是在看不到尽头的水泥管道中前行，笼罩他们的是昏黄而迷蒙的琥珀色灯光。

杜邦安特强，海军蓝尼龙66，凯迪拉克和林肯车常用的车垫产品材质。

她不动声色，盯着窗外隧道的墙壁。里佐利想到了盖尔·耶格尔，还有她墓园中腐烂的尸体。载着自己的这辆豪华轿车，也正开往代表死亡的墓园大门吧。

她想起了亚历山大和卡伦娜·根特，他们也曾到达洛根机场，就在遇害的前一周。

然后是肯尼思·韦茨和他的多次酒驾违规。一个不能驾车出行的男人，却还是带着他的妻子来到了波士顿。

他就是这样找上他们的吗？

一对夫妇上了他的车，后视镜里映出妻子美丽的面孔。她坐在豪华轿车的后座，感受着柔顺的皮制座椅带来的舒适感，一路赶回家中，从未发觉有人盯上了她。一个她连面目都没有看清的男人，在那一刻，已经选中她作为自己的目标。

琥珀色灯光闪过，里佐利在脑海中猜想着，推测着，不断地添砖加瓦，抽丝剥茧地还原案件的真相。多舒适的座驾啊，多安静的旅程啊。座椅柔软得仿佛人类的皮肤，一个毫不起眼、不知姓名的男人开着车，所有这一切都让乘客感觉安全而放松。人们对开车的司机一无所知，司机却知道乘客的姓名、航班号，还有她所住的街区。

车流停了下来。远远地，里佐利可以看到前方隧道的出口，一团微小的、灰色的光亮。她一直将脸朝着窗外，不敢转过头看向司机，不想让他看出自己的忧虑和恐惧。她将不断冒着汗的双手伸进包中，握住了手机。她并没有把手机拿出来，只是坐在那里，手放在包里，想着万一他突然动手，自己该怎么做。目前为止，他没有露出任何马脚，没有做出任何惊扰她的举动，与普通的司机一样沉默而可靠。

里佐利慢慢将手机从包里拿了出来，打开它。昏暗的隧道里，她努力看清按键数字，拨出电话。要表现得自然些，她想，就好像你找弗罗斯特并不是为了求救，而是为了打听一些日常的琐事，不能尖声叫嚷，不能大呼救命。但是她应该说点儿什么呢？"我觉得我好像有麻烦了，但我不确定"？她按下快速拨号，打给了弗罗斯特。呼叫铃声响起，随后传来一声微弱的"你好"，夹杂在喧嚣的杂音中。

隧道。我还在该死的隧道里。

里佐利挂断了电话，看向前面，想知道他们距离隧道出口还有多远。就在那一刻，她的视线在不经意间与后视镜中司机的视线对在了一起。她犯了大错，不应该与他对视，不应该发现他在监视她。因为在那一瞬间，他们对彼此都心知肚明了。

下车。赶紧下车！

她扑向车门把手,但他已经按上了门锁。里佐利手忙脚乱地解锁,在恐惧与慌乱中寻找车门上的解锁钮。

但这么几秒钟对他来说就够了,他的手伸向后座,用电击枪对准她,按下了开关。

电流从肩膀传来,五万伏特的电压传遍躯干,闪电一般流过她的神经系统,她的视线立刻漆黑一片。里佐利瘫倒在了座椅上,她的双手无力,全身肌肉阵阵痉挛,失去了控制,只能无助地抽搐着。

擂鼓般的闷响从上方传来,将里佐利从黑暗中唤醒,灰色迷雾般的光线缓缓照亮她的视网膜。她尝到了血的味道,温热的铁锈味,她的舌头被自己咬破了,一阵一阵地抽痛。灰色薄雾渐渐消散,她看到了天光。他们驶出隧道了,车子正开往……哪里?里佐利的视线依旧模糊,但透过窗子,她可以看到灰色天空下耸立的高楼。她努力试着抬起手臂,但动作沉重且迟缓,刚刚电击造成的痉挛让肌肉变得乏力。窗外不断闪过的高楼让她头晕目眩,不得不闭上眼睛。里佐利将所有力气都集中到恢复四肢的行动力上,感到肌肉的抽搐,手指紧握成拳,越来越紧,越来越用力。

打开门。解开车锁。

里佐利睁开了眼睛,在晕眩中挣扎着,胃随着窗外快速掠过的世界而翻江倒海。她用力伸直手臂,哪怕只能伸展分毫,也代表着小小的胜利。她的手伸向车门,伸向解锁钮,按下了按键,听到门锁"咔嗒"一声打开了。

突然间大腿处传来一阵按压。她看到电击枪再次由男人握在手中，抵在她的大腿上，而他正回头看向她。又一股电流猛地从大腿处爆发，传进她的身体。

她的四肢不断抽搐，黑暗将她笼罩。

冰凉的水滴落在她的脸颊上，胶带被扯断的尖锐声响传来。里佐利被男人捆住她手腕的动作惊醒，胶带缠绕了几圈，随后被扯断。接着，他又将她的鞋子脱下来，随意地扔在车内，然后脱下了她的裤袜，这样胶带就能更紧密地粘在她的皮肤上。里佐利的视野渐渐清晰，随着男人弯腰将身体探进车内的动作，她看到了他的头顶，他的注意力还在捆绑她的脚踝上。透过敞开的车门，里佐利看到了他身后大面积的绿色。湿地和树林，没有建筑物。是沼泽吗？他把车停到了后湾沼泽？

又一声胶带被撕裂的声音，然后她闻到了黏胶的气味，胶带封住了她的嘴。

他居高临下地看着她，她注意到了在机场他第一次摇下车窗时被她忽略的细节，那时这些细微的特征对她来说还无关紧要。男人有着黑色的眼睛，棱角分明的脸部轮廓，带有野性的警觉的表情，还有对接下来将要发生的事情的兴奋和期待。这是一张不会被乘客注意到的脸。他们是身穿制服的无面人，里佐利想。那些在酒店为我们打扫房间的人，帮我们提行李的人，开着豪华轿车接送我们的人。他们生活在另一个平行世界，鲜少有人注意到他们，直到需要他们的服务——

直到他们开始入侵我们的世界。

他将里佐利掉在车座下的手机捡起来，扔在地上，然后用脚跟踩了几下，将它碾碎，只剩一堆看不出样子的塑料和金属线，接着用力将手机的残骸踢到路边的灌木丛中。再也不会有报警电话了,没有警察能找到她了。

目前为止,他的每一个行动都十分必要且高效。他做起这些事情简直信手拈来,极为擅长,显得经验十足。他弯腰钻进车里,将里佐利拖到门边,然后轻松地将她抱起,扛在肩头。一个特种兵可以背负四十五公斤重的背囊徒步行军,所以背起一个五十一公斤的女人对他来说轻而易举。雨水洒落在她的脸上,男人只是将她从车里转移到后备厢。她瞥到了车外的树林,雨雾中的银色反光,还有地上茂密的植物,但没看见其他车辆。尽管她可以听到树林后传来车辆经过的阵阵声响,就像将海螺贴在耳边听到的潮汐声一样近,让她忍不住从喉咙里挤出绝望的号叫,却因为无法张口而变为压抑的呜咽。

后备厢已经敞开了,降落伞布铺好了,等着包裹她的身体。男人将里佐利扔进去,又回到车里捡来她的鞋子,也扔了进去。他关上了后备厢,里佐利听到他将钥匙插进锁孔转动的声音。现在就算她能挣脱双手的捆绑,也逃不出这个囚禁她的棺材了。

她听到了车门关闭的声音,然后车子又动了起来,开往约定的地点,与一个男人碰面。里佐利知道那人在等她。

她想起了沃伦·霍伊特,想起了他淡淡的微笑,还有戴着橡胶手套的修长手指。她一想到他手中握着的东西,恐惧就吞噬了她。她呼吸变快,感觉快要窒息了,周围的空气似乎都变得稀薄,她无法畅快地大口呼吸。里佐利因为恐慌开始扭动挣扎,像是发了疯的动物,渴望活下去。她的脸在挣扎间重重地撞到了之前放进后备厢的拉杆箱,撞击令她僵住了身体。里佐利筋疲力尽,脸颊传来阵阵抽痛。

车子减速,随后停住了。

里佐利一动也不敢动，心脏疯狂地撞击着胸膛，等待接下来要发生的事情。她听到一个男人的声音。"您好。"车子缓缓起步，又逐渐加速。

收费站，他们现在是在收费高速公路上。

里佐利开始在脑内回想波士顿西部所有大大小小的城镇，所有空荡的田野和大片的树林，这种地方不会有人下车停留的。若是被抛尸在这里，可能永远也不会有人发现。她想起了盖尔·耶格尔的尸体，肿胀肮脏，蜿蜒着深色的血管。还有马莱尔·琼·韦茨破碎的尸骨，散落在静谧的树林里。人的归宿就是这样，尘归尘，土归土。

里佐利闭上眼睛，感受着身下的轮胎碾过崎岖的路面。车速很快，说明现在已经驶出波士顿市区很远了。等着她落地之后再联络的弗罗斯特又在想什么呢？他要花多长时间才能意识到不对劲呢？

没用的。他根本不知道从哪儿找起，没人知道。

她的左臂被身体的重量压得发麻，刺痛也变得无法忍受。她滚动身体，面朝下趴在了车厢里，脸压在了光滑的降落伞布料上。就是它包裹了盖尔·耶格尔和卡伦娜·根特的尸体，她能闻到布料褶皱间散发出来的死亡的气味。那是尸体的复仇。里佐利感到一阵恶心，试着跪坐起来，头却撞到了后备厢的顶部，头皮传来一阵剧痛。行李箱虽然很小，不占什么地方，但本就狭小的后备厢因它的存在而更显逼仄。幽闭恐惧袭来，恐慌再次爆发。

控制住。妈的，里佐利，控制住自己。

但她无法将"外科医生"的脸从脑海里挤出去。她想起自己无助地躺在地下室的地板上，他的脸就这样突然出现在上方，看着她。她记得那时等着他手中手术刀刺过来，并且明白自己绝对无法躲避，心中满是绝望。当时她最想要的就是死个痛快。

因为活着要面对无尽的痛苦。

里佐利强迫自己调整好呼吸，深深吸气再呼气。脸颊上划过温热的液体，后脑正刺痛着。她撞破了自己的头，现在血缓缓地流下来，滴落在身下的降落伞上。证据，她想，血液留下了我来过的证据。

我在流血。到底是什么东西撞破了我的头？

她抬起被捆在背后的手臂，手指顺着车顶摸索，寻找着磕破她头皮的东西。她摸到了塑料，然后是光滑的大片金属，突然间，一小块尖锐的凸起划过她的皮肤，那是一个螺丝钉的钉尖。

她停了下来，放松手臂酸痛的肌肉，将流到眼睛里的血眨掉。里佐利静静地听着轮胎滚过路面，发出有规律的声响。

车速依然很快，波士顿已经被他们远远地抛在身后了。

树林环绕在四周，这里很美。我站在环形的空地上，周围是郁郁葱葱的树木。树尖伸向天空，像是天主教教堂的尖顶。雨下了整整一个上午，此时天色终于见晴了，阳光穿透云层，洒向大地，落在这块空地上。我已经提前在这里准备了四根铁柱，并在它们之间都系上了绳子。除了雨滴从叶子上滴落的声音，这里一片寂静。

随后我便听到了破空的拍翅声，抬头看去，三只乌鸦正停在头顶的枝条上。它们贪婪地看向这里，似乎也预感到了接下来要发生的事情。连它们也看出了这是什么地方，所以耐心地等待着，扇动着黑色的翅膀，被即将呈现的腐肉盛宴吸引。

阳光烤得这里暖烘烘的，树木叶片上的雨水开始蒸腾。我早早地将背包挂在树上，防止被雨水淋湿，包里的工具压弯了树枝，像是一颗沉甸甸的果实垂在枝头。我不用再检查包里的东西了，收拾包裹的时候已经仔细查看过了。我一件一件地感受它们冰冷的金属质感，然后轻柔地放进包里。即便是经历了一年的监禁，也没能削弱我对它们的熟悉，当我触碰手术刀时，就仿佛握住了一个老朋友的手。

接下来，我要迎接另一位许久不见的老朋友了。

我走到树林外的路边等待着。

厚重的云层已经消散开来，变成挂在天空的一缕缕飘带，午后的天气越来越暖。面前的轨迹说是一条路，其实不过是土地上的两道车辙，几株高大的杂草伸出来，未受过汽车的惊扰，结着草籽的穗头在风中晃来晃去。我听到了啼叫声，抬头一看，发现那三只乌鸦也跟着我来到了路边，等待着演出拉开序幕。

大家都喜欢看热闹。

树林那边，隐隐可见扬起的尘土。一辆车正在靠近。我等待着，心跳开始加速，期待和兴奋汗湿了我的双手。终于，它出现在了我的视线中，闪着光的黑色巨兽缓缓从路的那边移动过来，它不疾不徐地踱着步子，庄重而威严。它来了，带着我的老朋友来看我了。

这次重逢绝不是匆匆一面，我们有着大把的时间可以叙旧。我抬头看，发现日头还很高，距离天黑还有好几个小时。我们还可以享受好几个小时的夏日欢乐时光。

我走到了路中央，豪华轿车在我面前停了下来。司机走下车。我们之间并不需要讲什么，只是默契地相视一笑。这是手足兄弟之间了然的笑意，并非由血脉相连，而是由共通的欲望和渴求编织而成。对彼此的理解让我们走到一起，那些在纸上倾诉的私密幻想奠定了我们的同盟。笔尖画出的文字像是一根又一根光滑的蛛丝，慢慢织成巨大的网，供我们蛰伏。也正是这份羁绊让我们来到此时此地，荒野外的密林中央。除了我们，就只有天上盘旋的乌鸦。

我们一起走向后备厢。他现在欲火焚身，迫不及待想要尝尝她的味道。我能看到他裤裆支起的帐篷，听到他手中的钥匙在碰撞间发出的清脆声响，仿佛在催促着什么。他的瞳孔扩张，上唇闪耀着汗水。我们站在后备厢旁边，急切地想要一睹这位娇客第一眼的惊恐，那该是何等的美味。

他将钥匙插进锁孔，然后转动。后备厢车厢盖应声而开。

她侧身躺着，抬起眼睛看向我们，突然亮起的光线令她目眩。我的眼里只看得到她，再无其他，所以并没有立刻意识到角落的行李箱露出了一截白色的内衣，也没有反应过来这有多么致命。直到我的搭档弯下身，想要将她从车厢里拖出来，我才明白那意味着什么。

我大声叫道："不！"

但她的双手已经举起，紧握的手枪对准了他，扣动了扳机。

他的头爆出一团血雾。

那一幕像是一段奇异而优雅的芭蕾舞，他的身体弓起，向后倒下。然后她的枪口转向了我，不偏不倚，精准无比。我只来得及扭过身体，手枪就射出了第二发子弹。

我并没有感觉到子弹穿过后颈。

诡异的芭蕾舞还在继续，只不过这次的表演者变成了我。我的手臂划过一圈，身体像是跳水一般直直地倒下。我侧身倒在地上，却没有感到疼痛的冲击，只有躯干砸在土地上的闷响。我躺在那里，等待刺痛或是抽搐传来，但什么都没有，只有一丝惊疑。

我听到她挣扎着走下车。她在车厢里蜷缩了一个多小时，花了几分钟才恢复双腿的行动力。

她来到我身边，一只脚踩在我的肩膀上，将我踢成仰面躺着的姿势。我完全清醒，对接下来即将发生的事情也一清二楚，于是了然地看着她。她用枪口指着我的脸，双手颤抖着，呼吸短促而剧烈。左颊上的血污已经干涸，黏在她的脸上，像是战士涂在脸上的油彩。她浑身上下的每一块肌肉都在叫嚣着杀戮，每一个直觉都在催促她扣动扳机。我盯着她，毫无畏惧，看着她眼中的挣扎，好奇她会选择哪种失败。她手中握着的便是她的自我毁灭，我不过是个催化剂而已。

杀了我，也会毁了你。

不杀我，我就是你永远的噩梦。

她发出了一声压抑的呜咽，缓缓地放下了枪。"不。"她低声说道。接着，她大声又坚定地重复道："不。"她站直了身体，深深地吸了一口气。

然后走回了车子。

25

里佐利站在空地上,低头看着那四根砸进地里的铁柱子。前两根用来绑住她的手臂,后两根用来绑住她的腿。就在附近,他们发现了打好绳结的绳子,绳套都准备好了,就等着捆住她的手腕和脚踝,然后抽紧。她不去看那些用途明显的铁柱,只是在这片空地走来走去,表情专业而严肃,和所有调查犯罪现场的警察一样。她禁止自己去想那些柱子是用来捆绑她的四肢的,包里的手术刀和各类工具本来是要剖开她的血肉、残害她的身体的,只是远远地绕开。里佐利能感受到同事们在看她,也能听到他们的窃窃私语。她头皮上的伤口经过缝合处理,此时贴着绷带,这更加明显地宣告了她是个幸存的受害者。于是大家面对她时都是一副小心翼翼的模样,好像她是什么易碎品,生怕一个不小心就伤到她。她无法忍受这种待遇,尤其是现在,她最不需要的就是同情与怜悯,最想要的就是确定自己不是什么受害者。为了杜绝被看作是弱者,她用尽全力武装,控制翻涌的情绪。

于是她在现场徘徊,就像处理其他犯罪现场一样。现场早就已经被拍照记录,州立警察局的人前一晚也来这里做过了调查,如今现场已经正式解开封锁。但这天上午,里佐利和她的队伍觉得还是有必要再来看一看。她和弗罗斯特深一脚浅一脚地走进树林,拉过卷尺,测量从马路到沃伦·霍伊特挂包的地方的距离。

里佐利屏蔽了这片树林围绕的空地带给她的私人影响,以不带个人情感的眼光观察着。她的笔记本上列着一个清单,记录了从霍伊特背包中发现的用具:手术刀、钳子、牵开器和手套。她研究着沃伦·霍伊特足印的照片,现在这个脚印已经被做成了足模,然后又盯着装有绳结的证据袋,没有停下来思考这些用具都是为谁准备的。她看了一眼晴朗的天空,努力不去想这片天空和树冠险些成为自己生命中最后的景象。今天的简·里佐利并不是一个受害者。尽管她的同事们都在看着她,等待着她露出破绽,但是他们不会如愿,没有人能看到她的脆弱。

里佐利合上了笔记本,抬眼一看,只见加布里埃尔·迪恩正穿过树林,朝她走过来。虽然在看到他的那一刻她的心就提了起来,但她只是微微地向他点头,算是打过招呼,暗示他要公私分明。

迪恩明白。两人面对彼此保持着绝对的专业,不敢暴露就在两天前他们还有过一段亲密的往事。

"贵宾礼车服务公司六个月前雇用了这个司机。"里佐利说,"耶格尔一家,根特一家,还有韦茨一家,这三对客人他都服务过。他能查看贵宾的出行安排,所以肯定在名单里看到了我的名字,取消了我的接机行程,这样就可以取代原来要接我的司机。"

"雇用他的公司就没有查过他的推荐信吗?"

"他的推荐信是前几年的,但每一封都很好,完全没问题。"她停顿了一下,又说道,"简历上也从来没提他在军中服役过。"

"那是因为约翰·斯塔克并不是他的本名。"

里佐利皱眉看向迪恩,说道:"盗用身份?"

迪恩朝着树林的方向示意。他们走出空地,走进树林。在那里,他们可以说些隐秘的话题。

"真正的约翰·斯塔克早在一九九九年九月的时候就死在了科索沃。"迪恩说,"他生前是联合国的救助人员,死于意外事故。他乘坐的吉普车碰上了地雷,他当场被炸死,死后被葬在得州的科珀斯克里斯蒂。"

"这么说,我们连凶手真正的名字都不知道。"

迪恩摇了摇头:"他的指纹、牙齿X光片,还有组织样本都会被提交到五角大楼和中情局。"

"但他们是不会给我们任何消息反馈的,对吗?"

"如果'主宰者'真的是他们的一员。在他们看来,你已经帮他们解决了这个麻烦。他们什么都不用说,也什么都不用做了。"

"我可能解决了他们的麻烦,"她苦涩地说道,"但我的麻烦却还活着。"

"霍伊特?他再也不会威胁到你了。"

"天哪,我真该再开上一枪——"

"他基本上算是高位截瘫了,简。我想不到还有什么比这更残忍的惩罚。"

他们走出树林,来到那条土路上。那辆豪华轿车昨天晚上已经被拖走了,但车子的痕迹还是留了下来。她看着地上干涸的血液,那是冒牌约翰·斯塔克死去的地方。就在几米开外还有一小块血迹,是霍伊特倒下的地方,他的四肢失去了知觉,脊柱被打烂了。

我明明可以结束这一切,但我还是让他活下来了。我也不清楚这么做到底对不对。

"你还好吗,简?"

里佐利听出了他话语中的关切,心知肚明他们之间不仅仅是同事关系而已。她看着他的脸，突然意识到自己现在的模样一定很难看。她鼻青脸肿，狼狈不堪，头上还贴着纱布。里佐利不想让他看到她这副模样，但此刻面对他，已经没必要再去遮掩了，所以她只是站在原地，回望着他。

"我没事。"她说道，"头上缝了几针，身上肌肉酸疼，还破了相。"她指了指自己青紫的脸，笑道，"不过对方可比我惨多了。"

"我觉得你现在还不应该来这儿，对你没好处。"迪恩说。

"什么意思？"

"对你来说，面对这一切还太早了。"

"我才是最该面对这一切的人。"

"你从来不会对自己心慈手软，对吗？"

"为什么要心慈手软？"

"因为你不是一台机器。这些事情最终会搞垮你的，你不能就这么过来，假装这只是一个平常的犯罪现场。"

"这就是我自愈的方式。"

"就算你差点儿死在这儿？"

差点儿死在这儿。

她看着地上泥土里的血污，那一瞬间突然觉得脚下的道路蠕动起来，大地似乎开始震动。她辛辛苦苦铸造的保护壳瞬间便要土崩瓦解，她就要失去平衡，跌落深渊。

迪恩握住了她的手，这坚实的依靠令她热泪盈眶。温暖的触碰似乎是在告诉她：这一次你可以做个有血有肉的人，可以脆弱。

里佐利轻声开口："我很抱歉，在华盛顿发生那样的事。"

她看到了迪恩眼里的受伤，意识到他可能是误会了自己的意思。

"所以你希望我们之间的那些事都没发生过，是吗？"他说。

"不，不是，并不是那个意思——"

"那你有什么好抱歉的？"

里佐利叹了一口气："对不起，我急匆匆地离开，没有告诉你那个夜晚对我来说意味着什么。对不起，没有和你好好告别。还有，对不起……"她停顿了一下，继续说，"我不让你照顾我。因为其实，我真的很需要你的照顾，我并没有我以为的那么坚强。"

他笑了，握紧了她的手。"我们都一样，简。"

"喂，里佐利？"是巴里·弗罗斯特，在树林边喊她。

她眨掉眼里的泪水，转头答应道："怎么了？"

"我们刚接到通知，牙买加平原社区发现命案，在一家熟食店，现场有两具尸体，一个是收银员，还有一个是顾客。已经封锁现场了。"

"天哪，这才一大早。"

"我们马上要过去。你想一起吗？"

里佐利深深地吸了一口气，转头看向迪恩。他已经放开了她的手，尽管对他的触碰有些恋恋不舍，但此刻她确实感觉好了很多，脚下的震荡停止了，大地再次坚实地撑起她的双脚。不过她还不打算结束这一刻的温馨。他们上次在华盛顿的告别太过仓促，她不想再有那样的遗憾，不想让自己的人生像科尔萨克的那样只剩悔恨和无奈。

"弗罗斯特？"她说，目光仍看着眼前的迪恩。

"怎么了？"

"我不去了。"

"什么？"

"让别的小队负责吧，我现在不想去了。"

弗罗斯特并没有立刻回话。里佐利转头看去，看见了搭档呆滞的脸。

"你是说……你今天要休息？"弗罗斯特问。

"对，这是我第一次请病假。你有意见？"

弗罗斯特摇头，笑道："完全没有，要我说，早就该请了。"

她看着弗罗斯特走远，听着他走进树林后依旧没有停止的笑声。里佐利一直等到弗罗斯特的身影完全消失在树林里，才转头看向迪恩。

他张开双臂，她上前，投入了他的怀抱。

26

每隔两个小时,她们就会过来检查我的皮肤,防止我生出褥疮。一共有三位护工轮流出现:早班是阿米娜(Armina),晚班是贝拉(Bella),值大夜班的是内向而羞怯的柯拉松(Corazon),我管她们叫"ABC姑娘"。对于那些不善观察的人来说,她们三个没什么不同,都有着光滑的棕色皮肤,声音悦耳动听,像一群穿着白色制服的菲律宾合唱团歌手。但我知道她们之间的区别,从她们来到我床边的方式,可以判断出来人是谁。她们的手法各不相同,但都会抓住我的身体,将我翻向一边,整理我身下的羊毛毯子,然后重新调整我身体的姿势。日日夜夜,这些都是必做的工作,因为我现在不能自己翻身。我身体的重量会压紧床垫,皮肤与床单摩擦。重量还会压迫毛细血管,阻断血液流动,身体缺少血液里的养分滋养,皮肤会变得苍白而脆弱,很容易破皮受伤,任何细小的伤口都会快速溃烂扩散,像是有老鼠在啃食。

多亏了我的ABC姑娘,我没有生出褥疮——至少他们是这么跟我说的。我自己无法确认,因为我看不到自己的后背和臀部,也失去了肩膀以下的所有知觉。我的健康全靠阿米娜、贝拉和柯拉松维持,就像襁褓里的婴儿一样。谁照顾我,我就格外关注谁。我观察她们的脸,呼吸她们的气味,将她们的声音牢牢地刻进记忆里。我知道阿米娜的鼻梁有点儿弯,贝拉的身上总是有一股大蒜味,柯拉松则有着轻微的口吃。

我还知道,她们都怕我。

对于我的事情,她们一清二楚,这也是很正常的。她们知道我为什么会来到这里,所有在脊髓病房工作的人都知道我是谁。虽然她们对待我像对待其他患者一样,但我发现她们会回避我的眼睛,在触碰我的身体之前,她们会有一丝犹豫,就像要触碰一块烧红的烙铁。我看到过那些护工在走廊里交头接耳,她们会快速地瞥我一眼,而后继续窃窃私语。她们会和其他患者闲聊,询问他们的家人和朋友,却从没问过我这些问题。哦,她们确实也会问我感觉怎么样、睡得好不好之类的客套话,不过最多也就这样了,这就是我们对话的全部内容。

但我知道,她们对我有着深深的好奇。好奇心人皆有之,每个人都想瞧上一眼"外科医生",但又惧怕靠得太近,仿佛我会突然从床上跳起来袭击他们一样。于是这些人只在经过我病房门口的时候快速瞥上一眼,除非是职责使然,否则绝对不会走进来。ABC姑娘会养护我的皮肤,伺候我拉撒,照顾我温饱。做完这些,她们就会逃开,让怪兽一个人待在他的巢穴里,被他残破的身体囚禁在这张床上。

正是由于这般处境,我才会急切地期盼奥唐纳医生的来访。

她每周都会来一次,带着卡带式录影机,还有那本黄色的笔记本。她的包里还装了很多蓝色圆珠笔,用来记笔记。每次前来,她都毫不掩饰自己探究的欲望,一脸明目张胆的好奇,也不觉得羞愧。那些情绪如此明显,像是披在她身上的一条红色斗篷,热烈而张扬。对于奥唐纳来说,这种好奇完全是专业的求知欲在作祟,又或者说,她是在这样自欺欺人。奥唐纳拽过一旁的椅子,放在我的床边,然后将麦克风放在托盘桌上,好将我待会儿说的话一字不落地录下来。然后她弯下身子，脖子伸到我的面前，仿佛为我献上她的喉咙。她的脖子很美。奥唐纳是个天生的金发美人，肤色很白，白皙的皮肤下浮现出血管淡青色的纹路。她看着我，毫无惧色地问着问题。

"你会想念约翰·斯塔克吗？"

"你知道我会的，我失去了自己的兄弟。"

"兄弟？你连他原本叫什么名字都不知道。"

"警察也不知道。他们一直问我这个问题，但我帮不上忙，因为他从来没告诉过我。"

"但你在服刑期间一直和他通信。"

"名字对我们来说并不重要。"

"你们很了解对方，甚至可以一起杀人。"

"只有那么一次，在比肯山。我觉得那种感觉就像是两个人的初夜，都还在摸索着去信任对方。"

"所以一起杀人也是了解他的一种方式？"

"还有比这更好的方式吗？"

奥唐纳挑眉，似乎在确认我是否真的这么想。

"你说他就像是你的兄弟，"奥唐纳问，"为什么这么说？"

"我们有种联系，那是一种神圣的羁绊。这世上很难找到一个完全理解我的人。"

"嗯，可以想象。"

我能够感受到这句话里潜在的嘲讽，但她的声音和眼神都平静如常。

"我知道世界上肯定还有像我一样的人。"我说，"问题在于如何找到他们，联系他们。我们都在渴求自己的同类。"

"你这样说，好像你们是散落在人群中的另一种生物。"

"爬行类智人。"我嘲弄地说道。

"什么?"

"我曾在书中读到过,人类的一部分大脑是早在我们作为爬行类时就开始进化的。它控制着我们最原始的那部分本能,支配我们去战或逃,去完成交配,去进行侵略。"

"哦,你是说原皮质。"

"是的。在我们进化成人类并创造文明之前,我们的大脑没有任何情感,没有良知,也没有所谓的道德束缚。就像你从眼镜蛇的眼睛里看到的那样。人类这部分大脑只对嗅觉刺激做出反应,这就是爬行类对气味尤为敏感的原因。"

"没错,从神经学角度来说,我们的嗅觉系统与原皮质联系十分紧密。"

"你知道吗?我的嗅觉极其灵敏。"

她直直地看了我一会儿。她又开始怀疑了,不确定我说的是真话,还是为了迎合她作为精神病学家的兴趣故意编出来的瞎话。

她接下来说的话证明她决定相信我的说法。"你知道吗?斯塔克的嗅觉也极其灵敏。"

"我不知道。"我的眼睛一动不动地瞪着她,"现在他已经死了,我们永远也无法知道了。"

她仔细地观察着我,像是一只蓄势待发的猫。"你看起来有些生气,沃伦。"

"难道我不该生气吗?"我看向自己残废的身体,一动不动地躺在羊毛毯上。我已经不再将它看作自己的身体了。何必呢?我又感觉不到它。不过是一堆无关紧要的血肉罢了。

"你在生那个女警察的气。"她说。

这样毫无意义的废话根本不值得我回应，于是我没有理会她。

但奥唐纳受到的专业训练可不是体贴地适可而止，而是瞄准对方的弱点，揭开伤口的血痂，露出里面血肉模糊的创口。她已经闻到了痛苦的味道，现在要戳刺这道伤口，狠狠地刮开血肉，往下深挖。

"你还会想起里佐利警探吗？"她问。

"每天都会想。"

"会想些什么？"

"你真的想知道吗？"

"我在试着了解你，沃伦，你的想法，你的感觉。是什么让你杀人。"

"所以我依旧只是你的小白鼠，不是你的朋友。"

她顿住了。"当然，我可以做你的朋友——"

"但你来这里，可不是来和我做朋友的，对吧？"

"实话说，我来是因为我可以从你身上学到东西。所有人都可以从你身上学习到人们杀人的原因。"她靠得更近，轻声说道，"所以告诉我吧，你所有的想法，不管有多么可怕。"

一段漫长的沉默后，我低声说道："我会有一些幻想……"

"什么幻想？"

"关于简·里佐利的幻想。幻想我要对她做的事情。"

"跟我讲讲。"

"那并不是什么美好的幻想，你肯定会觉得很恶心。"

"不管怎样，我都想听听。"

她的眼睛闪烁着奇异的光，好像被什么东西点亮了，面部肌肉因为期待而收紧，她还不自觉地屏住了呼吸。

我盯着她的脸，随后便明白了：哦，没错，她肯定会喜欢听的。奥唐纳和其他人没什么两样，她想知道每一个黑暗的细节。她说自己的好奇只是出于学术上的求知，为了研究才需要记录我说的这些话，但我能看到她眼里闪烁的渴望的火花，能闻到她散发的兴奋的气味。

我看到了一只被关在笼子里的爬行动物，正缓缓醒来。

她想知道我的想法，想走进我的世界。她终于准备好要开始这段旅途了。

而现在，是时候邀请她加入了。

THE APPRENTICE by TESS GERRITSEN
Copyright © 2002 BY TESS GERRITSEN, 2008 EXCERPT FROM THE KEEPSAKE BY TESS GERRITSEN
This edition arranged with JANE ROTROSEN AGENCY LLC
Through BIG APPLE AGENCY, LABUAN, MALAYSIA.
Simplified Chinese edition copyright:
2023 New Star Press Co., Ltd
All rights reserved.
著作版权合同登记号：01-2023-0522

图书在版编目（CIP）数据

学徒 ／（美）苔丝·格里森著；王冉译．－－北京：新星出版社，2023.4
ISBN 978-7-5133-5122-5

Ⅰ.①学… Ⅱ.①苔… ②王… Ⅲ.①长篇小说－美国－现代 Ⅳ.① I712.45

中国国家版本馆 CIP 数据核字（2023）第 040372 号

午夜文库
谢刚 主持

学徒

［美］苔丝·格里森 著；王冉 译

责任编辑：王 欢
特约编辑：郑 雁 郭澄澄
责任校对：刘 义
责任印制：李珊珊
装帧设计：hanagin

出版发行：	新星出版社
出 版 人：	马汝军
社　　址：	北京市西城区车公庄大街丙3号楼　100044
网　　址：	www.newstarpress.com
电　　话：	010-88310888
传　　真：	010-65270449
法律顾问：	北京市岳成律师事务所

读者服务：010-88310811　　service@newstarpress.com
邮购地址：北京市西城区车公庄大街丙 3 号楼　100044

印　　刷：	北京美图印务有限公司
开　　本：	910mm×1230mm　1/32
印　　张：	11.75
字　　数：	193千字
版　　次：	2023年4月第一版　2023年4月第一次印刷
书　　号：	ISBN 978-7-5133-5122-5
定　　价：	56.00元

版权专有，侵权必究；如有质量问题，请与出版社联系调换。